통일아리랑 下

통일아리랑 ⑮

초판 1쇄 인쇄 ㅣ 2016.8.01
초판 1쇄 발행 ㅣ 2016.8.10
지은이 ㅣ 하정열
발행인 ㅣ 황인욱
발행처 ㅣ 도서출판 오래

주소 ㅣ 서울특별시 용산구 한강대로 38 가길 7-18(한강로 2가, 은풍빌딩 1층)
이메일 ㅣ orebook@naver.com
전화 ㅣ (02)797-8786~7, 070-4109-9966
팩스 ㅣ (02)797-9911
홈페이지 ㅣ www.orebook.com
출판신고번호 ㅣ 제302-2010-000029호

ISBN 979-11-5829-020-7 04810
ISBN 979-11-5829-018-4 (세트)

'평화통일된 일류국가' 도약의 길

통일아리랑 下

하 정 열 장편소설

통일은 숙명적으로 다가오고 있다.
두려운 자여! 눈을 뜨고, 통일을 준비하자!

圖書出版 오래

작가의 말

　우리 세대는 '우리의 소원은 통일'이라고 노래 부르며 자랐다.
통일은 우리의 꿈과 희망이요, 역사적인 소명이었다.
　언제부터인가 통일은 부담되고, 두렵고, 귀찮은 주제가 되었다.
통일이라는 용어는 보수와 진보를 갈라놓는 경계선 역할을 했다.
오늘 우리가 해결해야 할 당면과제가 아니라, 후손들에게 물려주
고 싶은 귀찮은 문제아가 되었다.

　지금은, 구호만 요란할 뿐, 통일을 향해 앞으로 나가지 못하고
있다. 북한의 변화를 도모하는 전략적인 접근보다는 북한의 급변
사태나 꿈꾸며 요행수를 바라고 있다. 깜깜한 어둠속에 갇혀 있는
모습이다.

　그러나, 통일은 어두운 터널 속에서도 한 걸음씩 다가오고 있

다. 여명이 다가오는 새벽이 가장 어두운 법이다. 줄기는 둘이지만 뿌리가 하나면, 언젠가는 합쳐지게 되어 있다. 두 차례의 삼국 통일과 독일의 통일은 이를 잘 대변하고 있다.

나는 통일을 꿈꾸며, 이를 구현하기 위해 노력한다. 시력은 조금씩 나빠지고 있지만, 눈은 통일의 열쇠를 찾고 있다. 심장은 약해지지만, 몸은 통일의 문을 열어보려고 동분서주하고 있다. 그동안 북한학을 공부하고, 통일을 주제로 많은 전문서적과 논문 및 시를 썼다. 통일기금을 모으고, 강의하고, 세미나를 주최하는 등 통일을 위한 다양한 활동에도 불구하고, 결정적인 역할을 못해 우리 민족과 자랑스러운 조국에 늘 부족함과 죄스러움을 느낀다.

이 책은 이런 죄스러움을 조금이라도 덜어보려는 소박한 마음이 담겨 있다. 이 소설이 통일을 열망하는 독자들에게 힘을 주고, 통일의 디딤돌이 되었으면 한다. 평화통일의 해답을 찾는 독자는 이 소설에서 '오아시스'를 만날 수 있을 것이다. 조국의 미래에서 통일을 설계하는 독자에게는 시원한 한줄기 바람이 될 것이다. 감히 일독을 권하는 이유이다.

용기 있는 자는 새로운 역사를 만든다. 두려운 자여! 통일의 열차가 다가올 때 기회를 휘어잡을 수 있도록 눈을 크게 뜨고, 미래를 준비하자.

2016년 여름

통일 하 정 열

차 례

적에서 동반자로

남북한 군사통합에 대한 협상은 남북한 국민투표가 실시되고, 통일헌법이 인준된 날부터 바로 실시되었다. 여섯 차례의 장성급 군사회담과 두 차례의 국방부장관 회담을 통해 개략적인 합의를 했다. 최종안은 3월 말에 계획된 제3차 국방부장관 회담에서 결정하기로 했다. 1월 말에 판문점에서 실시된 제1차 국방부장관회담에서는 과거 독일과 베트남, 그리고 예멘의 군사통합사례에 대한 분석과 미래 통일조선군의 개략적인 모습에 관한 논의가 있었다. 평양에서 2월 말에 개최된 제2차 국방부장관 회담에서는 통일조선의 개략적인 군의 규모와 모습, 핵무기와 미사일 등 핵심무기와 장비의 처리 등을 토의했다.

오늘 제3차 국방부장관회담은 1박 2일 일정으로 서울 국방부 청사에서 열리게 되었다. 북한 인민무력부장을 배려하는 차원에서 신라호텔에서 실시할 예정이었으나, 이제 한 식구가 되는 마당에 구태여 돈을 들여가며 그럴 필요가 있느냐는 김진성 인민무력부장의 의견을 수렴하여 국방부 소회의실에서 진행되는 것이었다. 통일의 해가 되는 금년 1월부터는 김진성 총참모장이 인민무력부장을 겸직하고 있었다. 그것은 오랫동안 남북한 군사회담에 참여한 김진성의 경험을 활용하고자 하는 김정은의 배려가 있었다. 지난 개성공단 시위 문제의 성공적인 해결 이후로 김정은은 김진성을 누구보다도 신뢰하고 있었다.

"김진성 인민무력부장님! 여기까지 오시느라고 수고가 많으셨습니다. 지난번 평양에서 융숭한 대접을 해주셔서 너무 감사합니다. 오시는 길에 불편은 없으셨는지요?"

두 차례의 인민무력부장과의 만남을 통해 이미 정이 든 정민성 국방부장관은 진심으로 인민무력부장 일행을 환대하며 정중하게 물었다.

"국방부장관님! 이렇게 환영해주셔서 감사합니다. 무척 뵙고 싶었습니다. 그리고 김정은 최고사령관의 안부도 전해드립니다. 북한지역에는 아직 꽃이 피지 않았는데, 오는 길에 보니까 산수유가 노랗게 피어 있었습니다. 참 성과 있는 좋은 회담이 될 것 같습니다."

김진성 인민무력부장은 이미 낯이 익은 박겨레 소장 등 남쪽 회담실무자들을 돌아보며 조용하지만 단호한 어투로 말했다.

"감사합니다. 그럼, 그동안 합의한 사항부터 하나하나 다시 짚어보고, 회담의 의제를 최종 검토하도록 하면 어떻겠습니까?"

"좋습니다. 그리 합시다."

"우리들은 1차 회담에서 군사통합의 목표에 대해 '한반도의 안정과 질서를 유지하면서, 민족의 안전과 국민 통합 및 통일조국의 건설에 기여해야 하고, 충분한 능력을 확보해서 완벽한 통일조선군으로의 위상을 정립할 수 있어야 한다'고 합의했었지요."

정민성 국방부장관이 먼저 입을 열었다.

"2차 회담에서는 군사통합을 합리적이고 효율적으로 추진하기 위해서는 군사통합의 추진원칙이 필요하다는 데 합의를 하고, '완전성의 원칙, 효율성의 원칙, 안정성의 원칙, 속전속결의 원칙, 지휘통일의 원칙' 등을 정했지요."

김진성 인민무력부장이 군사통합의 원칙을 확인했다.

"이러한 목표와 추진원칙 하에 추가적으로 합의한 핵심사항을 관례에 따라 남측에서는 박겨레 소장과 북측에서는 김영철 중장이 발표토록 하겠습니다. 먼저 박 소장이 발표하시오."

정민성 국방부장관이 3차 회담 주관자의 입장에서 발표할 사항과 발표자를 정리했다.

"박겨레 소장입니다. 오늘, 역사적으로 중요한 회담에서 그동안 합의내용을 발표하게 됨을 영광스럽게 생각합니다. 과거의 군사통합 사례의 분석을 통해 우리는 다음과 같이 합의했습니다.

급격한 흡수통합의 경우는 그 후유증이 크다는 점에 우리는 인식을 같이했습니다. 통합의 후유증을 최소화하기 위해서는 점진적이고 단계적인 군사통합의 방법을 강구하기로 했습니다. 동서독은 급격한 통합을 했음에도 불구하고 동서독군 간의 정치, 경제, 사회적인 갈등을 수렴해 갈 수 있는 제도적이고 경제적인 능력을 구비했었습니다. 이에 비해 남북한의 경우는 동서독보다 절대적으로 부족한 입장에 있으므로, 단계적으로 군사통합을 추진하는 평화적이고 점진적인 군사통합방안을 모색하도록 합의했습니다.

그리고 남북한이 통일을 지향하는 과정에서 군사통합에 대한 준비를 종합적이고, 체계적으로 추진해 나가기로 합의했습니다. 이를 위해서는 우선적으로 한반도에서 냉전구조를 해체하고, 평화를 정착시키기로 합의했습니다. 따라서 우리는 한반도 평화정착이라는 포괄적인 구도 속에서 냉전구조를 점진적으로 해체하고, 평화공존을 위해 남북한의 긴장완화를 위한 조치를 추진하면서 군사적 통합을 추진하기로 합의했습니다.

추가적으로 우리는 군사통합에 대한 대책을 조기에 수립하여 이를 완벽하게 수행하기로 합의했습니다. 독일연방군은 통일 및 군사통합시기를 사전에 충분히 예측하지 못함으로써 군사통합에 대한 준비를 소홀히 하였습니다. 그 결과 군사통합에 대한 종합계획을 수립할 수 없었고, 통일이 임박해진 상황에서도 군사통합에 대한 군 내부의 공감대를 형성하기가 어려웠습니다. 그러므로 통합후유증을 최소화하기 위해서는 한반도의 군사통합에는 착실한 준비가 필요하다는 데 합의를 보았습니다. 우리는 이번 회담에서 최종합의가 끝나면 다음 달 말까지 종합추진계획을 수립하기로 합의했습니다."

박겨레 소장은 그동안 합의한 전체적인 틀을 하나하나 논리적으로 설명했다.

"박 소장의 발표내용을 잘 들었습니다. 그 중 특히 중요한 것은 종합추진계획을 수립하여 남북한이 긴장완화정책을 추진하면서 점진적이고 단계적으로 군사통합을 추진해 나가는 것이라 생각합니다."

김진성 인민무력부장이 핵심적인 사항을 짚었다. 북한 측 인사들은 최근의 협상에서 표준말을 쓰도록 노력하고 있는 모습이 역력했다.

"장관님께서 특별히 말씀하실 사항이 없으시다면, 김영철 중장이 필요한 사항을 보고토록 하겠습니다."

"김영철 중장입니다. 보고 드리겠습니다."

남북 군사회담의 과정에서 산전수전을 다 겪은 그도 국방부 안에 들어와서 보고하는 것이 긴장이 되는지, 헛기침을 하며 말했다.

"먼저, 북한의 총 병력은 전체 인구의 4%가 넘는 120만 명에 이르고 있습니다. 북한 지상군은 4개의 전방군단과 4개의 기계화 군단 등을 포함한 총 20여 개의 군단과 약 30개의 보병사단 등 170여 개의 사·여단으로 편성되어 있습니다. 주요 장비로는 전차 3,800대를 포함하여 야포 12,500여 문을 보유하고 있습니다. 해군은 전투함 및 지원함 등 1000여 척을 보유하고 있으며, 공군은 전투기 870여 대와 지원기 약 840대 등을 보유하고 있습니다.

남북한 간의 군사제도 및 군사적 특성을 요약해 보면, 남북의 군사제도나 군사적 특성에서 전혀 공통점이 없을 뿐만 아니라 병력규모나 전력구조 등 모든 여건에서 유사한 점은 거의 찾아볼 수 없는 상이한 체제로 되어 있습니다.

이는 앞으로 남북한 간의 군사통합을 어렵게 하는 장애 요인이 될 것입니다. 뿐만 아니라 군사통합 과정에서 상당한 갈등과 진통이 예상됨을 시사하고 있습니다. 이전의 분단국 통합사례를 한반도에 그대로 적용하기에는 무리가 있고, 일반적인 보편성이 없다는 것을 확인할 수 있습니다. 남북한의 군사통합은 기본적으로 평화적 방식에 의한 국가통일이 전제되어야만 하며, 군사통합의 형태는 내전을 방지하고, 지휘체제를 확립하기 위하여 일원화된 지휘권을 확립하는 것으로 합의했습니다. 통합후유증을 최소화하기 위해서, 우리는 효율적이고 완벽한 군사통합을 추진하기로 했습니다. 이를 위해 준비단계, 핵심과제 추진단계, 세부과제 추진단계, 완성단계 등 4단계로 나누어 군사통합을 추진하기로 했습니다.

먼저 준비단계는 금년 4월까지로 군사통합 시 추진해야 할 핵심과제 50개와 세부과제 300개를 준비하여 로드맵을 준비하기로 했습니다. 이 과정에서 남북한 '군사통합추진공동위원회'를 구성하며, 남북한 군에는 각각 '군사통합실무반'을 편성하고 상호 '연락사령부'를 파견하기로 합의했습니다.

핵심과제 추진단계는 통일의 날인 10월 3일까지로 병력 규모의 축소조정, 휴전선 비무장지대(DMZ)의 병력과 장비의 철수, 공세전력의 후방지역으로의 이동, 핵무기와 미사일 등 비대칭무기 체계의 안전통제 및 관리강화, 북부사령부의 설치, 각 부대와 기관별 자매부대의 지정을 통한 교류협력의 강화 등 50개 과제를 우선적으로 추진하기로 합의했습니다. 세부과제 추진단계와 완성단계의 모습은 이번 회담에서 결정하기로 했습니다."

김영철은 보고를 마치고 남쪽 대표단을 둘러보았다.

"김영철 중장님 수고 많으셨어요. 지금 말씀하신 대로 남북한 간의 군사통합 방안은 한반도 상황과 남북한만이 갖는 특수성을 감안한 새로운 군사통합의 유형으로 접근해야 할 것으로 판단됩니다. 서로간의 배려가 요구되는 사항이지요. 우리는 북쪽의 입장을 최대한 배려하면서 군사통합을 추진할 것입니다."

정민성 국방부장관은 북측의 우려 사항을 염두에 두고 김 중장을 치켜세웠다.

"지난 2월의 남북한 국방부장관 회담에서 우리는 미래 통일조선군의 건설방향에 대해서 아주 중요한 합의를 했습니다. 그 분야를 다시 한 번 짚어보시지요."

김진성 인민무력부장은 중요한 합의임을 강조하면서 제안했다.

"박겨레 소장이 먼저 국방정책분야의 합의사항을 보고 드리겠습니다. 지난 번 국방부장관회담에서는 통일조선의 국방목표와 국방정책 그리고 국방전략에 대해 합의를 했습니다. 국방전략 분야는 김영철 중장이 보고를 해주시지요."

박 소장은 김 중장이 머리를 끄떡이는 것을 확인하고 보고를 이어갔다.

"통일조선의 국가목표를 지원하는 국방목표는 '외부의 군사적 위협과 침략으로부터 국가를 보위하고 지역의 안정과 평화에 기여' 하는 데 두기로 합의했습니다. 이러한 국방목표를 달성하기 위해 통일조선은 국력과 위상에 걸 맞는 규모의 군사력을 갖추기로 했습니다. 여기서 군사력이란 단순히 군대의 규모만을 의미하는 것은 아니며, 가상적국과의 관계에서 통일조선이 보유하고 있는 실질적인 힘의 총체를 의미하는 것으로, 군사적인 잠재능력도 포함하는 전쟁수행능력의 총괄적인 개념이라고 할 수 있습니다.

국방정책은 국가안보목표와 국가능력간의 관계를 가장 효과적으로 연결하는 정책으로 파악할 수 있습니다. 따라서 통일조선의 국가목표를 설정할 때는 전반적인 삶의 질은 마땅히 선진국을 지향하여야 하나, 대외적인 힘의 위상은 강대국 또는 중상위권 국가 수준의 하나를 선정해야 할 것으로 판단하였습니다.

강대국의 위상을 갖추기 위해서는 오늘의 일본과 같은 경제력

규모에 영국과 프랑스와 유사한 규모의 군사력을 구비했을 때 가능하다는 데 합의했습니다. 국가안보정책은 통일 초기에는 미국과의 동맹을 견실히 유지하면서, 주변의 위협에 효과적으로 대처하는 것이 바람직할 것이나, 안정기에 들어서면, 어느 일방과의 안보동맹을 맺는 것보다는 가능한 미국과 중국을 주축으로 하는 다자간 안보동맹을 구축하는 방향으로 추진되어야 할 것으로 판단하였습니다.

보다 구체적으로 설명하면, 주변 강대국의 군사적인 위협에 일대일로 대응하는 무모하고 소모적인 경쟁방법보다는 억제에 필요한 최소한의 군사력을 유지하면서 지역의 안정성이 위협받게 되면, 다자간의 안보동맹의 일원으로서 균형자로서의 역할을 함께 수행할 수 있는 국방정책을 추진하는 것으로 합의했습니다."

"이것은 지역안보정세에 민감하면서도 직접적으로 대응하는 방식이라 할 수 있을 것입니다. 군사전략 분야에 대해서는 김영철 장군이 보고토록 하겠습니다."

김진성 인민무력부장이 박겨레 소장의 보고를 두둔하며 말했다.

"군사전략 분야에 대해서 보고 드리겠습니다. 먼저 군사전략은 일반적으로 가장 유리한 조건에서 부대가 교전할 수 있도록 하는 포괄적인 정책이라 할 수 있습니다.

통일조선군이 대응해야 할 주변국의 전쟁양상과 군사행동의 양태는 전면전, 제한전과 무력시위 등 크게 3가지로 구분할 수 있습니다.

전면전의 경우에는 확률은 낮으나, 해군과 공군 주도의 전쟁양태가 될 것으로 예측됩니다. 그러나 중국과 러시아 등은 통일한반도와 육지로 연결되어 있는 지정학적인 특성상 지상전투가 최종적으로 일어날 가능성이 상존하고 있으므로 지상전투력의 중요성도 무시할 수 없을 것입니다.

통일한반도에서는 제한전이 전면전보다 발생할 가능성이 높으며, 이는 접경지역에서의 군사적인 충돌, 독도문제, 인구이동 통제, 해양문제, 환경문제 등의 경제적인 문제의 해결과정에서 군사적인 분쟁으로 비화될 가능성이 높을 것입니다.

마지막으로 무력시위에 대한 대응입니다. 전략적인 중요성으로 인해 한반도는 주변강대국의 강압외교의 대상이 될 수 있습니다. 이러한 측면에서 보면 통일조선이 순수한 중립을 유지하기는 쉽지 않을 전망입니다. 무력시위에 직면하는 경우에는 전면전을 불사하겠다는 강력한 의지를 표명해야 합니다. 또한 다자간 안보 협력을 통해 다른 주변국의 지원이 필요하게 될 것입니다. 따라서 평시부터 지역안보 문제에서 제한된 균형자적인 역할을 수행해야만, 이 같은 위기 시에 다른 주변국의 지원을 기대할 수 있을 것이라는데 합의했습니다.

이러한 다양한 안보위협에 대비하기 위해서는 어떠한 군사전략이 바람직할 것인가? 먼저 주변 강국과 일대일로 맞서는 공세전략은 부적합하며, 그렇다고 방어 위주의 수세전략으로는 위협에 효율적으로 대응할 수 없을 것입니다. 통일조선의 기본적인 군사전략의 목표는 방어에 두되, 군사행동 자체는 공세적으로 운용할 수 있는 능력을 구비하여야 할 것입니다.

이러한 전반적인 개념 위에서 통일조선군의 군사전략에 포함될 핵심 요소를 다섯 가지로 합의했습니다.

첫째, 억제개념을 발전적으로 적용해야 하는바, 특히 거부적인 억제에 중점을 두어 상대방의 취약점을 공격할 수 있는 공군력과 장거리 미사일, 잠수함 전력 등을 확보해야 한다.

둘째, 조기경보능력의 확보와 예상되는 군사행동에 대한 분석력을 향상시켜야 한다.

셋째, 유사시 다른 국가의 군사적인 지원을 효율적으로 이용하기 위해서는 보험적인 차원의 군사외교를 강화하고, 연합작전능력을 배양해야 한다.

넷째, 총력전 개념에서 상비군 위주의 전쟁대비태세를 더욱 강화하면서, 한편으로는 동원체제가 적시에 가동될 수 있는 태세를 유지해야 한다.

다섯째, 군사력 구조와 편제에서는 기동성을 향상시키고, 육군과 해군 및 공군의 통합작전의 효율성을 극대화시키기 위해서는 통합군체제로 조직한다."

"그래요. 보고 고마워요. 통일한반도의 국방정책과 군사전략은 적절한 군사력 건설과 연계되지요. 바로 그러한 정책과 전략에 바탕을 두고 군사력의 규모도 합의했지요. 박 장군이 그 분야를 보고하세요."

정민성 국방부장관이 김영철 중장의 말을 두둔하며, 박 장군의 보고를 지시했다.

"군사력의 규모에 대해서 보고 드리겠습니다. 통일조선의 자주국방태세 확립이라는 대 명제를 고려할 때, 통일조선군의 전력증강 방향은 남북한이 연구개발한 핵심무기를 우선적으로 채택하고, 다음으로 남한의 무기체계를 중심으로 구성하며, 북한의 우수한 무기체계와 관련된 기술은 흡수하는 전략을 추진해 나가기로 합의했습니다.

먼저, 핵은 포기하지만, 핵무기 개발능력은 보유하는 것으로 합의했습니다. 주변국은 핵을 이미 보유하고 있거나, 핵무기 개발 능력과 시설을 보유하고 있으므로 언제라도 단기간에 이를 무기화 할 수 있는 능력을 구비하고 있습니다. 따라서 통일조선은 분쟁이 있을 경우에는 주변국의 핵사용 압력에 직면할 가능성이 높습니다. 통일한국이 핵무기를 보유하는 것은 국제법상 난관이 많으나, 핵무기를 제조할 수 있는 기술의 축적은 억제효과를 달성할 수 있을 것이라는 데 모두가 동의했습니다. 지금 북쪽의 핵 개발 능력을 고려하여, 통일조선은 북쪽의 핵무기 기술과 연관된 시설을 흡수하고, 국내외의 우수한 브레인과 기술을 국가차원에서 보호하면서 이를 육성하고 발전시켜야 한다는 데 합의했습니다.

둘째, 주변국의 위협에 효율적으로 대처하면서 유사시 억제와 보복능력을 보유하기 위해서는 적정 수준의 정밀 유도무기체계를 구비해야 한다고 합의했습니다. 정밀유도무기는 적의 선제타격을 허용한 후 짧은 시간에 정확하게 적에 보복을 가할 수 있는 수단이므로, 통일 후에는 북쪽이 보유하고 있는 유도 무기와 기술을 적극적으로 개발하여야 하며, 남쪽이 개발한 무기체계와 균형적으로 활용할 수 있는 체제를 갖추어 나가기로 하였습니다.

셋째, 조기경보 분야의 능력을 배양하기로 합의했습니다. 주변국은 기습능력을 구비하고 있어, 원하는 목표와 시간에 공격할 수 있는 능력을 갖추고 있으므로 자주적인 정보획득 능력의 확보가 중요합니다. 이를 위해서는 조기경보기의 수를 늘리고, 군사 첩보위성을 적극적으로 활용할 수 있는 능력을 보유하여야 할 것입니다.

넷째, 통일한국의 주변국에 대한 독자적인 억제력과 자주적인 작전능력을 구축하기 위해서는 수준 높은 지휘통신과 정보체계의 구축이 요구된다는데 합의했습니다. 현대전에서 지휘통신의 중요성은 아무리 강조하여도 부족함이 없을 것입니다. 주변국 군대의 동태를 신속하고 정확하게 탐지하며, 지휘통제에 필요한 방대한 정보량을 보다 신속하게 전달하고 통합적으로 처리하여 군 지휘체계의 속도와 능률을 증대시키는 것이 승리의 필수 조건입니다. 그리고 표적획득에서부터 사격지휘까지의 실시간 지휘통신·정보·감시체계를 더욱 발전시키는 것이 중요하다는 데 동의했습니다. 또한 표적획득 매체의 실시간 표적처리를 위한 위성통신을 포함하는 통신장비의 개발과 각종 타격수단을 통합할 수 있는 영상통신체제도 구비해야 할 것으로 판단했습니다.

다섯째, 통일 이후의 통일조선 해군은 지역 차원의 해양 협력에서 한 차원 더욱 발전시켜, 주변국의 잠재적인 해상위협에 대처할 수 있도록 해상 작전수행능력을 제고시켜야 합니다. 그리고 장거리 해상운송로의 확보와 해양자원의 적극적인 보호를 위해 해군력을 현대화하면서 더욱 증강시켜야 한다는데 동의했습니다. 또한 주변국에 대한 억제능력을 높이기 위해 일정 규모의 상륙작전 능력을 보유하여야 하며, 북쪽이 보유하고 있는 수륙양용 전력을 발전적으로 흡수하여 상륙전 능력을 높여나가기로 합의했습니다.

마지막으로, 통일조선의 공군력은 전력을 극대화하면서 점진적으로 작전영역을 확대해 나갈 수 있도록 발전시키기로 합의했습니다. 특히 스텔스전폭기, 무인항공기와 공중급유기 등은 투자효과를 고려하여 축차적으로 강화하기로 합의했습니다."

"박 소장님 대단히 수고 많았습니다. 큰 틀에서 전력증강방향을 합의한 것은 큰 성과였습니다. 우리는 거기서 한걸음 더 나아가 군사력의 배치와 운용에 대해서도 합의했었지요. 그 분야도 다시 한 번 검토해야지요."

김진성 인민무력부장은 박겨레 소장의 보고가 매우 흡족한 듯 환한 미소를 지었다.

"군사력의 배치와 운용방향에 대해서 보고 드리겠습니다. 통일 후 군사력의 배치도 군사전략의 개념 하에서 상대국을 자극하지 않는 범위 내에서 이루어져야 한다고 합의 했습니다. 고려사항은 동원능력, 적의 배치, 무기체계, 지형, 전장투입능력 등이 있습니다. 동원능력이나 전장투입능력이 우수하다면 주변 국가를 자극하면서 굳이 국경선상에 병력을 배치할 필요는 없습니다. 또 상대국의 전투력이 종심 깊숙한 곳에 위치해 있다면, 우리의 전투력도 그것에 맞게 후방지역에 배치할 수 있을 것입니다. 요점은 공격지향적인 배치를 배제하여 주변 국가들을 자극하지 않고, 후방과 적의 공격에 신속히 대응할 수 있는 방위태세를 유지하는 것이라는 데 합의했습니다.

통일한반도의 상비군은 합의된 군사전략을 실질적으로 구현할 수 있는 방향으로 배치되어야 한다는 데 동의했습니다. 이를 위해 잠재적인 적국으로부터 오는 모든 방향의 위협에 대비하면서 전략요충지를 중점적으로 고려하고, 기존의 군사시설을 최대한 활용하여 배치하기로 하였습니다.

전투력의 배치는 북부, 중부, 남부의 3개 지역으로 나누기로 했습니다. 북부지역은 중국의 심양군구에 대한 대비에 중점을 두고 육군 위주로 편성하며, 중부지역은 모든 방향에 신속하게 투입할 수 있도록 기계화부대와 공군 위주로 편성하고, 남부지역은 일본에 대한 대비에 중점을 두고 해군 위주로 편성하는 개념을 설정하였습니다.

통일조선의 국방부와 통합군사령부는 서울에 위치하는 것으로 합의했습니다. 육·해·공군사령부와 3개의 지역사령부 중 육군사령부는 평양에, 해군사령부는 진해에, 공군사령부는 오산에 위치하는 것으로 합의했습니다. 추가하여 북부지역사령부는 평양에, 중부지역사령부는 한반도의 지리적 중앙에 해당되는 비무장지대 근처에, 남부지역사령부는 대전에 위치하기로 합의했습니다.

각 도 단위에 1개 사단을 배치하는 것을 원칙으로 하되, 군은 훈련에 전념할 수 있도록 '국경경비대'를 창설하여 중국과 러시아 국경과 독도방어를 담당하도록 하였습니다. 해군은 3개 지역함대사령부를 편성하여 동해지역함대사령부는 원산에, 남해지역함대사령부는 진해에, 서해지역함대사령부는 평택에 위치하고 잠수함사령부는 남해지역에 배치하기로 합의했습니다.

공군의 주요전력은 중부지방에 배비하여, 어느 방향이나 즉각적인 투입이 보장되도록 했습니다.

이처럼 부대의 배비는 전략과 작전개념에 충실하되, 가능한 기존 군사시설을 최대한 활용하여 낭비요인을 제거하도록 했습니다."

"이러한 개념에 변화요인은 없지요?"

김영철 중장의 보고가 끝난 후 김진성 인민무력부장이 확인하는 의미로 정민성 국방부장관에게 물었다.

"그렇습니다. 지난 달 합의한 개념은 대통령께 보고를 드렸고, 잘 된 것으로 평가를 하셨습니다. 김정은 위원장께도 보고를 드리셨는지요?”

정민성 국방부장관도 궁금했던 사항을 물었다.

“당연하지요. 김정은 최고사령관께서는 남쪽 주도의 합의내용
에 대해 약간의 불만은 있지만, 인구에 비례한 군사력의 배분은
어쩔 수 없는 사항임을 인식하고 대승적 차원에서 협의해 나가라
고 말씀하셨습니다.”

“감사합니다. 이조국 대통령께서도 통일된 조국의 튼튼한 안
보를 생각하며 서로에게 도움이 될 수 있는 방안을 만들어 가라고
당부하셨습니다. 벌써 12:00시가 되었으니 점심을 하시고 계속 논
의하시지요?”

“그렇게 하시지요. 그런데…, 우리가 식사하기에 앞서, 남쪽
병사들의 식사하는 모습을 먼저 볼 수 있는지요?”

김진성 인민무력부장이 전혀 예상치 못했던 갑작스러운 제안
을 했다.

“마침 장병들 식당도 영내에 있고, 그들도 막 식사를 시작할
시간이니 같이 둘러보시지요.”

정민성 국방부장관이 망설이지 않고 바로 응답했다.

“선뜻 받아주셔서 감사합니다.”

장병식당에 들어서자, 김진성 인민무력부장은 깨끗한 식당분

위기와 자유로운 병사들의 태도에 어안이 벙벙한 느낌이었다. 1식 4찬으로 꾸며진 식단은 풍요로웠고, 병사들은 자유배식으로 흰 쌀밥에 소고기불고기를 마음껏 먹고 있었다. 돼지고기 김치찌개에는 고기가 덩어리 채 섞여 있었다. 병사들은 후식으로 북한에서는 구경하기 힘든 귀한 바나나와 요구르트를 먹고 있었다. 식당의 분위기는 너무 자연스러웠고, 장관과 함께 있는 그에게 다가와 인사하는 병사도 있었다. 그들의 체격은 북한 병사 보다 평균 10cm 이상 커 보였고, 몸무게도 10kg 이상은 더 나가는 것처럼 튼튼해 보였다.

'내가 갑자기 방문했으니 연출은 아닐 것이고 평상시 한국군 장병들이 이렇게 잘 먹고 있다면, 이것은 북한의 최상류층 보다 나은 삶이 아닌가? 우리는 병사들에게 1년에 서너 번 고깃국을 주기도 힘든데, 여기는 마음 놓고 불고기를 퍼먹다니. 남쪽이 잘 사는 줄은 알지만, 병사들의 식당이 이렇게 깨끗하고, 식단이 이 정도일 줄이야? 김진성은 한국군의 복지가 한 없이 부러웠고, 한 편으로 북한 병사들을 생각하니 자신이 몹시 부끄러웠다. '군사 통합이 잘 되면 우리 북쪽 병사들도 이렇게 잘 먹을 수 있다는 말인가?'

"김 인민무력부장님 무얼 그리 골똘히 생각하십니까? 원하신다면 내일 점심을 병사들과 함께 하시도록 준비할 수 있습니다."

정민성 국방부장관이 김진성의 속내를 들여다보며 정중히 제안했다.

"그게 가능하다면 큰 기쁨이지요."

김진성은 진심으로 감사하며 제안을 받아들였다.

오찬은 국방부 간부식당에서 주요 간부들과 함께 했다. 서로가 덕담을 주고받으며 화기애애한 가운데 진행되었다. 국방부차관이 나서서 건배를 제의했고, 북측에서는 인민무력부장이 직접 나서서 이번 회담의 의의를 설명하며 성공적인 군사통합을 위한 건배를 제의했다. 서로가 격의 없는 허심탄회한 자리였다.

오후 회담은 14:00시에 재개되었다. 점심식사를 하는 동안 서로가 거리낌 없이 이야기를 나눌 수 있어 오후 회담 분위기는 한결 부드러워졌다. 서로의 호칭도 정 장관과 김 부장으로 하기로 이야기되었다.

"오전 회담에서는 그동안 우리가 합의했던 사항을 다시 확인해 보았습니다. 지금부터는 이번 회담의 정식의제인 군사통합의 핵심 추진사항을 하나하나 짚어가면서 토론을 하겠습니다. 이의가 없으시지요?"

정 장관은 김 부장을 바라보며 오후의 회담 추진방향에 대해 말을 꺼냈다.

"아…. 예! 좋습네다. 향후 추진사항도 장성급 군사회담을 통해 기본적인 방향은 토론이 되었으니, 핵심적인 사항 위주로 진행하시죠."

국방부의 많은 간부들이 친절하게 경례를 하고, 정중하게 말을 건네는 것에 고무된 김진성이 웃으며 대답했다.

"오늘 의제는 군사통합 추진기구의 운용, 부대 및 병력의 통합, 장비와 물자 및 시설의 통합, 핵과 화학무기 및 미사일 등 핵심 비대칭무기의 처리, 통일조국 국군의 내면적 통합을 위한 제도의 확립과 교육의 실시 등 다섯 가지 사항입니다. 그 외에 다른 사안이 있으신지요?"

"없습니다. 그리하시지요."

"그럼 준비된 자료를 통해 하나하나 짚어가면서 진행하겠습니다."

그날 오후에 장관급 회담을 통해 합의 된 내용은 다음과 같다.

한반도의 군사통합을 성공적으로 추진하기 위해서는 군사통합 추진기구의 설치 및 운용에 관한 사항을 사전에 계획하여 준비하기로 했다. 추진기구는 우선 5월말까지의 초기단계에서는 남한의 국방부와 북한의 인민무력부의 기능과 조직을 최대한 활용하여 개념을 정립하고, 필요한 조치를 각각 취하기로 하였다. 중기

단계인 6월부터 통일의 시점까지는 가칭 '통일조선 통합사령부'를 편성하고 이를 국방부장관과 인민무력부장이 합의하에 통제하도록 했다.

남북한 군이 효율적으로 통합하기 위해서는 치밀한 계획과 사전 준비가 요구됨으로 장성급 군사회담을 통해 문제되는 사항을 계속 논의하기로 했다. 특히 북한군의 부대 수가 한국군에 비해 월등히 많으며, 지형이 험난하고 지휘축선의 유지가 제한되므로, 지휘계통을 확립하기 위해 북한인민군을 북부사령부로 축소시켜 통일조선의 국방부 예하에 두기로 하였다. 과도기적 사령부인 북부사령부의 지휘체계는 국방부 예하에 직할사령부로 편성하여 국방부장관이 직접 지휘하도록 하고, 통일의 시점까지 한국군이 자문단으로 역할을 할 것을 합의했다. 이 북부사령부가 북한 인민군의 지휘권을 인수하고 병력과 장비, 시설의 인수 및 관리 등의 본연의 군사통합 임무를 완수한 후에는 통일 국군의 북부지역군 창설의 모체부대로서 역할을 수행토록 했다.

한국군과 북한군이 통합되는 단계에서 가장 어려운 문제는 북한 전 지역에 산재한 부대의 인수와 북한군 병력의 통합이므로, 부대와 병력의 정확한 인수문제는 5월말까지 통합 이후의 부대구조와 병력의 규모를 확정토록 했다. 신설되는 북부사령부는 5월 말까지 부대 및 병력감축에 대한 포괄적인 계획을 수립하기로 했다.

독일연방군은 1,460개의 대대급 이상의 동독인민군 부대를 인수하고, 89,000여명의 병력을 흡수함으로써 성공적으로 군사통합을 실시할 수 있었다는 점을 참고하기로 했다. 부대 및 병력의 인수가 기대하였던 것보다 더욱 성공적으로 추진될 수 있었던 것은 동독 국민들이 서독연방군의 동독인민군에 대한 흡수통합을 환영하였으며, 서독연방군이 인수협상단계에서부터 동독인민군 부대 및 장병에 대한 인수조건을 명확히 제시하고, 이를 규정화하여 일관되게 추진하였던 것이 주효했다.

통일조국의 안보환경과 군사전략에 의거하여 결정된 국군의 구조와 군사력의 규모가 75만 명으로 결정되었다. 인구 비례원칙에 따라, 북한군의 병력은 25만 명으로 축소 조정하고, 남한군은 50만 명으로 정해졌기 때문에 북한군의 부대와 병력은 대폭적인 축소조정 및 감축이 불가피해졌다.

부대의 인수는 통합 이후에 반드시 필요한 핵심부대로 제한하고, 부대의 지휘관은 남북한이 합의한 후 임명하여, 통합의 초기단계부터 지휘체계를 확립하기로 했다. 부대의 인수 과정에서는 부여된 임무를 재검토하여 필요시 임무조정을 통해 부대규모를 축소 조정하는 방안도 적극적으로 검토하기로 했다.

과도한 숫자의 인민군 장성 및 고위급 장교와 정치장교 등은 6월 말까지 전역시키기로 했다. 기타 전역희망자는 소정의 직업보도 조치 후 일정 금액의 연금을 지급하고 전역시키기로 했다. 통일조국의 국군에 편입을 희망하는 북한 인민군 장교는 경력에 대한 철저한 조회를 실시하고, 이상이 없을 때는 일정 기간 민주군대 적응에 필요한 보수교육을 실시하기로 했다. 병사들의 경우에는 한국군의 의무복무 기간을 고려하여 복무기간을 초과한 자는 즉시 전역조치하고, 장기복무를 희망하는 자는 재심사를 거쳐 결정하기로 했다.

이와 같이 통일조국의 국군에 편입한 인원뿐만 아니라 전역하는 인원에 대해서도 세심한 배려를 통해 '한민족의 통일조선 국군' 이 될 수 있도록 배려했다. 특히 북한 인민군에서 편입한 인원이 소외감이나 반감을 갖지 않고 쉽게 적응할 수 있도록 제도적이고 인간적인 세심한 배려를 했다.

독일의 경우에는 동독인민군을 흡수 통합하는 과정에서 동독인민군 출신 장병들은 일정기간 동안 급료, 진급과 의료혜택 등 거의 모든 분야에서 차별 대우를 받았다. 그것은 동서독간의 경제적인 격차와 체제의 차이에서 오는 필연적인 조치였다. 그러나 이러한 조치로 인해 동독인민군 출신 장병들은 상대적인 열등감과 피해의식을 갖게 되었으며, 이로 인해 여러 가지 갈등요인이 장기간 해소되지 않았다. 따라서 독일군의 시행착오를 신중히 검토하여 통일조선군은 시대에 부합되는 군사통합을 실시하기로 합의했다.

북한인민군의 대폭적인 감축에 수반되는 또 다른 문제점이 바로 감축 대상자에 대한 보상과 후속지원 문제라는 데 의견의 일치를 보았다. 특히 통일과정에서는 통일비용이 많이 소요되기 때문에 그 과정에서 소홀하기 쉬운 퇴역군인들의 연금 지급, 직업교육 및 알선 등 생계지원에 대한 완벽한 대책이 강구되도록 합의했다. 통합과정에서 조기 전역시킨 직업군인들의 재활용 방안으로 이들의 재취업 기회를 보장해 주도록 했다. 이들의 재활용은 예를 들면 북한 전 지역에 신설될 병무청을 통해 상당 부분의 실업자를 흡수하도록 했다. 북한지역 병무행정의 일정 부분을 현지사정에 밝은 엄선된 북한인민군 출신 간부들이 맡게 함으로써 직무의 원활한 운영과 일자리의 창출은 물론 사회통합에 자연스럽게 참여할 수 있는 기회를 제공하도록 했다. 그리고 가능한 많은 인원들을 북한지역의 각종 행정조직 분야와 군조직과 연관된 분야 등에서 활용토록 했다. 북한 인민군의 무기와 장비를 접수하고 관리하며, 군용재산의 민간전환에도 필수 요원으로 활용되도록 했다. 이러한 효과적이고 통합적인 조치를 통해서만 통일조국의 국군은 '하나의 군대'로 육성되고 군 내부의 통합을 원활히 이루어 낼 수 있을 것이었다.

군사통합 과정 중 북한군의 장비, 물자와 시설의 통합은 군사통합 이후의 군의 모습을 우선적으로 고려하여 추진하기로 했다. 즉 통일조국 군의 초기 전력규모인 75만 명과 최종 규모인 50만 명을 고려하여, 적정한 무기보유수준을 책정한 후 북한군의 장비와 물자의 활용방안을 종합적으로 계획하도록 했다. 왜냐하면 남북한이 보유하고 있는 무기 및 장비의 총계와 통일 후 적정 무기보유 수준을 비교함으로써 감축 소요량을 결정해야 하기 때문이었다. 그 중 핵심문제는 한국군의 무기체계를 기준으로 북한의 무기체계를 전량 폐기할 것인가, 아니면 북한의 무기체계를 어느 정도 수용할 것인가를 결정하는 것이었다. 독일군의 경우에는 통일독일군의 규모가 대폭 축소되는 과정에서 동독군의 무기체계를 대부분 폐기할 것을 원칙으로 채택한 결과 동독군의 무기체계를 폐기하는 데 엄청난 비용이 사용되었다. 통일조선군의 경우에도 통일 이후 군사력의 규모가 획기적으로 축소되어야 하고, 한국군의 무기체계가 더욱 앞서 있는데다 미국형의 무기체계를 가지고 있어, 북한의 무기체계와 호환성이 없으므로 동서독의 무기통합 과정과 매우 유사한 문제점이 노출될 가능성이 높다는 데 의견의 일치를 보았다.

무기체계를 일원화시키면, 관리 및 유지가 용이하고, 비용이 절감되며, 교육훈련이 용이해진다는 데 합의했다. 반면 무기체계의 다변화는 관리 및 유지가 어렵고, 상대적으로 비용이 증가하며, 통합된 전투력의 발휘가 제한될 가능성이 높아진다는 점에 의견의 일치를 보았다. 따라서 한국군에 비해 상대적으로 발전된 북한의 핵심 무기체계와 기술만을 인수 활용하고, 나머지는 폐기하거나 후진국에 수출하는 방안을 강구토록 했다.

　　북한인민군은 한국군에 비해 핵과 미사일, 방사포와 화생방무기 분야에서 자주적인 생산기술과 능력을 보유하고 있으므로, 그러한 무기체계와 기술을 발전적으로 흡수하고, 군사통합 초기에는 상대적으로 우수한 공군과 해군의 장비들도 상당 부분을 수용하는 것으로 합의했다.

　　무기체계와 장비 및 물자의 통합은 어느 한 쪽만 남기고, 다른 쪽을 전량 폐기하는 일방적인 방법보다는 상호 장점을 계승하고 문제점을 보완하는 절충형의 통합이 효율적이라는 데 합의했다. 따라서 한국군의 무기체계를 기준으로 하되, 북한군의 최신 무기체계와 북한이 자체개발하여 사용하고 있는 품목은 선별적으로 선택하도록 했다. 이를 기초로 하여 통일조선군의 자주적인 방위산업능력을 제고시키고, 미국형과 러시아형의 무기체계를 적절히 통합하는 독자적인 체계를 갖추도록 했다. 그 과정에서 노후 장비는 과감히 도태시키고, 남는 장비는 해외 판매 및 비축 등을 통해 효과적으로 활용하는 방안을 모색하도록 했다.

통일 독일군의 경우에는 이러한 작업을 연방군 차원에서만 국한하지 않고, 모든 공공 및 사설기관이 적극 참여하여 무기와 장비의 감축 및 폐기의 법률적, 경제적, 그리고 기술적인 차원에서 해결방안을 모색했었다. 그러한 교훈을 참고하여 통일조국의 국군의 경우에도 법률적, 경제적인 차원을 포함한 통합적인 계획을 수립하여, 자연환경 피해를 최소화하고 재활용의 가능성을 충분히 활용하며, 비용을 최소화시킬 수 있는 슬기로운 폐기절차와 방법을 모색하기로 했다.

시설의 경우에는 통일조선 국군의 부대배치계획에 따라 계속사용, 잠정사용, 폐기 등으로 구분하여 처리토록 합의했다. 북한군의 경우에는 군사력의 규모와 선군주의적인 북한체제의 특징상 넓은 군용지와 많은 군사시설을 보유하고 있었으므로, 이 문제의 처리와 이로 인한 환경오염 문제는 통일 후 큰 사회문제로 대두될 가능성이 있을 것이므로 종합적이고 장기적인 차원의 계획수립을 하기로 했다.

북한군이 보유하고 있는 핵, 화학무기와 미사일 등 대량살상무기는 점진적으로 폐기하도록 했다. 핵무기는 100여 개를 보유한 것으로 파악되었다. 화학무기는 5000여 톤을 보유하여, 화학탄을 125만 발까지 보유한 것으로 파악되었다. 생물무기는 약 15종의 균체를 보유하고, 유사시는 배양하여 사용 가능한 상태인 것으로 보고되었다. 북한은 SCUD, 노동, 무수단, 대포동 1호, 대포동 2호 등 각 종 미사일을 보유하고 있으며, 사거리 1만 km 이상의 탄도탄 미사일을 보유한 것으로 파악되었다.

북한의 대량살상무기의 생산 및 관리체계는 핵무기는 군수공업부 통제 하에서 생산 및 관리되고 있고, 화학무기는 총참모부 산하의 핵화학방위국이 생산하고 각급 부대가 관리하는 것으로 파악되었다. 미사일은 제2경제 위원회 4총국 및 제2자연과학원을 통해 생산되고, 완제품은 미사일지도국에서 관리하고 있는 것으로 보고되었다. 북한은 핵 관련 시설 약 30개, 화학 관련 시설 20여 개 등 약 60개의 대량살상무기 시설을 북한 전역에 분산하여 운용하고 있은 것으로 파악되었다.

이러한 대량살상무기는 조기에 안전하게 처리되어야 한다는 데 합의했다. 즉 핵과 화생 무기체계는 군사통합 이전 단계에서부터 조기에 폐기해 나가도록 합의했다. 또한 국제기구와 협조하여 핵심기술자를 초청하여, 폐기와 관련하여 협조된 처리 작업을 조기에 진행토록 합의했다.

우선 핵무기는 국제공조 하에서 6자회담 등 다자회담을 통해

10월 통일의 날 이전에 제거 및 처리토록 최대한 노력하고, 불가시는 군사통합 초기단계에서 확실한 통제하에 제거토록 합의했다. 화생무기는 화학무기금지기구(OPCW)와 협조체제를 유지하면서 처리토록 했다. 미사일은 한미 미사일 협정과 주변국의 미사일 위협을 고려하면서 단계별로 처리해 나가도록 합의했다.

군사통합이 진행되는 통일의 시점에서 남북한 군이 해결해야 할 가장 중요한 문제 중의 하나는 이념으로 무장된 양측 장병들의 정신교육이라는 데 합의했다. 공산주의와 주체사상으로 무장이 철저한 북한군을 자유민주주의 체제에 적응할 수 있도록 재교육하는 데는 많은 어려움이 예상되므로, 이질성의 극복 차원에서 장병들을 조기에 동화시키기 위한 각종 동화프로그램을 개발하기로 합의했다.

독일의 군사통합 당시 동독군의 인수 및 재편성을 책임지고 있던 당시 독일군 육군중장 쇤봄(Joerg Schoenbohm) 동부지역사령관은 서독에서 온 휘하 장병들에게 "우리는 승자의 자격으로 패자의 앞에 서는 것이 아니라 동족의 자격으로 동족 앞에 선다. 따라서 우리는 새로운 전우를 위하여 협조하고 인내하며 넓은 아량을 갖추어 포용해야한다"고 강조했듯이, 통일조선 국군도 '우리는 하나의 민족과 친구' 라는 전우애를 바탕으로 한 조직적이고

무리 없는 통합을 실시하도록 합의했다.

그러나 남북 분단 이후 한국전쟁이라는 동족상잔의 전쟁을 겪으면서, 80년이 넘는 동안 이질적인 체제 속에서 반목하면서 살아온 남북한 군이 통합하는 경우 많은 복잡한 상황이 발생할 것이라고 판단되었다. 왜냐하면 각각 상이한 체제에서 살아오면서 서로 다른 생활양식에 너무 익숙해졌고, 이로 인해서 양 지역에는 쉽게 극복하기 어려운 벽이 형성되어 있기 때문이었다. 특히 북한군의 경우에는 북한 체제유지의 핵심세력으로서 타 직업에 비해 상대적 우위의 신분유지가 가능하여 간부는 북한에서 선망의 대상이었기 때문에 군사통합 이후 통일조선 국군으로 흡수 통합되는 북한군 출신 장병들의 상대적인 불만은 크리라고 예상되었다.

북한출신 장병들이 새로운 통일조선의 국군 내에서 정체성을 확립하고 남한출신 장병들과의 이질성을 해소할 수 있는 동화교육은 지속적으로 실시되어야 하고 사안에 따라 보완적이고 차등적으로 실시되어야 한다는 데 이의가 없었다.

동화교육은 북한 출신 장병들이 과거의 부담을 청산하고 새로운 사회 환경에 적응할 수 있도록 실시하기로 했다. 동화교육의 초점은 남북한 주민투표에 의해 결정된 통일조선의 헌법에 명시된 자유민주주의 이념과 원리, 시장경제 체제의 원리, 다원주의

가치관 등 통일된 한국사회에서 적응에 필요한 이념과 가치관에 두도록 했다. 이에 병행하여 남한출신 장병들에 대한 재교육도 함께 고려되었다.

따라서 남북한의 군사통합에 있어서는 제도적 통합 이후의 내적 통합을 위해 한민족 고유의 동질성회복 차원뿐 아니라 새로운 시대에 맞는 새로운 동질성의 창조에도 교육의 역점을 두고 준비하도록 했다.

독일의 경우에도 통일연방군에 편입된 동독인민군 출신 장병들은 물론 동독지역 주민에 대한 동화교육이 국민의식 형성에 기초 작업으로 작용했다. 특히 통일연방군 내에서 정체성을 확립하고 상호간의 이질성을 줄이기 위한 대책으로 동독인민군 간부에 대한 재교육이 적극적으로 추진되었다. 이러한 동화교육 가운데는 국민을 위압하던 인민군을 '군복을 입은 시민(Staatsbuerger in Uniform)' 으로 체질을 바꾸려는 정치교육에 중점을 두었다. 장병들을 성숙한 시민으로 육성하기 위해 민주국가의 가치와 더불어 국가기구 및 기능을 중심으로 한 정치교육을 실시했다. 즉 군의 국가보위의 임무, 국가 및 사회에서의 군의 역할 등이 구체적으로 교육되었다.

통일조선의 국군에 편입된 북한인민군 출신 장병들은 과거 독일의 통일과정에서 나타난 것처럼 이데올로기적인 측면뿐 아니라 통일비용으로 인한 남한 국민들의 경제적 부담과 고통으로 인한 마음의 벽이나 상호 비하하는 심리적 분열로 인해 열등감과 소외감을 느낄 수 있을 것으로 예측되었다. 따라서 통합되는 북한인민군 출신 장병들에 대한 인간적인 대우와 세심한 관리를 하도록 했다.

이렇게 다섯 가지 사항에 대해 전반적인 합의를 볼 수 있었던 것은, 우선 김정은 위원장이 군사통합 방안에 대해 많은 양보를 한 특별협상지침을 하달한 것이 크게 작용했다. 그리고 김진성 인민무력부장 겸 총참모장의 통일에 대한 열망과 인권을 중시하는 자유민주주의를 흠모하는 마음이 함께 영향을 미쳤다.

비무장지대의 철책과 지뢰 등의 처리 문제는 정전협정, 환경 문제, 향후 활용 및 보존 대책 등 여러 가지 요인이 복합적으로 걸려 있어 별도의 정부급 회담에서 처리하기로 합의했다.

회담이 성공적으로 끝난 후 만찬은 국방부장관 관저에서 열렸다. 남북한 회담대표와 실무자는 물론이고, 미국과 중국의 대사, 청와대 국가안보실장, 합참의장과 한미연합사령관 등이 참석했다. 이번 군사통합회담을 반공개적으로 진행하여, 미국과 중국에게 합의내용의 일부를 알려줌으로써 불필요한 오해를 사전에 방지하고, 동의를 구하기 위한 치밀한 계획이 포함되어 있었다. 그리고 인민무력부장에게는 합의한 사항을 위반할 수 없도록 하는 고도의 전략적인 의미도 담고 있었다.

"인민무력부장님! 이번 장관급회담의 결과에 대해 만족하십니까?"

칵테일 잔을 들고 김진성 인민무력부장 곁으로 다가선 케이시 한미연합사령관이 낮은 목소리로 물었다.

"우리는 최선의 방안 보다는 차선의 방안을 찾고 있습니다. 이번 회담결과에 만족하며, 앞으로 이를 충족시키기 위해 최선을 다하겠습니다."

김진성 인민무력부장은 조용하지만 단호한 목소리로 대답했다.

"지금도 우리 주한미군이 북쪽으로 이전하는 것을 반대하십니까?"

"예! 그렇습니다. 그것은 중국과 북한을 포함하여 모두를 자극하는 행위라고 생각합니다. 분명히 반대합니다."

"10월 3일 통일의 시점까지는 북한의 핵이 폐기되어야 할 텐데요? 이번 합의사항에 그 문제가 포함되었나요?"

"우리는 이번 협상에서 핵무기폐기원칙에 합의했습니다. 그러나 국제원자력기구(IAEA) 등 국제기구와 협력을 해야 하고, 시간이 소요되는 일인만큼 기간을 명시하는 것은 무리라고 생각하여, 가능한 신속하게 폐기하기로 했습니다. 그런데 남북한 간에 이렇게 협상이 진행된 이상, 정전협정이 폐기되고 비무장지대의 관할과 관리가 우리에게 주어져야 할 텐데 어떻게 생각하시는지요?"

김진성 인민무력부장은 아직도 정전협정을 고수하려고 하는 미국의 입장에 쐐기를 박으려는 듯 눈을 부릅뜨고 연합사령관을 응시했다.

"우리도 그 문제가 통일에 방해가 되지 않도록 신속히 처리할 예정입니다."

"그렇게 해주셔야, 비무장지대의 철책과 지뢰의 제거와 평화적인 이용 등 활용방안을 마련할 수 있습니다. 신속한 처리를 당부 드립니다."

연합사령관은 북한의 인민무력부장이 정전협정의 문제를 들고 나올 줄은 몰랐기 때문에 몹시 당황하며, 미국대사 쪽으로 서둘러 자리를 옮겼다.

만찬은 시종일관 화기애애한 가운데 진행되었고, 폭탄주를 한 잔씩 제조하여 군사통합의 성공을 기원하는 건배를 했다. 만찬 참석자 모두는 서로 손에 손을 잡고 '우리의 소원'을 힘차게 불렀다. 미국과 중국의 대사와 연합사령관에게는 미리 번역된 가사가 배포되어 있었다.

우리의 소원은 통일
꿈에도 소원은 통일
이 정성 다해서 통일
통일을 이루자

이 겨레 살리는 통일
이 나라 찾는데 통일
통일이여 어서 오라
통일이여 오라.

　민간 전문가들이나 정부 관계자들이 모여 이 노래를 부른 적
은 많지만, 남북한의 국방부장관과 미중의 대사 및 연합사령관이
서로 손을 잡고 이 노래를 부르는 장면은 모두를 감격의 도가니로
몰아넣기에 충분했다. 미국과 중국이 통일에 걸림돌로 작용하지
못하도록 하기 위한 정민성 국방부장관의 복안이 숨어 있었다.

　그 다음날 오전에 정민성 국방부장관은 김진성 인민무력부장
일행을 합참의 상황실로 안내했다. 이것은 북한군의 일거수일투
족을 감시하고 있는 상황실의 정보통합체계를 알려줌으로써 북한
군이 통합과정에서 허튼 짓을 하지 못하도록 하기 위한 정민성 국

방부장관의 숨은 의도가 있었다. 병사들과의 오찬은 기대했던 것 이상으로 큰 성과가 있었다. 병사들은 자발적으로 환영행사를 준비했고, 김진성 인민무력부장을 위한 3행시를 지어 낭송했다. 국방부장관과 인민무력부장은 병사들과 함께 줄을 서서 자유배식을 했다. 국방부장관이 시범을 보이고 평생을 식판을 들어 본 적이 거의 없는 인민무력부장이 따라하는 식이었다. 인민무력부장과 한국군 병사들이 함께 식사하는 사진은 언론에 특종으로 보도되었다. 세계의 언론들은 이제는 통일의 거센 물살을 되돌릴 수 없으며, 우려했던 군사통합도 평화적으로 추진할 수 있게 되었다고 앞 다투어 보도했다. 정민성 연출, 김진성과 한국군 병사 주연의 한 편의 드라마가 만들어졌다.

"이번 회담에서 큰 성과를 거둘 수 있었던 것은 인민무력부장님의 협조 덕분이었습니다. 무척 감사합니다."

정 장관은 공항까지 나가 김 부장의 일행을 환송하며 고마움을 표했다.

"이렇게 환대해 주셔서 너무 감사합니다. 특히 우리를 친구처럼 대해주신 모든 국방부 가족에게 고마움을 전합니다. 그리고 북부사령부를 편성하고 고문단을 두기로 했는데, 혹시 가능하시다면 고문단장에 박겨레 소장을 보내주실 수는 없는지요?"

그동안 박겨레 소장의 인간됨에 흠뻑 매료된 인민무력부장이 제의를 했다.

"그렇게 하시지요."

그렇지 않아도 고문단장에 군사통합과 협상의 전문가인 박겨레 소장을 염두에 두고 있던 정 장관은 기꺼이 동의했다. 남북의 협상단은 어려울 것이라고 전망된 핵심 쟁점들이 무리 없이 잘 해결된 것에 만족하며, 다음 5월말에 장관급회담을 다시 하기로 협의하고 헤어졌다.

모의 또 모의

"어서들 오세요. 다들 바쁘실 텐데 이렇게 긴급모임을 소집해 죄송합니다."

아베 하치로 일본공사는 무언가 심기가 불편한지 얼굴이 석고처럼 굳어 있었다.

"요즈음 황사 때문에 불편한 것이 한두 가지가 아니지요. 한반도 정세와 비슷하다고나 할까…."

이또 히라시 국방무관이 창밖을 보며 볼멘소리로 말했다.

"지난주에 남북한 국방부장관 회담이 있었지요. 한국의 신문과 방송에서는 잘 되었다고 떠들어대던데, 진짜 잘 된 겁니까?"

이케다 신죠 노무라증권 지사장이 투덜거리며 물었다.

"잘 되기는요? 자기들끼리 짝짜꿍이 되어 놀아나는 것이지요. 그리고 장관공관의 만찬에 미국과 중국의 대사는 초청했는데, 우리 대사는 뺀다는 게 말이 되는 겁니까?"

요시다 신따로 육군무관이 목청을 높여 불만을 토로했다.

"그러게 말입니다. 대사관에 초청의사를 표시해오기는 했나요."

다나카 에이지 미쓰비시 중공업 지점장도 몹시 걱정이 된다는 표정으로 물었다.

"그러지 않았으니 더 큰 문제지요."

공사는 아직도 기분이 풀이지 않은 듯 창문 밖을 바라보았다.

"남북한의 군사통합은 이제는 되돌릴 수 없는 물길이 된 것이지요?"

이케다 지사장이 무언가 문제가 있는 것 아니냐는 표정으로 다시 물었다.

"사실은 오늘 그 문제로 긴급모임을 소집했습니다. 좌정하시지요."

공사가 자리를 잡으며 말했다.

"지금 남북한 간에 진행되고 있는 군사통합 관련 회담은 큰 무리 없이 진행되고 있는 것으로 관측이 됩니다. 이번 회담 내용 자체는 아직 상세한 정보가 없어 정확하게 판단하기는 어려우나, 미국 측이 알려온 내용과 언론의 보도를 종합해보면 큰 테두리 내에서 모든 합의가 끝난 것으로 생각이 됩니다.”

이또 국방무관은 답답한 듯 헛기침을 하며 말을 이었다.

“문제는 핵무기 폐기원칙에는 합의했다고 하는데 향후 핵무기 처리문제가 명확히 정리가 안 된 것 같고, 초기 군사력 규모도 75만 명으로 확정이 되었으며, 강력한 해군력이 남해안 일대에 배치되도록 되어 있다는 것입니다. 이 모두가 우리가 군사통합의 전제조건으로 내세운 것을 무시하는 조치지요.”

“주한 미군이 북쪽으로 이동하는 문제는 어떻게 되어 가는 것이지요?”

이케다 지사장이 몹시 궁금하다는 표정을 지으며 물었다.

“미국 측에서도 마지막까지 그 문제를 해결해 보려고 노력했는데, 북쪽의 김진성 인민무력부장이 나서서 중국과 북한을 포함하여 모두를 자극하는 행위라고 분명히 반대한다고 발언을 했다는 이야기를 미군 측으로부터 들었습니다.”

요시다 육군무관이 나서며 말했다.

“공식적인 장소에서 그런 이야기를 할 정도가 되었으니 어렵다고 봐야 되겠군요.”

"주한 미군이 이전하면 우리도 함께 한반도에 주둔할 명분을 찾아보려고 노력했는데 당분간은 어려운 일 같습니다. 특히 그동안 많은 노력을 들여 북쪽지역의 정찰을 다했는데 일이 이렇게 될 줄은 예상을 못했습니다."

"그러면 경제적인 진출을 서둘러야 되겠군요."

"우리는 다른 분야의 통합은 잘 되더라도 북한 군부의 강력한 반대로 회담이 지지부진해져서, 군사적인 통합은 어려울 것이라고 판단을 했었지요. 그러나 1, 2차 국방부장관 회담에 이어 이번 3차 회담까지 성공적으로 마무리된 것을 봐서는 이제는 기대를 접어야 할 것 같습니다."

"김정은 위원장과 김진성 인민무력부장의 군 장악능력과 추진력이 대단하다고 평가할 수밖에 없네요."

"그것을 유도하는 이조국 대통령과 정민성 국방부장관의 능력도 평가를 해주어야 할 것 같습니다."

"이제 그 이야기는 그만하고 앞으로 대응방안에 대해 논의해 봅시다. 일이 여기까지 온 이상, 이제는 북한지역에 총영사관을 언제 개설할 것인지? 총영사관 근무자는 누구로 뽑을 것인지? 일본 기업의 지점과 지사들은 어떻게 개설할 것인지가 중요한 문제가 되었어요. 오늘 그 문제를 짚어봅시다."

두 사람의 이야기를 듣고 있던 공사가 조금은 못 마땅한 듯 화제를 돌렸다.

"국방무관이 먼저 말씀드리겠습니다. 북한 지역에 총영사관은 평양에 두고, 필요하면 러시아와의 국경지역인 라진·선봉지구와 중국과의 국경지역인 신의주지역에 영사관을 두어야 된다고 생각합니다. 특히 이 두 지역은 앞으로 일본 기업들이 본격적으로 진출을 해야 하기 때문에 교두보 역할을 해야 하고, 군사적으로도 첨단거점의 역할을 해야 된다고 봅니다."

"육군무관이 말씀드리겠습니다. 국방무관님의 말씀에 전적으로 동의하면서 각 영사관에 근무할 인원들은 일본 정부의 최고의 인재로 선발해서 보내야 된다고 생각합니다. 특히 접경지역에 있는 두 영사관에는 장교들이 함께 근무할 수 있는 방안을 강구해야 된다고 생각합니다."

"두 무관님들의 생각에 동의합니다. 영사관들이 전초기지의 역할을 잘 해준다면 저희 기업 차원에서는 일하기가 훨씬 수월하지요. 저희 기업들도 서울과의 관계를 고려하면서 평양에 지점이나 지사를 두겠지만, 라진·선봉지구와 신의주지구까지 영향력을 어떻게 행사할지는 아직 판단이 제대로 서지 않습니다."

다나카 미쓰비시 중공업 지점장이 조심스럽게 발언을 했다.

"무슨 말씀을 그렇게 하세요. 이것은 기업 차원을 넘어 국가이익을 구현한다는 차원에서 기업이 나서서 해줘야 할 것입니다. 아마 조만간 본국에서 이를 위해 정부와 기업 간 연석회의를 할 거라고 말을 들었습니다."

공사가 급히 나서며 지점장의 소극적인 입장을 지적하고 나섰다.

"본국에서 그렇게 한다면야 여부가 있겠습니까? 저희도 바라는 일이지요."

다나카 지점장은 금방 꼬리를 내리며 공손하게 말했다.

"그런데 통일조선 정부에서 한꺼번에 총영사관과 영사관을 승인해줄까요?"

이케다 지사장이 고개를 좌우로 흔들며 말했다.

"저 공사의 생각으로는 우선 단계적으로 접근해야 된다고 생각합니다. 그러나 과거에 북송한 일본인과 그 후손들이 북한지역 곳곳에 거주하고 있으니, 그들을 보호한다는 명분을 세우면 어렵지는 않으리라 생각됩니다. 특히 기업들이 가족과 함께 신속히 진출하면 더욱 좋은 명분이 생기겠지요."

"잘 알겠습니다. 서울에 있는 지점장들과 조만간 모임을 갖고 그런 입장을 본사에 보고하도록 하겠습니다."

서울에 주둔하는 지점장 모임의 회장으로 있는 다나카 지점장이 자신 있게 말했다.

"오늘 긴급 모임은 앞으로의 신속한 대응이 무엇보다 중요하다는 의미를 담고 있습니다. 한반도 정세가 우리가 예측하지 못할 정도로 빠르게 진행되고 있으니, 모두가 일본의 국익을 수호하는 데 자기 역할을 다해야 할 것입니다."

공사는 마지막으로 국익수호를 당부하며 모임을 마무리했다.

가족회의

　"아버님 지난번에 평양에 가서 지혜씨 부모님을 뵙고 인사를 드렸습니다. 두 분께서는 결혼을 흔쾌히 승낙해 주셨습니다."

　"그래 잘 되었구나. 뭐라고 말씀하시더냐?"

　"두 분께서는 부모님을 존경하신다고 말씀하셨습니다. 그리고 저를 보고 몹시 마음에 들어 하셨습니다. 지혜씨가 사전에 좋은 이야기만 드린 것 같았습니다."

　"참 잘되었구나. 우리 민국이 장가가는 모습을 보게 되어 이제 죽어도 한이 없다."

"아이 할머니는! 이 막내 한석이의 장가가는 모습도 지켜보셔야지요."

"아이구! 이 놈이 이제야 철이 들었네. 그럴 수 있으면 얼마나 좋겠냐!"

"할머니! 꿈에도 그리시던 고향인 평양을 곧 보시게 될 텐데…, 건강하셔야죠."

"그러게 말이다. 벌써부터 마음이 설레는구나. 애비야, 언제 가는 게 좋겠냐?"

"어머님, 그러지 않아도 오늘 이런 저런 이야기를 하기 위해 가족모임을 가졌습니다."

강민국이 김지혜의 부모에게서 결혼 승낙을 받은 후인 5월 말 강 기자와 조영숙은 가족모임을 갖게 되었다. 가족이 함께 모여 앞으로의 계획을 논의하기 위한 자리였다.

"오늘은 몇 가지 논의를 하기 위해 우리 가족모임을 하게 되었습니다. 우선 통일이 되는 시점에 제가 우리 신문사의 평양지국장으로 신청을 했습니다. 아직 결정된 것은 아니지만, 논의를 해야 될 것 같습니다."

강 기자가 먼저 말문을 열었다.

"그 것 참 잘 되었구나. 그러면 우리도 이사를 하게 되는 거냐?"

황선영이 궁금한 듯 제일 먼저 질문을 했다.

"어머니, 애 아빠가 먼저 가서 근무를 하면서 이사 가능성을 알아보도록 했어요. 미리 상의 드리지 못해 죄송해요."

북한지역에서 인권문제 개선을 위해 무언가 할 일을 궁리하고 있던 조영숙이 나섰다.

"아버지, 저도 북한대학원대학교 석사학위과정이 다음 학기에 끝나게 되어 평양지역에서 근무하고 싶어 알아보고 있어요. 아버지와 함께 평양에서 근무하면 좋겠어요."

강선화가 자기의 전공을 살릴 기회가 와서 신나는지 함박웃음을 띄며 말했다.

"그래 좋은 결심이구나. 함께 알아보자구나."

강 기자도 딸이 대견스러운지 즉시 반응을 보였다.

"아버지 저도 금년에 고등학교를 졸업하면 원래 육군사관학교를 가려고 준비하고 있었잖아요. 그런데 최근에 알아보니까 10월에 통일이 되면 평양에 국경경비대사관학교가 생긴다는 이야기를 들었어요. 저도 국경경비대사관학교에 입교해서 우리 국경을 철통같이 지키고 싶어요."

"애야! 너는 왜 꼭 그런데만 좋아하냐? 네 실력이면 서울대 의대도 갈 수 있을 텐데…."

막내가 조금은 편안한 직장을 가졌으면 하고 생각하는 조영숙이 조금은 못마땅한 듯 말했다.

"여보! 나는 이 어려운 시기에 통일된 우리 조국을 위해 무언가 보다 보람된 일을 하겠다는 한석이의 뜻에 전적으로 동의하오."

"어머니 나도 편안한 길보다 통일조국을 위해 험난한 길을 선택하는 한석이의 뜻이 대견하다고 생각해요."

강민국도 동생의 의견에 공감을 표했다.

"아이고! 아버지는 그만 두고라도, 누가 '그 형에 그 아우'가 아니라고 할까봐. 알았어요."

조영숙은 남편과 큰 아들이 두둔하는 바람에 한석이의 조국에 헌신한다는 명분을 존중할 수밖에 없었다.

"감사합니다. 잘 준비해서 꼭 합격하여 보답하겠습니다."

"그래라. 이번 1기는 남북의 수재들이 다 모일 터이니 남은 기간에 더 열심히 공부해야 할 것이다."

강 기자는 막내의 손을 잡고 애정 어린 당부를 했다.

"애비야! 이제 남북한의 통행이 6월부터 보다 확대된다고 하니, 가능한 통일이전에 내 고향 평양에 가서 친척들도 빨리 만나고 싶구나."

"어머님 참 좋은 생각이세요. 그렇지 않아도 가능한 6월 중에 어머님 모시고 평양지역을 한 번 돌아볼 계획을 세우고 있었어요.

민국엄마도 함께 하기로 했어요."

"아범과 어미가 함께 간다니 참 잘 되었구나. 언니가 살아계신다니 무얼 준비해야할지…."

"아빠, 저도 함께 가면 안 될까요? 저는 북한학을 전공은 했지만, 아직 북한에 한 번도 가보지 못했으니 빨리 다녀오고 싶어요. 특히 논문제목을 '통일 전후의 북한의 변화' 로 잡아서 논문을 쓰고 있으니 꼭 한 번 가보고 싶어요. 6월 하순에 방학을 하니 가능한 그 이후에 갈 수 있었으면 좋겠어요."

"그러자 그럼 선화도 함께 해서 7월 초로 여행계획을 잡자. 그러면 선화가 무엇을 볼 것인지? 수속은 어떻게 하는지 한 번 자세히 알아보렴. 당신은 어머님 준비하시는 데 어려움 없도록 잘 챙기세요."

강 기자는 그동안 통일 직전의 북한 상황을 취재할 일이 많을 것 같아 진즉 북한 쪽에 들어가 보고 싶었다. 그동안 할 일이 많아 후배기자들을 보냈었는데 이번에는 평양지국의 개설 문제도 있고 해서 작심하고 휴가를 내어 실상을 보고 싶었다.

"민국이는 결혼 후 살림집을 어디에 꾸미려고 하니? 며느리하고는 상의해보았니? 얼마 안 남았는데…."

조영숙이 아들의 결혼을 앞두고 제일 걱정이 되는 일을 물었다.

"아직 결정은 안했는데, 아무래도 저희들 직장이 있는 개성이

나 평양 쪽이 될 것 같아요."

"걱정이구나. 빨리 결정되어야 집을 얻을 수 있을 텐데… 이번에 서울 쪽에 집을 얻어 본사에 근무하면 안 되겠니?"

"앞으로 북쪽에서 할 일이 많을 텐데요… 서울로 나오는 것은 바람직하지 않을 것으로 생각돼요. 그리고 결혼을 해도 직장 때문에 당분간은 헤어져 살아야 하니 집 문제로 너무 걱정 마세요. 필요하면 지혜씨와 상의해서 말씀을 드릴께요."

몸과 마음을 섞다

우려되는 정치통합은 통일헌법이 통과됨으로써 사실상 핵심적인 사안은 결정되었다. 북한의 군부세력들은 연방제를 강력하게 주장하며 체제유지를 도모하려 하였으나, 김정은 위원장의 결단으로 자유민주주의와 시장경제체제를 선택하는 것으로 결정되었다. 그것은 김정은 위원장과 김정철 특사의 스위스 유학경험이 크게 작용했지만, 이조국 대통령의 따뜻한 배려가 큰 영향을 미쳤다. 만약에 김정은 위원장이 이조국 대통령을 신뢰하지 않았다면, 정치통합은 가장 어려운 과정이 될 수밖에 없었을 것이다.

통일조선은 민주공화국으로 주권은 국민에게 있고, 모든 권력은 국민으로부터 나온다고 명시했다. 통일조선의 국민의 요건은 법률로 정하며, 영토는 한반도와 그 부속도서로 함을 명시함으로서 주권, 국민과 영토 조항을 명확히 정했다.

헌법에 의해 체결된 조약과 일반적으로 승인된 국제법규는 국내법과 같은 효력을 지니는 것으로 하여 북한이 체결한 조약을 승계할 것임을 분명히 했다.

정당설립은 자유이며, 복수정당제는 보장된다고 명시하면서도 정당의 목적이 민주적이어야 함을 강조하여 자유민주주의의 기본이념을 헤치는 정당은 해산이 가능하도록 했다.

입법, 행정, 사법의 3권 분립을 명시했다. 국회, 대통령과 행정부, 법원과 헌법재판소를 두기로 했다.

국회의원은 400명으로 하되, 남북한의 주민의 수를 고려하여 선거구를 300개로 편성하고, 비례대표 개념으로 직능대표 100명을 두어 국회의원의 전문성을 유지하기로 했다. 인구비례원칙에 따라 남쪽에 200개 선거구를, 북쪽에 100개 선거구를 두기로 했다. 국회의장은 1명, 국회부의장은 2명을 두기로 했으며, 국회부의장은 남북 출신이 각각 한 명씩 나누어 하기로 했다.

4년 중임제의 대통령제를 당분간 유지하되, 대통령은 국가의 원수로서 외국에 대하여 국가를 대표하도록 했다. 외교와 안보를 주로 담당하는 대통령과 국내정치를 담당하는 부통령을 두어 권력을 분담하도록 했다. 국민통합이 완성되었다고 판단될 때까지 부통령은 가능한 대통령과 다른 지역 출신을 배려토록 법률에 명시하기로 했다. 예를 들어 남쪽 출신의 대통령 후보자는 북쪽 출신의 부통령 후보자를, 북쪽 출신의 대통령 후보자는 남쪽 출신의 부통령 후보자를 러닝메이트(running mate)로 선정하여 입후보하기로 했다.

지방자치제를 유지하면서 지방자치단체장의 권한을 강화했으며, 상대적으로 뒤진 북한지역을 고려하여 남북의 생활수준이 일치될 때까지는 세금의 배분에서 북쪽을 우선적으로 배려하기로 했다. 이 조항은 연방제를 고집하던 북한의 집단들이 이를 포기하는 데 결정적인 역할을 했다.

선거는 자유민주주의 원칙에 따라 직접, 자유, 비밀, 평등선거를 보장하도록 했다.

법원은 3심제를 유지하고, 헌법재판소를 두기로 했다. 자유민주주의 헌법의 질서와 법을 이해하지 못하는 북한의 법관들과 주민들을 위해 초기 단계에서는 북쪽지역의 재판을 남쪽과 북쪽지역 법관들이 2 대 1 개념으로 편성되어, 재판이 진행되도록 했다. 그리고 북쪽지역의 법관들은 동화교육 차원에서 일정한 시험을 치른 후 재임용하는 제도를 발전시키도록 했다.

제도에 대한 논의는 여러 가지 진통 끝에 헌법이 국민투표를 통과하고, 관련된 법률이 남북한 국회의 비준을 통해 대부분 마무리되었다. 그러나 각 기구를 어디에 둘 것인가 하는 문제는 수차례의 장관급회담과 총리회담에서도 견해의 차이를 해소할 수 없었다. 따라서 정상회담을 통해 이 문제를 해결하기로 했다.

　　6월 초 서울에서는 이조국 대통령과 김정은 위원장 사이에 제2차 정상회담이 열렸다. 작년 판문점에서의 제1차 정상회담 후 약 1년여 만에 열리는 양자회담이었고, 작년 10월 초의 제주도에서의 미국과 중국의 지도자와의 4자회담 이후 8개월 만의 만남이었다.

　　"위원장님! 그동안 잘 지내셨는지요? 약 8개월 만에 뵙겠습니다. 오시느라 수고가 많으셨습니다."

　　"대통령님! 이렇게 환대해주셔서 감사합니다. 특히 이곳에 오면서 길가에 많은 시민들이 환호해주셔서 무척 놀랐습니다. 감사합니다."

　　"그것은 위원장님께서 평화통일에 적극적인 협력을 해주시고, 북한동포에 대한 인권의 문제를 잘 해결해 주신 결과라고 생각합니다. 특히 조국의 평화를 위해 헌신적으로 노력하시는 모습을 남쪽국민들이 높이 평가한 것이지요."

"북쪽 호위사령부와 국가안전보위부에서는 신변이 보장될수 없다고 반대를 했었는데, 와서 보니 도리어 국민들의 환영을 받게 되어 제주도에서의 만남과는 다른 의미가 있습니다. 감사합니다."

"이번에 차량을 통해서 오셨는데, 비무장지대 철책지역을 통과하실 때 감회는 어떠하셨는지요?"

"지난 번 군사통합과 관련한 국방부장관 회담이 잘 되어, 지금 비무장지대에서는 군대를 감축하고 후방으로 이동하는 작업이 한창입니다. 그리고 제가 통과해온 개성과 문산 지역 일대는 철책 철거작업도 진행되는 것을 보고 왔습니다. 한반도의 평화가 정착되고 조국의 평화통일이 착착 진행되고 있는 현장을 보니 저 스스로 통일을 실감하게 되었습니다."

"이게 다 김 위원장님께서 각별하게 노력하신 덕분이지요."

"아니지요. 대통령님께서 저를 포용해주시고 길을 가르쳐 주신 덕분입니다. 이 번 기회에 다시 한 번 감사드립니다."

"우리 다함께 손잡고 가는 길이 영광의 길이지요. 우리 김정철 특사와 김진성 인민무력부장님의 노고도 무척 컸지요. 감사합니다."

이 대통령은 김정철과 김진성을 바라보았다. 오늘 회담의 공식수행원으로는 북쪽에서는 김정철 특사와 김진성 인민무력부장이, 남쪽에서는 한우리 특사와 정민성 국방부장관이 참여했다. 남북한 양쪽의 특사를 참여시킨 것은 그동안의 노고를 치하하기 위해서였고, 국방부장관을 참여시킨 것은 군사통합과 관련하여 오늘 회담으로 가능한 모든 장애물을 제거하려는 이 대통령의 의도가 포함되어 있었다.

"저희들 특사야 대통령님과 위원장님 두 분께서 지침을 잘 주셔서 지금까지 큰 어려움 없이 보좌를 해드릴 수 있었습니다. 특히 한 특사께서 잘 지도해주셨지요."

김정철 특사는 모든 공을 이 대통령과 김 위원장에게 돌리고, 한우리 특사를 치켜세우며 공손하게 말했다.

"김정은 위원장님의 용단이 없었으면 평화적인 군사통합은 불가능한 일이었지요. 그리고 김진성 인민무력부장님의 전우애와 배려에도 특별히 감사드립니다."

정민성 국방부장관이 군사통합의 성과를 김정은 위원장과 김진성 인민무력부장에게 돌렸다.

"서로를 배려하고 함께 하는 모습이 참 아름답습니다. 감사합니다. 그런데 아직 풀리지 않은 문제가 통일조선의 수도를 정하는 것과 행정, 입법 및 사법기관과 국영기업들의 위치를 정하는 것이지요. 그 문제를 오늘 하나하나 풀어보시지요."

이조국 대통령이 회담의 본론으로 들어가기 위해 핵심의제를 꺼내자 김정은 위원장이 바로 말을 받았다.

"지금까지 우리 북쪽에서는 가능한 모든 문제를 남쪽의 입장을 존중하며 해결하려고 노력해왔습니다. 그것은 자유민주주의가 바람직하고, 특히 통일조국이 부강한 일류국가가 되어야 한다는 열망이 있었기 때문이지요. 북쪽의 주민들도 이러한 뜻을 함께 했기 때문에 이 시점까지 큰 문제없이 통일의 여정을 손잡고 걸어왔다고 생각합니다. 그러나 통일조국의 수도를 포함해서 행정, 입법, 사법기관과 국영기업들의 본사 위치마저 남쪽이 원하는 방향으로 결정되어서는 북한주민들의 소외의식은 너무 커지리라 예측됩니다. 벌써부터 우리는 2등 국민이 되는 것 아니냐는 볼멘소리가 들려오고 있지요. 따라서 북쪽의 발전과 주민들의 자긍심 고취라는 대승적 차원에서 결정해주셨으면 합니다."

"통일조선의 수도는 서울로 한다는 데는 동의하시는지요?"

"예! 잠정적으로 수도를 서울로 하는 데는 이견은 없습니다. 그러나 서울이 포화상태인 점과 먼 조국의 미래를 생각해보면 통일 후 안정이 되면, 수도를 한강과 임진강이 만나는 남쪽의 김포반도와 북쪽의 관산반도, 그리고 한강하구를 어우르는 지역이 수도가 된다면 서해안 시대 남북의 균형발전을 위해 바람직하다고 생각합니다. 그러나 그것은 미래의 일입니다. 지금 간곡하게 말씀드리고 싶은 것은 대전과 세종시에 있는 행정부서를 평양으로 이전해 주셨으면 합니다. 그리고 국민의 대표 입법기관인 국회를 평양으로 옮겨주셨으면 합니다."

김정은 위원장은 읍소하는 자세로 소망사항을 간곡하게 말했다.

"김 위원장님의 말씀하는 취지는 충분히 이해합니다. 그렇지 않아도 행정부서의 이전문제는 지난 번 총리회담 이후에 적극적으로 검토하고 있습니다. 대전과 충청도민들의 이해를 구했고, 지금 국회에서 활발하게 논의하고 있습니다. 시간이 없는만큼 남북한 동시 선거가 예정되어 있는 8월말까지는 이 논의를 마무리 지을 예정입니다. 국회를 평양으로 옮기는 문제는 당장은 여러가지 제한이 많습니다. 그 대신 사법부 중 헌법재판소를 옮기는 방안을 적극 검토하겠습니다."

이조국 대통령은 배려하는 마음을 담아 정중하게 말했다.

"대통령님의 배려하시는 마음을 가슴깊이 느끼고 있습니다. 헌법재판소를 이전토록 조치해주셔서 감사합니다. 행정부서의 이전 문제가 어려운 줄은 알고 있고, 지방자치제 하에서 단체장과 지역주민들의 의견을 수렴해야 된다는 것도 이해합니다. 그러나 그에 못지않게 대통령님의 결단이 중요하다고 생각합니다. 꼭 도와주십시오."

"위원장님, 최선을 다하겠습니다. 그리고 국영기업체의 본사를 옮기는 문제는 앞으로 북쪽지역에 전기, 철도, 도로, 주택, 환경, 산림녹화 등의 기간시설 및 산업과 농업, 수산업, 목축업 등 생계 지원 산업에 관련된 국영기업체의 본사를 최우선적으로 북쪽으로 이전토록 준비하고 있습니다. 그리고 이어서 추가적으로 필요하다고 판단되는 국영기업체도 단계적으로 북쪽지역으로 이전시킬 계획입니다."

이조국 대통령은 북쪽지역의 개발에 필요한 부서와 기업체를 신속하게 이전해야 한다는 생각을 구체화하기 위해 국회에 법안을 상정했다는 것을 설명했다.

"특히 북쪽주민들의 먹고 사는 문제를 조속히 해결하기 위해 식품업체와 섬유업체를 포함한 경공업부서와 업체들의 북쪽 이전을 지원하겠습니다. 그리고 개성, 신의주, 라진과 선봉에 이어 각 도별로 대규모 공단을 지어 자유무역지대를 확대해서 북쪽주민들의 고용을 창출하고 생활수준을 향상시키겠습니다."

"대통령님 감사합니다. 저희는 군대의 감축을 계획대로 신속히 추진하여 젊은 인력들이 산업현장에서 능력을 발휘할 수 있도록 하겠습니다. 지난 5월까지 과거 정치범 수용소를 포함한 인권유린 시설은 완전히 폐쇄조치했습니다. 정치범과 사상범은 사면 복권을 시켜 본인들이 희망하면 남쪽으로 내려 보냈습니다."

"김 위원장님! 감사합니다. 작년부터 지난달까지 약 1만여 명의 인사들이 남쪽으로 넘어 온 것으로 보고 받고 있습니다. 그런 조치를 해주서서 감사합니다. 남쪽 주민들이 오늘 김 위원장님을 열렬히 환영한 가장 큰 이유 중의 하나도 바로 인권개선을 위한 김 위원장님의 노력을 높이 평가한 것 때문이지요."

"대통령님! 저는 오는 8월 31일 계획된 대통령과 부통령 선거가 안전하게 잘 진행되도록 최선을 다하겠습니다. 선거가 끝나 결과가 발표되면, 저는 모든 직책을 내려놓고 야인으로 돌아갈 생각입니다. 그 전에 한 가지 부탁말씀을 드린다면, 통일된 조국의 모든 조직에서 가능한 균형인사를 통해 북한의 인재도 능력을 발휘할 수 있도록 해주십시오."

"그렇게 어려운 결단을 내려주신 데 대해 경의를 표합니다. 당연히 균형인사를 해야지요. 아니 국민화합 차원에서 북쪽 인사들이 등용되어야 한다고 생각합니다. 오늘 의제는 잘 마무리 된 것 같습니다. 김정철 특별비서나 긴진성 인민무력부장께서는 말씀하실 사항이 있으신지요?"

"대통령님! 저희는 오늘 이 귀한 정상회담에 참석한 것만으로도 큰 영광입니다. 두 분께서 합의한 사항을 중심으로 집행토록 하겠습니다."

그동안 조용하게 경청하고 있던 김정철 특별비서가 정중하나 단호하게 의지를 표명했다.

공식회담 후 만찬은 화기애애한 분위기 속에서 진행되었다. 만찬 후 열린 비공식회담은 청와대 경내에 있는 녹지원과 상춘재에서 열렸다. 녹지원은 경복궁의 후원으로서, 조선 시대에는 과거를 보는 장소로 이용되기도 했다. 일제강점기에는 총독관저의 정원으로 사용되던 것을 1968년에 잔디를 입히고 정원으로 조성했다. 녹지원에는 300년 이상 된 반송(盤松)이 있어 의미가 있었다. 상춘재는 녹지원에 자리 잡은 아담한 한옥으로 외빈 접견에 이용되고 있었다.

북악산의 하늘에는 별이 떠 있고, 산들바람이 솔솔 불어 정원에서 술 한 잔에 시 한 수를 읊기에는 최상의 날씨였다. 둘이 자리를 잡고 그동안 주변 사람들을 의식해서 나누지 못했던 신상에 관한 이런 저런 이야기를 나누었다.

"앞으로 선거에 출마하실 생각은 없으신지요?"

"저 같이 죄를 많이 지은 사람이 어떻게 선거에 나갈 수 있겠습니까. 통일조선의 국민들이 저의 잘못을 용서해주신다면 그걸 행복으로 받아들이며 시골에서 조용하게 야인으로 살아야지요."

"최근 2년 동안의 위원장님의 북한주민의 인권개선과 한반도의 평화통일을 위한 행동은 남쪽 국민들에게 깊은 인상을 주었지요. 물론 과거사 청산이라는 과정이 있어야 하지만, 국민들도 과거의 잘못을 너그럽게 받아 주리라 믿습니다."

"그렇게 말씀해주시니 감사합니다. 내일 오후의 국회연설에서 사죄의 말씀을 드리려 합니다."

"참 좋으신 생각입니다. 국민들은 물론이고 세계의 모든 언론들이 내일 위원장님의 국회연설을 주시할 것입니다."

이조국 대통령은 이번 방문 기간 동안 김 위원장의 국회연설 일정을 잡은 것이 참 잘 된 일이라 생각하며 조심스럽게 다음 주제로 이야기를 돌렸다.

"김 위원장님도 잘 아시다시피 통일조선의 새로운 법률이 정하는 바에 따라 대통령제를 유지하는 동안은 대통령후보는 남북한의 다른 쪽의 부통령 후보를 러닝메이트로 택하도록 되어 있지요. 곧 후보등록이 시작될 텐데 북쪽에서 대통령 후보로 나올 만한 분을 아시는지요?"

"저의 개인적인 생각입니다만, 당분간은 남쪽 출신의 대통령이 통일조국을 통치해야 한다고 생각합니다. 북쪽에는 자유민주주의를 완전히 이해하고 세계질서를 주도하면서 일류국가를 만들수 있는 인재는 아직은 없다고 생각합니다. 통일조선의 초대 대통령은 모든 경륜과 인품을 갖춘 대통령님께서 해주셔야 통일조선이 안정이 되리라고 생각합니다."

"과분한 말씀입니다. 저 스스로 한없이 부족하지만, 역사적인 사명감과 소명의식을 갖고 이번에 대통령선거에 출마하기로 결심을 했습니다. 문제는 러닝메이트를 아직 구하지 못하고 있습니다. 혹시 추천해주실 분은 있으신지요?"

"부족한 저에게 자문을 구해주시니 한없이 영광입니다. 혹시…, 김정철 특사는 어떠신지요…? 그는 저의 형이지만 인품이 훌륭하고 유능하며, 민주주의를 이해하고, 이번에 특사의 역할을 잘 해냈지요. '김정은 패밀리' 라는 흠은 있지만, 북쪽에서 과거청산에 발목을 잡힐만한 그릇된 일을 하지 않았고, 북한 인민들의 인권개선과 삶의 질 향상에 크게 기여를 해서 북한주민들의 지지도 받고 있지요. 대통령님을 잘 보필할 수 있는 최고의 러닝메이트가 될 수 있으리라 생각이 듭니다."

"이렇게 격의 없이 말씀해 주시니 감사합니다. 저도 그렇게 생각은 하고 있었는데 쉽게 말씀을 드리지 못했습니다. 특사님의 의중을 떠보셔서 내일 떠나시기 전까지 말씀을 해주시지요. 선거공약은 평화통일 이후 한반도의 비전, 일류국가로의 도약문제에 포함하여 남북한 균형적인 인사문제, 북쪽주민들의 생활수준 향상문제 등을 내세울까 합니다."

"가능하시다면 제2행정수도와 공기업의 이전문제도 포함시켜 주신다면 남북한 균형발전 측면에서 많은 호응을 얻을 수 있으리라 생각합니다."

"그렇게 하겠습니다. 자 한 잔 더 드시지요."

이 대통령은 잘 익은 청포도로 만든 마주앙을 한잔 그득히 부었다.

"통일이 가까워지는 요즈음 서울에는 '통일아리랑' 이라는 노래가 유행하고 있습니다. 우리 전통 아리랑 곡에 따라서 부르니, 매우 쉽고 흥이 나서 저도 배웠는데 한 번 불러보겠습니다."

이 대통령은 김 위원장의 손을 잡고 그의 눈을 그윽하게 바라보며 나직한 목소리로 통일아리랑 제1절을 불렀다.

통일아리랑

아리랑 아리랑 아라리요
아리랑 고개로 넘어 간다
우리 다함께 손잡고 가서
통일을 이루어 잘살아 보세
아리랑 아리랑 통일아리랑
통일의 고개를 잘 넘어 간다
아리 아리랑 통일아리랑
통일의 고개를 잘 넘어 간다

김 위원장은 아버지뻘이 되는 이 대통령이 오직 그를 위해 노래하는 모습을 존경에 찬 시선으로 바라보며 감격하였다.

"존경하는 대통령님 감사합니다. 남북한 주민들이 함께 손을 잡고 가면 평화통일도 이룰 수 있다는 통일의 염원을 담은 노래네요. 평화통일의 목표와 평화통일을 위한 각오 및 주인정신이 잘 부각된 노래여서 참 좋습니다. 북쪽에 가면 저도 이 노래를 함께 부를 수 있도록 하겠습니다. 저는 부족하지만 '희망'이란 자작시 한 수로 답례를 올릴까 합니다."

희망

터질 듯 부푼 열정 속에 피었던
눈시울 환한 그리움도
삶의 한 모퉁이를 에돌아 돌아온
흔들리는 괴로움도

추억마저 거부한 채
혼백을 후벼 파는 삶의 아픔도

새벽 풀 섶에 한 방울 이슬처럼

날 속인 휘청거린 세월도

스쳐간 지금,

통일의 희망 하나 안고
살아간다는
그 의미 하나만으로도
눈이 시린

우리는,
행복한 사람이다.

김 위원장은 눈을 지그시 감고 시를 운율에 맞추어 낭송했다.

"삶의 아픔 속에서도 희망과 행복이 우러나오는 훌륭한 시 잘 들었습니다. 고맙습니다."

이 대통령도 김 위원장의 심중을 표현하는 애달픈 시에서 희망과 행복이라는 의미를 들추며 칭찬을 했다.

둘은 상춘재 안으로 손을 잡고 들어가, 깊은 밤까지 마주앙에 우정을 안주 삼아, 통일조국의 밝은 미래를 설계했다.

다음날 김 위원장의 국회연설은 대성공을 거두었다. 국회의원들은 평화통일과 북한주민들의 인권개선을 위해 헌신적으로 노력하는 그를 따뜻한 마음을 담은 기립박수로 맞이했다. 그는 평화통일의 당위성과 통일 이후 조국의 비전과 희망을 이야기 했으며, 앞으로 남은 3개월 동안 조국의 평화통일을 위해 그의 역할과 사명을 다 할 것을 다짐했다. 그리고 과거의 잘못된 그의 행동을 하나하나 짚어가며 용서를 구했다. 국회의원들은 열 차례 넘게 일어나 박수로 그의 연설에 공감을 표했다. 그의 연설장면은 한반도는 물론 세계 각국으로 실황 중계되었다.

김 위원장의 국회연설은 아직도 그를 불신하고 있었던 남쪽주민들에게는 희망을, 통일의 과정에서 몸을 잔뜩 움츠려야 했던 북쪽주민들에게는 자긍심을, 의혹의 눈을 가지고 있던 세계인들에게는 한반도의 평화통일에 대한 비전과 확신을 주었다. 특히 열렬히 환호하는 국회의원들의 모습은 아직도 신변안전을 우려하면서 중국 쪽을 바라보며 연방제통일을 도모하던 북한의 체제수호세력에게 안도감을 주었다.

세계의 언론들은 김정은 위원장의 국회연설장면을 "통일열차 국회에서 출발하다", "김정은 루비콘 강을 건너다", "손잡은 김정은과 국회의원" 등 다양한 제목을 달아 특집으로 보도했다.

꿈은 익어가고

"신 대표, 그동안 잘 지냈지? 보고 싶었네! 누구 왔어?"

"오빠가 일등이세요. 요즈음 신문에서 오빠의 기사 읽는 맛에 살아요."

"고마워! 무슨 기사가 그렇게 맘에 들었어?"

"'마음과 혼을 다 주고 간 김정은!' 오빠 어디서 그런 멋진 제목을 뽑을 생각을 하셨어요. 오빠는 통일과 연애하는 순정파야!"

"그거 다 신소녀 대표를 생각하며 뽑았지."

"아이 몰라. 오빠는….'"

신 대표는 소녀처럼 얼굴이 빨개지며 강 기자를 꼬집었다.

남북 정상회담이 끝난 2번째 토요일인 6월 13일 친구들은 6월 모임을 2주 앞당겨 하기로 했다. 친구들은 오후 6시 30분 이전에 앞서거니 뒤서거니 하며 모두 도착했다.

신 대표는 조국의 통일을 위해 고생하는 오빠들을 몸보신시킨다며 토종닭에 전복, 황칠, 마늘과 경산대추를 듬뿍 넣어 오랜 시간 고아낸 전복삼계탕을 준비했다. 술은 정읍의 복분자주에, 안주는 토종꿀에 수삼을 찍어 먹을 수 있도록 준비했다. 대부분 공직자이며 주머니 사정이 넉넉하지 못한 오빠들의 사정을 알고 있는 신 대표는 저녁 한 끼 식사가 술과 음료수를 포함하여 2만원을 넘지 않도록 식단을 정성을 들여 최대한 염가로 준비했다.

"우리 신 대표가 최고야! 이 삼계탕 국물의 감칠맛은 어디에서도 맛볼 수 없다니까! 어디 강 기자에게는 전복을 몇 마리나 더 넣었나 보자."

식성이 좋은 이대한 외교부 정책실장이 강 기자 그릇에서 전복 하나를 꺼내 입에 재빨리 넣으며, 입이 마르도록 신 대표의 솜씨를 칭찬했다.

"오빠가 또 놀릴까봐, 대한 오빠 그릇에도 전복을 잔뜩 넣었는데…. 오빠 혼날 줄 알아!"

신 대표가 이렇게 말하며 이대한에게 눈을 흘긴다.

"친구들! 그동안 잘 지내셨지? 각 부처에서 통일의 선도적인 역할을 하느라 수고가 많았소. 오늘 우리가 평소보다 2주 앞당겨 모인 것은 국방부장관회담을 잘 끝내고, 이번에 중장으로 진급되어 다음 주에 평양으로 떠나는 박겨레 중장을 축하하기 위해서입니다. 여러분도 잘 아시다시피, 박 중장은 앞으로 통일의 그날까지 평양에 설치되는 북부사령부의 고문단장으로 근무하게 되었어요. 군사통합과정에서 무척 어려운 일이 기다리는 중책이라 생각합니다. 우리 모두 박 중장의 승진과 앞으로의 건승을 위해 축배를 합시다. 이 모든 것을 위하여!"

강 기자가 식사가 시작되는 시점에서 모임의 취지와 축배를 제의했다.

"위하여!"

"아니, 소문에는 북쪽의 인민무력부장이 친구를 짝사랑해서 직접 요청했다고 하던데, 그 말이 사실이야?"

감상웅 회장이 어디서 들었는지, 몹시 궁금한 표정으로 물었다.

"인민무력부장이 박 장군의 능력과 인품에 흠뻑 매료되어 연인이 되었다고 장안에 소문이 자자하잖아."

황만주 국정원차장이 문무를 겸비한 박 장군의 인품을 강조하며 장난기를 섞어 두둔했다.

"나는 박 장군이 바로 우리의 친구라는 게 이렇게 영광스러울

수가 없네."

친구들의 이야기를 듣고 있던 강 기자도 소회를 밝혔다.

"부족한 나를 이렇게 격려해주고 환송을 해주어 고맙소. 친구들도 잘 알다시피, 나야 그저 조국을 위해 충성을 다하는 '위국헌신 군인본분'이라는 군인의 본분을 지켰을 뿐이요. 이렇게 승진을 하게 된 것은 다 친구들 덕이고, 중책을 맡게 된 것은 평화통일을 위해 헌신을 다하라는 조국의 부름을 받은 거라 생각하오. 약 500여 명의 고문단을 인솔하여 북쪽으로 가게 되는데 친구들의 이야기대로 어려운 일을 맡게 되어 걱정이 많이 되오. 기도를 많이 해주시오."

박겨레 중장이 겸허한 태도로 담담하게 말했다.

"고문단의 임무나 편성은 비밀일 터이니, 물어보면 안 될 것이고…. 우리 박 장군의 건승을 다시 한 번 기원하며 맛있게 식사합시다."

삼계탕이 식을 것을 우려한 강 기자가 먼저 식사할 것을 권했다. 서로가 유머를 섞은 환담과 복분자주는 분위기를 한껏 고조시켰다. 평양기생을 조심해야 한다는 등, 명주치마에는 절대로 시를 써주면 안 된다는 등, 북녀(北女)가 좋아 남남(南男)을 절대로 잊어서는 안 된다는 등 이런 저런 농이 오갔다.

식사 후에는 지난 남북정상회담을 평가하고, 앞으로 통일의 시점까지 특별히 예정되어 있는 일에 대해서 돌아가면서 허심탄회하게 이야기했다.

"나는 어머님을 모시고 7월초에 평양을 다녀올 예정이야. 본사에서 통일의 시점에 평양지국을 열고 싶어하고, 나도 평양지국장으로 신청해 놓은 상태이기 때문에 평양을 미리 둘러보고 싶네. 아마 평생소원이 이루어지는 순간이 될 것 같아 지금부터 마음이 설레네. 그리고 민국이가 통일의 날에 북한 처녀와 결혼을 할 것같네."

강 기자는 이번 여행과 앞으로의 계획을 설명했다.

"뭐? 오는 10월 3일에, 북한 처녀와 결혼을 한다고?"

모두가 놀라며 입을 다물지 못했다.

"그래! 민국이가 개성공단 지역에 근무하면서 4년여 동안 사귀어온 북한 출신 처녀가 있는데, 최근에 양가에서 승낙을 받고 결혼을 준비하고 있다네."

"남남북녀라니까 미모는 물어볼 것이 없을 것이고…, 자네도 벌써 만나보았다, 이거지?"

모두가 궁금해서 죽겠다는 투로 질문을 던졌다.

"그래, 이번에 평양여행 중에 평양에 사시는 사돈어른들도 한번 뵐 생각이네."

"그동안 그렇게 진척이 되었는데, 죽마고우인 우리에게 이제야 이야기한다는 말이지? 어떻든 크게 축하하네."

친구들은 자기들의 일인 양, 모두들 박수를 치며 축하했다.

"나도 다음 달에 신의주와 라진·선봉 경협지역의 우리 공장들을 방문할 예정이네. 이번 기회에 평양지역도 잠시 둘러보려고 하네. 통일이 되면, 경협지역의 공장을 확장하고, 평양에도 공장을 세워 북한주민들의 입는 문제를 우선적으로 해결하고 싶네."

김상웅 회장이 북쪽지역에 대한 투자확대계획을 말했다.

"야! 그거 듣던 중 반가운 이야기야! 우리 기업인들이 모두 그런 생각을 가져야 하는데, 우리 김 회장이 앞장서서 이를 실천한다니 잘 된 일이네."

친구들은 김 회장의 계획을 적극적으로 지지하고 나섰다.

"그나저나 친구들이 전부 북쪽으로 달려가니, 우리도 엉덩이가 들썩들썩 해지는군. 다음 모임이야 여기서 하더라도, 통일 이후 첫 모임인 12월 모임은 평양에서 하면 어떨까?"

모임의 총무격인 황만주 국가정보원 차장이 건의했다.

"나와 박 장군에게는 좋은 일이지만, 다른 친구들은 일정상 가능할지 모르겠네. 특히 김소녀 대표에게는 무척 미안한 일이고 말이야…."

강 기자가 나서서 걱정되는 문제를 짚었다.

"오빠, 저는 걱정하지 마세요. 저도 평양을 빨리 한번 가보고 싶어요. 통일이 되는 금년에 꼭 한번 가보고 싶었는데, 마침 잘 된 것 같아요."

"우리 김 대표가 그렇게 생각한다면, 우리도 업무조정을 할 수 있도록 여기서 개략적인 일정을 정하세. 12월 19일이 토요일이니, 1박 2일 일정으로 정하면 어떨까? 서울 사람들은 차 한 대로 함께 올라가면 좋을 것 같네."

황만주 차장은 마음이 이미 평양에 가 있는지, 달력을 보면서 일정을 제안했다.

"좋은 날 같은데…. 혹시 어려운 사람은 있는지? 없다면 그날로 결정하겠네. 그런데 벌써부터 평양 사람과 서울 사람을 구분하면 섭섭하잖나…?"

모두는 서로를 번갈아 보며, 어린아이처럼 큰 박수와 환호로 기대심을 표하고 모임을 마쳤다.

"오빠! 민석이가 엊그제 단짝친구들과 함께 여기 들렀는데, 국경경비대사관학교를 가겠다고 하네요…. 얼마 전까지 육군사관학교에 가겠다고 한참 야단이더구만…. 그 녀석은 왜 그런 데만 좋아하는지 모르겠어요? 그리고 국경경비대사관학교가 평양에 세워질 가능성이 높다면서요…? 위험하지 않을까요?"

한 대표가 맨 마지막으로 나가는 강 기자를 붙잡고 무척 걱정이 된다는 표정으로 민석이 이야기를 꺼냈다.

강 기자는 평생 처녀로 민석이를 양자처럼 생각하며 살아가는 한 대표의 입장을 생각하며, 국경경비대사관학교가 앞으로 얼마나 중요한 역할을 할 것인지 등을 자세히 설명했다.

장벽을 넘어 희망으로

통일의 과정에서 비무장지대 일대와 해안, 한강 및 임진강 일대에 처진 철책과 지뢰를 제거하는 작업은 난제 중의 난제였다. 우선 비무장지대의 철책과 지뢰를 제거하고 그 일대를 평화적으로 활용하는 것은 남북 양쪽의 국방부장관회담에서 합의를 보았다. 그러나 문제는 누가, 언제부터, 어떻게 작업을 할 것인가와 어느 지역을 보존할 것인가 등 정부 차원에서 결정되어야 할 사항이 많았다. 특히 환경보호단체들은 환경보존지구를 설치하여 운영하기를 원했다. UN에서는 비무장지대 일대에 평화공원을 만들기를 희망했다. 과거 그 지역에 토지소유권을 가지고 있는 민간인들은 그 지역을 자신들에게 돌려주기를 바랐다. 기업들은 이 지역의 일부를 관광보존지구로 지정하여 박물관을 만들고 호텔들을 세워 세계적인 관광지로 개발하자고 요구했다.

정부는 이러한 모든 요구를 수용하면서 '비무장지대의 활용을 위한 종합추진계획'을 수립하기로 했다. 이러한 종합추진계획에서는 이 모든 작업을 단계화하여 추진하기로 했다. 우선 1단계로 비무장지대의 모든 토지는 거래를 금지시키고, 가능한 국유화조치를 한 후 필요한 토지는 정부에서 보상하도록 했다. 통일 이전에 해안선, 한강과 임진강에 쳐진 철책은 우선적으로 제거하기로 합의했다. 다음 2단계는 비무장지대의 병력을 후방으로 이동시키기로 했다. 특히 대규모로 병력을 축소해야 하는 북쪽은 그 과정에서 비무장지대에 배치된 병력부터 축소해나가기로 합의했다. 3단계는 우선 남북한 간에 인원과 물자의 이동통로로 사용되어야 하는 서부지역의 개성·문산 축선과 동부지역의 동해안 축선, 그리고 경원선이 지나는 중부지역의 철원지역 축선을 통일 이전에 10km 폭으로 확장하기로 했다. 4단계는 통일 이후에 실시하는 단계로 보존지역이나 평화공원으로 지정된 지역을 제외한 지역의 철책과 지뢰를 제거하는 작업을 추진하기로 했다. 5단계는 마지막 단계로 보존지역과 평화공원을 중점적으로 정리하기로 했다.

장관급 회담에서 해결이 안 된 다른 문제들은 총리회담에서 결정하기로 했다. 총리회담은 7월 초에 개성에서 열렸다. 장소를 개성으로 정한 것은 회담 전에 철책지역을 직접 돌아보며 정확한 실상을 알아보고, 회담 후에는 통일 후 북쪽지역의 공단 설립을 위한 모델로 선정된 개성공단 지역의 실태를 파악하기 위함이었다. 회담장인 숭양서원은 정몽주의 집이 있던 개성 남자산 동남 기슭에 1573년에 세워진 서원으로 서경덕, 김상헌, 김육 등의 학자를 배향하고 있었다. 북쪽지역에서 열리는 회담인지라 박주봉 북한총리가 남쪽의 송정국 총리를 정성을 다해 맞았다. 둘은 70대 초반의 비슷한 나이에 벌써 세 차례나 만나 현안을 논의했으므로 격의 없는 사이가 되었다.

"송 총리님! 여기까지 오시느라 수고 많으셨습니다. 도라산 일대의 철책 철거작업현장을 보고 오셨는데 문제는 없었는지요?"

"박 총리님 이렇게 역사 깊은 곳에 초대해주셔서 감사합니다. 개성과 문산을 연결하는 10km 폭의 철책 및 지뢰의 제거작업은 서로 합의한 대로 잘 진행되고 있었습니다. 오는 길에 현장을 둘러보니 남북 양쪽이 서로 도와가면서 더디지만 안전하게 작업을 추진하고 있었습니다."

"저는 어제 오후에 둘러보았는데 우려했던 것보다는 훨씬 안전하게 작업이 이루어지는 것 같아 안심이 되었습니다. 그러나 우선 남쪽에 비해 우리 쪽은 장비가 턱없이 부족해 철거작업에 속도가 안 나니 가능한 남쪽이 사용하는 현대식 장비를 지원해주셨으면 합니다. 그리고 죄송하지만 저희 작업인원들에게 식사와 간식 등 먹을거리를 충분히 보급하지 못하고 있는데 도와주셨으면 합니다."

"박 총리님! 저희가 거기까지는 생각하지 못했습니다. 복귀하면 검토해서 개성, 철원과 동해안 등 3개 작업 지역에 필요한 지원을 할 수 있도록 조치하겠습니다. 그 외에 다른 어려움은 없으신지요?"

"사실은…. 좀 말씀드리기는 어렵지만…, 군이 감축하면서 후방지역으로 이동하고 있습니다. 그러나 후방지역에는 그들이 거주할 숙소들이 없어서 후방부대의 연병장 등에 텐트를 설치해서 임시로 사용하고 있으나, 장마철과 혹서가 겹쳐 어려움이 많습니다."

"박 총리님! 저희도 어려움을 느끼고 있는 사항입니다. 그러나 우선적으로 24인용 텐트와 임시 가건물 설치 등 필요한 장비와 물자를 지원하겠습니다. 그리고 군사통합이 성공적으로 완료가 되면 각 주둔지 건물과 간부들의 숙소는 남쪽지역처럼 현대화하도록 종합발전계획을 수립하고 있습니다."

"송 총리님, 감사합니다! 더 말씀드려도 된다면, 저희 지역은 군인들만 투입해서 작업을 하고 있는 데 반해, 남쪽지역은 용역회사도 함께 투입하여 작업을 하기 때문에 작업속도가 두 배 이상 차이가 납니다. 저희 군인들이 모두 너무 부러운 눈으로 남쪽의 작업현장을 바라보고 있습니다. 9월 말까지 작업이 완료되어야 한다는 점을 고려하여 저희 쪽에도 지원을 부탁드립니다. 안전은 저희가 보장하겠습니다."

"알겠습니다. 바로 검토해서 지원하겠습니다. 통일 이전에 추진되는 개성, 철원, 동해안 지역의 철책과 지뢰제거작업은 최초의 본격적인 남북한 통일협력사업입니다. 이번 사업이 잘 마무리 되면 통일 이후의 철책 및 지뢰제거사업에도 탄력이 붙으리라 생각합니다. 함께 노력해야지요."

"송 총리님! 저희 군은 지금 약 90만 명을 감군하는 엄청난 작업을 진행하고 있습니다. 그들은 앞으로 북쪽지역의 산업을 일으키는 역군이 되리라고 확신합니다. 그러나 당분간은 직업이 없어 생활에 많은 어려움이 있습니다. 그들 중 일부가 철조망 및 지뢰제거 작업현장에 투입되어 당분간 일할 수 있도록 해주십시오."

"예, 앞으로 이 제거작업은 2년은 소요되는 일이라고 생각합니다. 박 총리님의 말씀대로 그들에게 최대한의 임금을 지급하여 활용하는 방안을 검토하겠습니다."

"여러 가지 배려에 감사합니다. 추가적으로 토의 사항이 없으면, 점심식사를 모시도록 하겠습니다. 식사는 사당 밖에 있는 개성삼계탕집이 있는데 마침 초복이 다가오고 하니, 그곳에 준비를 시켰습니다."

"감사합니다. 개성삼계탕이야 고려시대부터 우리 선조들이 즐겨먹던 음식이지요."

그들은 점심을 하면서 앞으로 다가올 남북한 동시 선거를 잘해야 한다는 것과 통일의 그날까지 총리로서 필요한 역할을 다하자고 다짐을 했다. 이러한 만남을 통하여 국민들이 우려했던 철책과 지뢰제거작업의 큰 물줄기가 잡혔다. 점심 후에는 최근에 생산성이 부쩍 높아진 개성공단의 주요 공장지역을 함께 둘러보았다. 통일 분위기가 고조되어 더욱 열심히 일하고 있는 근로자들을 격려하고, 통일 이후 북쪽지역의 개발에 대한 청사진을 논의했다.

정전체제와 유엔군사령부

비무장 지대에서 철책 및 지뢰제거작업이 진행되고, 남북 총
리회담을 통해 철책 및 지뢰제거에 관한 회담이 끝난 다음 날, 맥
도웰 케이시 한미연합사령관은 조지 맥카더 참모장과 토마스 솔
리건 작전참모부장을 급히 사무실로 불렀다.

"지금 여러분도 알다시피 한반도 상황은 급변하고 있어요. 어
제는 남북한의 총리가 만나 철책 및 지뢰제거에 관한 회담을 성공
적으로 마쳤다고 들었어요. 철책과 지뢰제거에 관한 사항은 원래
가 정전협정을 관리하는 유엔군사령부의 책임이지요. 그런데 정

전협정이 엄연히 살아있는 지금, 아이러니하게도 남북한 간에 합의에 의해 철책과 지뢰제거작업이 진행되고 있어요. 여러분은 이러한 현상을 어떻게 이해하고 있습니까?"

케이시 한미연합사령관은 불만이 가득 찬 목소리로 물었다.

"이러한 현상을 예측해서 우리가 정전협정을 평화협정으로 대체할 것을 계획했었는데, 한반도 상황이 급변하는 과정에서 김정은의 북한이 남한과 너무 가까워지면서 그 기회를 놓쳤지요. 지금은 더 이상 평화협정을 논할 단계가 아니어서 난감한 입장입니다…."

맥카더 참모장은 뾰족한 대안이 없다는 투로 말을 얼버무렸다.

"지금 벌어지고 있는 일들은 저희의 입장에서 보면 참 난감한 상황입니다. 그렇다고 지금 정전협정을 들고 나오면 그 대상자인 북한의 김정은이 상대를 안 해줄 것이고, 평화협정을 체결하기에는 이미 때가 지난 것 같습니다…."

솔리건 작전참모부장도 최선의 방안을 내지 못하고 머리를 긁적였다.

"지난 번 4자 정상회담을 통해서 주한미군이 한반도에 계속 주둔하는 것은 합의를 보았지요. 그러나 유엔군사령부 존치 문제는 아직 거론을 못하고 있는데, 미국의 국익을 위해서는 유엔군사령부를 존속시키는 것이 바람직하다고 생각해요. 여러분은 어떻게 생각하세요."

케이시 사령관은 몹시 답답한 듯 헛기침을 하며 물었다.

"지금 유엔군사령부의 존치문제도 중요하지만, 전시작전권 전환문제와 한미연합사령부의 역할문제도 변경이 되어야 하는데, 아직 뚜렷한 대안이 없어 고민입니다."

맥카더 참모장은 물을 계속 들이키며 말했다.

"그러한 문제와 관련해서 한국 측 국방부와 합참에 우리의 입장을 전달하고 있지만, 아직 명확한 대답을 받지 못하고 있습니다. 국방부 측에서는 유엔군사령부를 계속 존속시키고 싶어하는 것 같기도 하고, 합참 차원에서는 한미연합사령부 체제를 선호하는 것 같으나, 아직 검토 중이라는 대답만 할 뿐 명확한 입장을 내놓지 않고 있습니다."

솔리건 작전참모부장은 미지근한 한국군의 태도가 불만인 듯 원망의 표정을 지었다.

"유엔군사령부의 해체문제는 그렇게 간단하지가 않아요. 유사시에는 우리 미국이 한반도문제에 유엔 각국을 대표해서 개입할 수도 있고, 필요시에는 유엔의 깃발을 들고 직접 개입할 수 있는 명분을 가질 수도 있어요."

케이시 연합사령관은 유엔군사령부를 유지해야 하는 명분을 다시 한 번 강조했다.

"그뿐만이 아니라, 일본에 유엔군사령부의 후방기지가 있어, 우리가 일본에 주둔할 명분을 갖고 많은 기지를 유지할 수 있었지요. 만약 유엔군사령부가 해체되면 일본 국민들이 기지를 축소 또는 철수하라고 요구하지는 않을까 걱정이 됩니다."

솔리건 작전참모부장이 다가오는 상황이 염려되는 듯 어두운 표정을 지었다.

"특히 일본이 우리를 도와 유사시에 한반도에 진출할 수 있는 명분도 사실은 유엔군사령부의 임무와 기능에서 기인한다고 볼 수 있지요. 이러한 모든 것을 고려해볼 때 미국의 국익을 위해서는 유엔군사령부를 유지하는 것이 가장 바람직하다고 생각됩니다. 그리고 가능한 전시작전권을 우리가 가지고 있어야만 한미연합사령부의 위상도 견지할 수 있다고 판단됩니다."

맥카더 참모장이 심각한 어투로 말했다.

"그러나 명분상 그것이 어려우니까 오늘 우리가 모인 것 아니요. 작전참모부장은 본국의 국무부와 국방성으로부터 이 문제에 대한 정확한 지침을 받을 수 있도록 건의서를 작성해서 보고하세요."

그 날 비밀회의는 특별한 해결책을 찾지 못한 채 본국에 필요한 지침을 받을 수 있는 건의서를 내기로 하고 끝났다.

국가안전보장회의

7월 초 청와대에서는 대통령 주재로 국가안전보장회의가 열렸다. 핵심적인 의제는 남북정상회담을 통해 통일의 걸림돌이 모두 제거되고, 총리회담을 통해 철책과 지뢰가 제거되고 있는 상황에서 안보환경을 재평가해보는 것이었다. 부차적인 의제는 미국이 제기한 유엔군사령부의 존속문제와 전시작전권 환원문제 그리고 한미연합사령부의 임무와 기능을 조정하는 안건에 대한 것이었다.

"여러분들! 요즈음 고생이 많아요. 총리님도 지난번 철책과 지뢰지대 제거와 관련한 총리회담을 잘 마쳐주서서 감사합니다. 이제 조국통일의 길은 8부 능선을 넘어서고 있다고 판단됩니다. 여러분이 함께 하시기 때문에 많은 난관을 극복하고 여기까지 올 수 있었다고 생각합니다. 그러나 어느 때보다도 중요한 3개월을 남겨놓고 있습니다. 주변국은 아직도 우리가 가는 길을 미심쩍어 하면서 간섭할 명분을 찾고 있습니다. 따라서 통일의 시점까지 주변국의 예상되는 전략과 우리의 대응전략을 짚어보는 일이 매우 중요하다고 생각합니다. 그 다음으로 미국정부가 유엔군사령부와 한미연합사령부를 계속 유지하고 싶다는 강력한 소망사항을 전달해왔어요. 오늘 그 문제를 중점적으로 토론하기로 하겠습니다."

이조국 대통령은 회의에 앞서 참석자들의 노고를 치하하고, 회의의 핵심주제에 대해 발표했다

."대통령님! 어차피 두 가지 문제는 서로 연계되어 있는 문제이니, 먼저 주변국에 대한 전략을 토의한 후, 미국정부의 요구사항을 토론하는 것이 바람직하다고 판단됩니다."

요즈음 대통령의 신임을 한 몸에 받고 있는 한우리 국가안보실장이 토의내용을 정리했다.

"토의를 원활하게 진행하기 위해서, 제가 주변국의 통일 전후의 전략에 대해서 요약보고를 드리겠습니다."

국가안전보장회의의 준비와 진행을 맡고 있는 사무처장이 먼저 말문을 열었다.

"한반도에 이해관계를 걸고 있는 주변 강대국들의 통일 전후의 한반도전략은 한반도의 안정을 유지한 가운데 통일국가가 자기 진영에 들어올 수 있는 여건을 만들기 위해 영향력을 행사하려 한다는 점에서 공통적인 특성을 찾아볼 수 있습니다.

미국은 일본을 활용하여 중국의 부상을 견지하는 '세력균형전략'을 유지하는 차원에서, 한국과의 동맹관계를 유지하고 이를 보다 강화하면서 통일조선에 대한 개입(Engagement)을 확대하여 동북아의 안보와 평화를 유지하려 하고 있습니다. 미국은 통일 문제는 한반도 당사자 해결원칙을 중시하고 있지만, 미국의 한반도 전략의 장기목표는 미국이 균형자로 기능하는 미국 주도하의 한반도 평화유지 정책이라고 판단됩니다.

태평양으로 진출하려는 중국에게 통일 한반도는 정치, 경제, 군사적으로 매우 중요하여 '순치(脣齒)관계'로 표현되고 있습니다. 중국은 미국의 개입 없는 한반도의 평화통일을 지지하고 있습니다. 중국은 남북한 간의 대화를 통해 평화적으로 통일이 달성되기를 바라면서도 통일과정에서 영향력을 확대하여 통일조선이 그들의 영향권 안에 들어오기를 강력하게 희망하고 있습니다.

미국을 등에 업고 강대국의 위상을 다시 찾으려는 일본은, 한반도 통일의 시점에서 미일동맹을 업고, 한반도에 대한 영향력을 확대하려 하고 있습니다. 일본은 명목적으로는 한반도의 평화적인 통일을 지지하고 있으나, 실질적으로는 한반도를 '이익선(利益線)'의 개념으로 보고 있으며, 통일조선이 군사와 경제면에서 일본의 경쟁세력으로 부상할 가능성이 높다고 우려하고 있습니다. 또한 일본인들은 미국이 평화통일 과정에서 안정의 균형자적인 역할을 적극적으로 수행해 일본의 국익을 증진시켜주기를 기대하고 있습니다.

소련제국의 부활을 꿈꾸는 러시아도 통일과정에서 '한반도에 대한 영향력 확대'를 도모하고 있습니다. 러시아는 통일조선이 자국에 우호적인 국가가 되는 경우에는 극동에 대한 러시아의 이해를 위협하지 않을 것으로 판단하여, 남북한의 직접대화에 의한 평화통일을 지지하면서 미국과 일본의 영향력을 제한하기 위해 노력하고 있습니다. 이상 보고를 마치겠습니다."

"예! 사무처장님 수고 많으셨어요. 사무처장님이 보고한 대로, 지금 한반도는 주변 4대 강국의 이해가 촘촘히 얽혀 있는, 기회이자 위기의 시기를 극복하고 평화통일을 성공적으로 추진해야 하는 중요한 시기에 서 있습니다. 우리는 어떤 전략을 가지고 이들을 활용해서 '평화통일된 일류국가'라는 국가이익을 달성할 수 있을 것인가를 토의해보시죠."

대통령은 간단하게 상황을 정리하며 토의방향을 제시했다.

"저는 주변국의 전략을 전체적으로 조망하고 대응할 수 있는 다차원적이고 종합적인 국가전략이 요구된다는 점을 강조하고 싶습니다. 급변하고 있는 지역정세를 주도적으로 활용하여 한·미 안보동맹을 유지하고, 주변국들과의 균형외교를 실시하면서 '동북아 평화체제 구상'을 구체화해야 한다고 생각합니다."

한우리 국가안보실장이 나서서 전반적인 대응개념을 이야기했다.

"저는 주변국을 활용하기 위해서는 균형적인 외교전략이 필요하다고 봅니다. 균형적인 외교란 상호주의 원칙을 기본으로 하여 차별화된 정책을 추진하되, '불공평성'을 불식시킬 수 있는 대 주변국 외교활동을 의미합니다. 이러한 균형적인 외교는 평화통일 전후의 시기에 주변국과의 첨예한 대립과 갈등을 최소화 할 수 있는 방안이라고 생각합니다."

외교부장관이 외교차원에서 핵심사항을 발언하였다.

"안보에서 가장 훌륭한 전략은 상대를 온전하게 보존시키고 승리하는 길입니다. 상대를 파괴하고 승리하는 것은 차선의 방책이라고 볼 수 있습니다. 하물며 통일 후 같이 생존해야 할 같은 민족과 주변국에 있어서야 두말할 필요가 없는 것입니다. 이를 위해 우리는 국가전략(國家戰略, National Strategy) 차원에서 안보전략을 수립하고, 주변국을 활용하여 이를 보장해야 된다고 생각합니다. 특히 한반도는 대륙 및 해양세력의 이해가 교차되는 지역으로 통일 전후에 안정적 안보여건을 구축해야 합니다. 이를 위해서는 동맹관계의 활용이 중요하다고 생각합니다. 통일한국의 안보전략에 대한 주변4국의 관심과 이해가 지대하므로, 통일 전후에는 북쪽을 온전히 보존하면서 주변국을 함께 배려하는 전략적인 선택이 중요할 것입니다."

정민성 국방부장관이 국방안보 차원에서 주변국에 대한 배려와 활용의 중요성을 강조했다.

"저는 통일 이후 통일조선이 고민해야 할 가장 근본적인 사안은 '이이제이(以夷制夷)'와 '이소제대(以小除大)'의 전략을 추진하기 위해 어느 국가와 전략적 동반자관계를 형성할 것인가를 결정하는 일이라고 판단합니다. 세계적 차원에서 대전략을 구상할 때, 우리의 전략적 동반자는 세계 최강대국에 속하는 동시에 자유민주주의의 가치와 제도를 공유하는 국가여야 한다고 생각합니다."

국정원장이 대전략 차원에서 필요한 사항을 짚었다.

"저는 통일 전후의 동북아 전략에서 중요한 것은 중국변수를 둘러싼 올바른 위치정립이 중요하다고 봅니다. 최근 중국은 경제 및 군사대국으로 급부상하고 있습니다. 중국과의 외교관계를 격상시키고 교류확대를 위해 최선을 다해야 한다고 생각합니다. 다양한 영역에서 중국과의 전략적인 협력관계를 강화하면서 이를 효과적으로 활용할 수 있는 다자협력을 제도화하는 것이 필요하다고 판단합니다."

중국대사를 마치고 온 외교안보수석이 중국과의 관계개선을 강조했다.

"여러분들의 건설적인 대응책을 잘 들었습니다. 모두 다 좋은 제안들입니다. 혹시 국무총리님께서 하실 말씀이 있으신지요?"

이조국 대통령은 제기된 의견을 높이 평가하며, 귀담아 듣고 있던 국무총리에게 발언권을 주었다.

"좋은 의견을 잘 들었습니다. 저는 이러한 모든 것은 오늘을 사는 우리에게 달려 있다고 봅니다. 아직까지도 미국의 패권이 한반도에서 작동하고 있습니다. 통일 전후의 대한민국의 생존외교는 '1동맹 3친선 체제'가 되어야 바람직할 것으로 생각합니다. 미국과의 군사동맹을 견고히 한 바탕 위에서 중국, 일본, 러시아와는 친선체제를 강화해 나가야 한다고 생각합니다."

"국무총리님 의견에 저도 공감합니다. 감사합니다."

대통령은 국무총리의 의견제시에 만족한 듯 만면에 웃음을 지으며 주변을 둘러보았다. 그리고 다음과 같이 소결론을 맺었다.

"이러한 상황들은 우리가 주동적이고 적극적으로 주변국들을 활용한다면 약이 될 수도 있고, 주변국에 휘둘리며 소극적인 대응으로 일관한다면 독이 될 수도 있습니다. 즉 남북의 힘이 약하고 분열되어 있으면 서로 지배하려 들겠지만, 강하고 단합되어 있으면 우리와 협력하려 할 것입니다. 따라서 지금처럼 남북이 하나 되는 단결된 모습과 힘을 보여주면서 조국통일을 이루어야 합니다."

20분 동안의 휴식을 하고 난 후 유엔군사령부의 존치문제와 전시작전권의 환원문제 및 한미연합사령부의 개선방안에 대해서 토론을 하게 되었다. 이 토론에는 합참의장도 배석했다.

"그동안 유엔군사령부는 한국전쟁 당시 한국을 수호하였고, 그 후는 정전협정을 관리하는 중요한 기구로 한반도의 평화를 유지하는 데 무척 중요하고 고마운 역할을 다해 왔습니다. 이번 남북한의 통일일정에 따라 정전협정에 관련된 모든 업무가 필요하지 않게 되어 사실상 유엔군사령부의 폐지의 필요성이 대두되었습니다."

국가안보실장은 토의의 주요 내용을 설명했다.

"그러면 지금 유엔군사령부에서 하고 있는 주요 업무는 무엇인가요?"

국무총리가 나서서 조심스럽게 물었다.

"지금 유엔군사령부는 정전협정에 따라 군사정전위원회의 가동, 중립국 감독위원회 운영, 판문점 공동경비구역(JSA)를 관할하는 경비부대의 파견 및 운영, 비무장지대(DMZ) 내 경계초소 운영, 북한과의 회담 등을 맡고 있습니다."

"그러면 그러한 임무는 통일이 되어 철책과 지뢰지대가 제거되면 필요 없어지는 것 아닙니까?"

"그렇습니다."

국가안보실장이 조심스럽게 답변했다.

"현재 유엔군사령부에는 어느 국가들이 함께 활동하고 있나요?"

통일 후면 직책이 조정될 통일부장관이 질문했다.

"현재 유엔군사령부에는 미국을 비롯해 호주, 캐나다, 프랑스, 노르웨이, 태국, 영국 등 한국전쟁 당시 유엔군으로 참전했던 국가들이 참여하고 있습니다. 여기에 중립국감독위원회의 일원으로 스위스와 스웨덴 대표단이 임무를 수행하고 있습니다. 그러나 실질적으로는 유엔을 대신해 우리의 우방인 미국이 주요한 역할을 담당하고 있습니다."

국방부장관이 관련 내용을 설명했다.

"그러면 통일 후 유엔군사령부가 해야 할 일이 남아있나요?"

열심히 듣고 있던 국정원장이 물었다.

"그렇지는 않지만, 미국 측에서는 중국의 팽창에 대한 대응과 일본에 있는 유엔군사령부의 후방기지 활용차원에서 당분간 유지하고 싶어 하는 눈치입니다."

외교부장관이 미국 측의 입장을 설명했다.

"미국의 입장이 그렇다면, 그 문제를 지금 여기서 결정해야 하나요? 통일의 시점까지는 한반도의 평화정착을 위해 유엔군사령부가 유지되는 것이 바람직한 일이라고 생각해요. 그러나 통일 이후에는 해체가 바람직하다고 보는데, 그 문제에 대해서는 외교부와 국방부가 나서서 미국 측과 합리적인 대안을 만들어보세요."

토론과정을 지켜보고 있던 이조국 대통령이 일의 우선순위를 고려하여, 의견을 제시하고, 지시사항을 하달하면서 유엔군사령부는 통일의 시점까지는 유지하다가 그 이후에는 폐지하는 것으로 잠정적으로 결정되었다.

"다음 의제는 전시작전권 전환문제와 한미연합사령부 개편문제가 되겠습니다."

국가안전보장회의 사무처장이 다음 토의주제를 발표했다.

"잘 아시다시피 전시작전권 전환문제는 노무현 대통령 당시 한국과 미국의 합의에 의해 2012년에 환원되기로 되어 있었으나, 이명박 정부 시 심각한 안보불안을 이유로 조건부로 연기되어, 지금까지 연합사령관이 이를 행사하고 있습니다. 이제 통일이 되면 주변국을 대상으로 하는 전략과 작전계획이 수립되어야 하는데 연합사령관이 이를 계속 행사한다면 주변국과 많은 갈등이 발생할 수 있습니다. 따라서 통일의 시점에서 통일조선군이 이를 행사할 수 있도록 가져와야 합니다."

외교부장관이 관련 내용과 환원의 당위성을 설명했다.

"저희는 사실 금년 초에 이를 환원하고자 노력했으나, 미국 측에서 난감한 입장을 표명하여 지금까지 왔습니다. 그러나 외교부장관 말씀대로 통일의 시점에는 전시작전권을 환원시키는 것이 타당하다고 생각합니다."

국방부장관도 환원의 당위성을 주장했다.

"합참의장님! 우리가 이를 행사할 수 있는 능력을 갖추고 있다고 생각합니까?"

토론을 지켜보고 있던 이조국 대통령이 군복을 입고 배석자로 뒤에 앉아 있는 합참의장을 돌아보며 물었다.

"그동안 우리 군은 능력을 갖추기 위해 많은 노력을 해왔습니다. 특히 군사통합이 되면 그동안 우리 군의 취약점으로 평가된 핵과 미사일 능력을 포함한 전투력이 급격하게 향상이 되어 주변국에 대한 억제능력을 구비할 수 있다고 판단됩니다. 따라서 어느 시점에 전시작전권을 환원하더라도 문제가 없다고 생각합니다.

통일조선군이 작전권을 행사하는 것은 당연한 것으로 통일조국의 자주권에 관한 사항이므로 이번에 반드시 환원해야 될 것으로 판단되어 건의 드립니다. 단지 아직까지도 미국 측에서 주저하고 있기 때문에 미국을 설득하는 노력을 강화해야 될 것입니다. 그리고 한미연합사령부의 존속 문제는 우리의 국익이 최대한 반영되도록 이번에 신중하게 검토해야 한다고 생각합니다."

합참의장은 평소 소신을 강하게 피력했다.

"합참의장님, 감사합니다. 기간이 얼마 남지 않았으니까 외교부와 국방부는 서둘러서 통일 이전에 전시작전권을 환원할 수 있도록 노력하세요. 그리고 주한 미군은 약속한 대로 현 위치에 주둔할 수 있도록 하되, 한미연합사령부 문제는 발전적으로 검토하세요."

이조국 대통령은 두 장관을 바라보며 강한 어조로 지시했다.

그 날 국가안전보장회의는 통일 전후의 안보환경을 평가하고, 그동안 한미 간에 갈등의 요소로 작용했던 현안들을 말끔히 해소한 가운데 종료되었다.

북쪽 여행

    강 기자 내외는 어머님을 모시고 딸과 함께 7월초에 3박 4일 일정으로 평양지역을 방문했다. 가능한 많은 것을 보기 위해 자동차를 이용했다.

    그동안 남북합의에 의한 후속조치로 수속은 어렵지 않게 마무리 되었다. 이번 여행의 목적은 우선 강 기자의 차후 근무지역이 될 평양의 근무여건을 확인하고, 고향인 평양을 둘러보며 언니를 만나고 싶어 하시는 어머니 황선영의 마음을 달래드리기 위한 것이었다.

황선영은 평양에서 때어나 한국전이 한창이던 1·4 후퇴 당시 평양교회 목사였던 아버지와 평양에서 학교에 다니던 언니와 떨어져, 어머니와 함께 월남을 했었다. 아버지는 교회 일을 마무리하고 언니와 함께 바로 뒤따라 갈 터이니 어머니와 외삼촌을 따라 먼저 길을 떠나도록 조치해 놓고는 헤어지게 되었다. 70년 넘게 소식이 두절되었다가, 최근에야 아버님은 돌아가시고 언니가 평양 근교에 살아계신다는 것을 알게 되었다. 평양고녀를 나온 황선영의 어머니는 통일이 되어 남편과의 만날 날을 기다리며, 부산 국제시장에 터를 잡고 홀로 억척같이 장사를 해서 황선영을 부산 사범대학까지 가르쳤다. 그녀는 부산으로 근무하러온 남편을 만나 결혼 한 후, 그의 고향인 정읍으로 이사해 사립중학교 교편생활을 했었다. 그녀는 이산가족의 아픔과 남북통일의 필요성을 아들 강 기자가 어릴 때부터 귀에 못이 박히도록 가르쳤다.

　장마철이어서 날씨는 후덥지근했으나, 해가 길어 많은 것을 봐야하는 여행에는 제격이었다. 아직까지는 국경으로 작용을 하고 있는 도라산 지역 검문소에서 출입국 수속을 마치고 북한지역으로 들어섰다. 문산과 개성을 잇는 철책선 지역은 철책과 지뢰제거작업이 한창이었다. 남북한의 군인들이 함께 머리를 맞대고 중장비를 지원하며 작업을 하는 모습은 언제 그들이 서로를 적대시

한 군인들이었나를 의심하게 했다. 황선영은 체격이 왜소하나 땀을 흘리면서 열심히 일하고 있는 북한 병사들에게 여행 중에 먹으려고 준비해온 오렌지와 포도 등 과일을 듬뿍 건네주었다. 그들은 무척 고마워하며 차가 보이지 않을 때까지 손을 흔들어 주었다.

중간 목적지인 개성공단에 도착하자 강민국이 공장 앞까지 나와 기다리고 있었다. 강민국은 공장내부를 안내하며 하나하나 상세히 설명을 했다. 근로자들의 모습은 활기에 차 있었고, 작업의 능률은 최고도로 올라와 있는 것 같았다. 강민국의 부모와 할머니가 오신 것을 알게 된 김순애 반장이 다가와 개성의 억양을 섞어가며 공장장을 입에 마르도록 칭찬했다. 그녀는 통일이 다가오는 모습을 벌써 느끼고 있다며, 과거부터 '망아지는 제주도로 보내고, 사람은 서울로 보내라고 했다' 며 아들은 서울로 학교를 보내고 싶다고 말했다. 강민국이 김지혜와 곧 결혼을 하게 될 것이라는 것을 알고 있는 그녀는 김지혜가 얼마나 아름다운 여성인지, 인자한 감찰반장으로서 어떻게 자상하게 일을 했었는지를 가족들에게 설명했다. 황선영은 북한주민들을 만나면 주려고 준비해온 생필품 보따리 하나를 김순애 반장에게 주었다. 그녀는 한사코 거절하다가 못이기는 척하며 감사하게 받았다. 그녀의 순박함에 모두가 즐거운 마음을 안고 공장을 떠날 수 있었다.

개성에서 평양으로 연결되는 고속도로는 최근에 남쪽의 건설 업체들이 대대적으로 투입되어 도로 확장 및 포장공사를 완료했다. 왕복 6차선의 도로에는 다니는 차량이 별로 없어 한가하였고, 110km 속도로 달리는데도 승차감이 무척 좋았다. 들판의 농산물들은 남쪽에서 지원해준 비료와 농기계의 힘으로 풍년을 약속하는 듯 잘 자라고 있었다. 가슴 아픈 것은 고속도로 주변의 마을들은 아직도 헐벗은 때가 잔뜩 묻어 있었고, 가끔 고속도로 옆 국도를 지나가는 달구지에 탄 농부들은 찢어지게 가난한 듯 허름한 옷들을 걸치고 있었다. 그래도 남쪽의 차량번호판을 확인한 그들은 환한 미소를 지으며 열심히 손을 흔들어 주었다. 때 묻지 않고 순박한 그 모습에 강 기자 일행도 창문을 열고 정성을 다해 손을 흔들었다.

오후 5시경 고려호텔에 도착하자 약속한 대로 김지혜와 김진성 부부가 호텔입구에 마중 나와 있었다. 흰 원피스에 하얀 모자를 쓰고 환한 미소를 짓고 있는 김지혜의 모습은 무척이나 아름다웠다. 김진성 부부는 사돈네를 가능한 자신들의 집에서 모시고 싶다고 연락을 해왔으나, 처음부터 너무 신세를 지는 것이 번거로웠다. 황선영은 본인이 자란 모란봉 근처에 호텔을 정하기를 원했으나, 그 지역은 아파트 단지와 금수산궁전 등으로 개발이 되어 묵을 만한 호텔이 없어 최종적으로 신시가지인 창광거리에 있는 고려호텔로 정해진 것이었다.

1985년에 개관한 고려호텔은 외관이 동일한 45층 높이의 2개 동의 건물이 공중통로로 연결된 특이한 모양을 하고 있었다. 객실은 500여 개이며, 1,000명을 동시에 수용할 수 있었다. 지하 1층에는 실내 수영장과 사우나실 등의 편의시설이 들어서 있었다. 1층은 프론트데스크와 스탠드바, 식당 등이, 2층과 3층에는 회의장과 영화관 및 식당 등이 들어서 있고, 4층부터는 객실이었다. 호텔에 짐을 풀고 그들은 45층에 있는 식당으로 안내되었다. 식당은 회전하는 전망대로 꾸며져 있어 식사를 하면서 평양시내를 관망할 수 있었다. 김진성 부부는 식사를 하는 동안 평양시내를 일일이 설명하였다. 호텔은 북한과 경제협력을 위해 서둘러 온 남쪽기업인들과 중국과 러시아 등에서 투자를 하러온 사업가들로 무척 북적였다.

그 다음날 그들은 평양시내를 구경하기로 했다. 평양은 왕검성, 평양성, 낙랑, 장안 등으로 불리었다. 고려에서는 북진 정책의 근거지로 삼고자 평양에 대도호부를 설치하기도 했다. 풍수도참설에 따라서 고려의 태조나 정종은 평양 천도를 계획하기도 하였다. 지금의 이름인 평양으로 불리기 시작한 것은 공민왕 때부터였다. 평양은 한국전쟁 시 폭파된 것을 계획도시의 개념으로 발전을 시켜 외형적으로는 깨끗하고 아름다웠다. 통일의 희망을 품은 시내는 활기가 넘쳤고, 남쪽에서 올라온 관광객임을 알아본 시민들은 반갑게 말을 걸기도 했다.

그들은 황선영이 어렸을 때 자주 놀러왔었다는 평양역에 먼저 들렀다. 1906년에 지어진 평양역은 지하1층과 지상 3층의 아름다운 건물로 철도의 중심지이었다. 베이징과 모스크바 등으로 향하는 국제열차를 포함하여 대부분의 열차가 이곳에서 출발하였다. 평남온천을 잇는 평남선, 대동강을 건너 동평양과 상덕과 구단을 잇는 평덕선, 라진까지 연결하는 평라선, 봉동과 도라산을 지나 서울과 부산을 잇는 평부선, 신의주를 지나 단동과 중국으로 연결되는 평의선 등을 이용할 수 있었다. 황선영은 옛날 모습을 그대로 간직하고 있는 평양역이 신기한지 바라보고 또 바라보았다.

평양역 주변에는 영광거리, 역전거리, 서문거리 등의 도로가 연결되어 있었다. 남북으로 길게 뻗은 역전거리에서는 역전백화점이 있었다. 백화점에서는 남쪽의 상품들이 진열되어 있었다. 바로 10분 정도 떨어진 곳에 위치한 창광거리에 고려호텔이 자리하고 있었다. 영광거리는 평양에서 만수대 다음 가는 핵심지역이었다. 2009년도에 현대적 재개발 공사가 완료되었고, 인근에 김책공업종합대학과 평양의학대학이 위치하고 있었다. 평양 지하철 천리마선의 영광역이 이 근처에 있었다.

황선영이 태어나고 자란 능라도와 반월도가 보이는 대동강가 모란봉 지역은 옛날의 흔적은 찾아볼 수 없었다. 대동강은 낭림산맥의 한태령에서 시작하여 평안남도 도내를 흐르다가 평양시를 관통하여 하류에서 남포시와 황해도와의 도 경계를 이루면서 장산곶의 북동방향 40마일 되는 곳에서 서해로 흘러드는 한반도에서 다섯 번째로 긴 강이었다. 대동강 기슭에 있는 명산인 모란봉은 그 경치가 아름답기로 소문이 자자해 천하제일강산, 즉 금수산이라고 하였다. 산의 생김새가 마치 모란꽃 같다고 하여 모란봉이라 부르게 되었다. 해방 전에 몇 개의 소학교밖에 없었던 모란봉 구역 안에 대학과 9개의 고등중학교, 6개의 인민학교가 배치되어 있었다. 특히 황선영이 태어나 살던 집과 아버님의 교회는 흔적도 없이 사라지고 그 자리에 금수산 태양궁전으로 불리는 건물이 들어서 있었다. 통일이 되면 고향의 집을 되찾고 싶어하던 황선영은 흔적도 없이 사라진 집터 위에 세워진 태양궁전을 바라보며 크게 낙담했다.

김지혜는 슬퍼하는 황선영을 위로하며 모란봉의 유적지를 안내했다. 고구려와 고려 때의 유적으로 성곽을 포함하여 을밀대,

칠성문, 청류정, 부벽루 등이 있었다. 장수왕 때 평양으로 천도한 고구려인의 생활풍습이나 여러 문화요소를 보다 잘 살필 수 있는 벽화고분도 구경했다. 선조들이 노래했던 대로 참 아름다운 곳이 었다. 황선영은 발걸음을 옮길 때 마다 옛날의 기억이 새로워지는 듯 곳곳에 얽힌 추억을 이야기했다.

그날 저녁 호텔에서는 황선영이 언니와 가족들을 초청하여 만 찬을 했다. 언니는 집으로 찾아가겠다는 황선영을 굳이 오지 못하 게 했다. 누추하게 사는 모습을 보이고 싶지 않아 이곳 호텔로 찾 아온 언니의 마음을 헤아릴 수 있었다.

황선영은 80대 중반을 넘긴 언니의 메마른 손을 꼭 붙잡고 뺨 을 비볐다. 얼마나 보고 싶었던 언니던가!

"어머니와 네가 떠난 직후, 평양시내가 인민군에게 다시 점령 되어 우리는 움직일 수가 없게 되었단다. 우리는 반동가족으로 몰 려 평양외곽 지역으로 쫓겨나야 했었단다. 목회활동을 할 수 없었 던 아버지와 우리는 집단농장에서 농사를 지으며 연명을 해야 했 고, 아버지는 그 와중에 병을 얻어 벌써 30년 전에 돌아가셨다."

그녀는 빛이 바랜 한 장의 사진을 꺼내보였다. 그 속에는 옷은 남루했으나, 눈빛이 영롱하고 얼굴에 기품이 서린 아버지의 모습 이 담겨 있었다. 황선영은 아버님의 사진을 보며 한없이 울었다.

황선영은 가슴에 품고 온 어머님의 사진과 아버지와 언니를 그리워하며 쓴 어머님의 일기장을 언니에게 주었다. 그녀는 어머님이 돌아가실 때 언니 몫으로 남겨둔 유산 중 일부를 우선 언니에게 전달했다. 일만 달러로 북쪽에서는 엄청나게 큰돈이었다.

"언니, 이것은 엄마가 남긴 유산 중 일부예요. 통일이 되면 바로 남은 돈을 드릴께요. 그리고 건강이 허락되면 다음 달이라도 서울로 오세요. 어머님 산소에도 가고 서울 구경도 해야 하지 않아요."

일만 달러가 넘는 돈을 어머니가 자기를 생각하며 유산으로 남겼다는 말을 들은 언니는 고맙고 감격해서 한없이 눈물을 흘렸다. 황선영은 언니와 조카들에게 준비해온 갖가지 선물을 전달했다.

"나는 우리가 이렇게 하나가 된다는 것이 얼마나 좋은 줄 모르겠다."

언니는 이 말을 수차례나 되뇌었다.

"이모님 이렇게 저희를 찾아주셔서 고마워요. 저희도 얼마나 이 날을 기다렸는지 모르겠어요. 통일이 되면 저희도 당당하게 살 수 있겠지요?"

60줄에 들어선 조카들도 황선영의 손을 붙잡고 하소연했다.

"언니, 이제 통일까지 몇 개월 남지 않았으니, 건강하셔야 해요. 통일이 되면 가능한 빨리 고향으로 돌아올 수 있도록 노력할 거예요."

호텔의 식사는 그런대로 풍성했고, 그들은 다시 헤어지기를 아쉬워하며 밤이 깊도록 이야기꽃을 피웠다.

3일차 되는 날은 마침 토요일이었다. 가족들은 김지혜의 안내로 평양시내와 외곽을 구경하기로 하고, 강 기자는 가족과 떨어져 친구인 박겨레 장군을 만나기로 했다.

"아! 사무실이 최곤데! 오랜만이네! 한 달이 훌쩍 넘었잖아! 이곳 생활은 어때?"

강 기자는 한 달여 만에 만난 친구가 너무 반가워 얼싸 안으며 물었다. 사무실은 인민무력부의 건물 한 채를 통째로 쓰고 있었다. 금년 초부터 인민무력부도 북부사령부로 구조조정을 하며 불필요한 부서를 정리하느라 빈 사무실이 늘어났는데, 김진성 인민무력부장이 그 중 한 동을 북부사령부 고문단에 사무실로 쓰도록 특별하게 배려한 것이었다.

"군사통합이 그렇게 쉽지만은 않은 작업이어서 매일 끙끙 앓고 있다네. 산 넘어 산이야!"

"뭐가 그렇게 어렵다고 엄살이야. 김진성 인민무력부장이 적극적으로 협조해주겠다, 김정은 최고사령관 지시로 군 감축작업이 예정대로 진행되겠다, 이거 손 안대고 코푸는 격 아닌가?"

말은 그렇게 하면서도 강 기자는 고향과 멀리 떨어진 지역에서 열심히 일을 하느라 얼굴이 핼쑥해진 박 장군의 손을 잡고 위로를 하고 있었다.

"박 장군, 내 사무실 문제는 좀 알아보았소?"

강 기자는 박 장군이 떠나기 전 평양에 신문사 지사로 설치할 사무실을 알아봐 달라고 부탁한 바 있었다.

"그렇지 않아도 교통이 좋고 가능한 중앙부서들과 근접해 있는 지역이 좋을 것 같아, 평양역 근처 역전거리에 확인해 두었지. 단지 아직은 통일 이전이라 이곳은 전세나 사글세 개념이 부족하니, 오늘 당장 결정하기는 어려울 것 같고, 마침 토요일이니 우리 함께 사무실이나 보러 가지."

사무실은 너무 좋았다. 100평 규모에 방이 5개로 나누어져 있어 10여 명의 직원이 근무하기에는 최적의 장소였다. 군부대 정보시설로 사용하던 곳인데 군의 감축과정에서 공실로 나온 건물이라 텅 비어 있었다.

"참 좋은 장소에 위치한 너무 좋은 사무실이네. 꼭 입주하고 싶으니 꼭 잡고 있다가 하시라도 연락 주게. 그런데 사무실 주인은 누구인가?"

강 기자는 매우 흡족해 하며 물었다.

"국가재산이라 주인이 없지만 군이 따지라면, 인민무력부장이라고 할까?"

"인민무력부장이라…."

그날 저녁식사는 김진성 인민무력부장 집에서 있었다. 부담이 되어 호텔에서 식사하겠다는 것을, 미래의 사돈네를 집으로 초청하고 싶은 김진성 부부의 간절한 소망이 작용을 한 것이었다.

"아니, 어머님이 여기는 웬 일이세요? 친구와 영숙씨도 여기와 있다니? 도대체 어떻게 된 일인가?"

한국에서 손님들이 오셨으니 저녁 식사나 함께 하자는 김진성 인민무력부장의 초청을 받고 김진성의 집을 들어서던 박겨레 장군은 깜짝 놀랐다. 어찌 된 일로 강 기자의 가족 모두가 여기에 와 있다는 말인가? 도저히 이해할 수 없는 일이 지금 이곳에서 벌어지고 있는 것이었다.

"아버님! 그동안 안녕하셨어요?"

토요일이라 개성공단의 일을 마무리하고 오후에 이곳에 도착한 강민국이 박겨레 장군에게 깍듯이 인사를 했다.

어리벙벙한 박 장군은 차를 마시는 동안 전후 사정을 듣고 나서야 혼란스런 머리를 어느 정도 정리할 수 있었다.

"아니 어떻게 지금까지 이러한 세기적인 로맨스를 나에게 숨길 수 있었단 말인가? 오늘 낮에 만났을 때에라도 이야기를 해주

었어야지…. 김진성 인민무력부장님과 우리 친구 강 기자가 사돈
이 된다? 이것도 특종보도 감 아닌가…?"

박 장군은 강 기자를 보며 넋두리를 늘어놓았다.

"미안하네. 보안이 철저하게 필요한 사항이 되어서….."

"자 모두 잘 오셨습니다. 가족을 대표해서 환영합니다. 어머
님, 먼 길 오셔서 집에까지 와주시니 영광입니다."

김진성 인민무력부장이 저녁상이 다 차려지고 개성인삼주가
반주로 나오자 축배를 제의했다. 다가오는 중복을 염두에 두어서
인지 식사는 평양삼계탕에 장어구이와 평양냉면으로 차려졌다.
조촐하지만 정성을 드린 깨끗하고 맛깔스러운 식단이었다. 이야
기의 꽃은 강민국과 김지혜의 러브스토리에서부터 금번 여행의
특이사항, 통일을 기대하는 평양시민들의 모습, 통일 이후의 삶,
강 기자의 사무실 문제 등 다양한 주제로 번졌고, 12시가 가까이
되어서야 헤어지게 되었다.

강 기자는 휴가에서 복귀하자마자 통일을 앞 둔 평양과 시골
의 표정을 기사로 올렸고, 아직도 통일에 대해 부정적인 생각을
가지고 있었던 남쪽 주민들의 마음을 크게 움직인 특종이 되었다.

남북 동시 선거

8월 31일 남북한 동시 선거가 실시되었다. 통일 이전에 대통령과 부통령을 먼저 뽑아 통일과업을 수행토록 하고, 뒤 따르는 정치일정을 순조롭게 추진하기 위해 통일준비위원회에서 결정한 조치였다.

개천절인 10월 3일은 남북이 분단 80여 년을 뒤로하고, 공식적으로 통일이 되는 날로서 대대적인 통일행사가 잡혔다. 남북한이 합하여 행사준비위원회를 구성했다. 통일행사의 주 장소는 통일의 상징지역이며, 남북한의 땅이 포함된 도라산역과 판문점 및 개성공단을 연결하는 삼각지대로 정했다. 이날 행사는 세계의 지도자들도 초청하도록 되어 있어 조기에 준비할 필요가 있었다. 그전에 통일 대통령과 부통령을 뽑아 행사를 주관하도록 했다.

국회의원과 지방자치단체장의 선거는 12월 말에 실시하기로 계획되어 있었다. 기타 선출직 공직자의 선거는 이듬해 봄에 실시하기로 했다.

북쪽지역에서는 대통령 후보를 내지 않았다. 김정은 위원장의 통일조국의 비전과 민주주의의 진정한 가치를 인식한 조치가 영향을 미쳤다. 여당에서는 이조국 대통령후보와 김정철 부통령후보가 러닝메이트를 형성했고, 야당 쪽에서는 야당 함민석 당수와 북쪽의 박관철 부총리가 러닝메이트를 형성하여 선거전에 돌입하는 2파전이 되었다. 선거운동은 한 달로 제한되어 있었다.

이조국 대통령의 선거구호는 "통일을 넘어 일류국가로"와 "우리는 하나다"였다. 선거song은 '통일아리랑'이었다.

투표 결과 이조국 대통령과 김정철 부통령이 압도적인 표차로 당선되었다. 남쪽에서는 통일의 과정을 슬기롭게 이끌어 온 이조국 대통령에 대한 지지가 절대적이었고, 북쪽에서는 북한의 인권문제를 중시하면서 민주주의의 싹을 심은 김정철 부통령에 대한 지지가 크게 작용했다. 특히 김정철 부통령 후보가 김정은의 특사로서 통일의 과정에서 중요한 역할을 했다는 사실이 알려지면서 그의 인기는 더욱 높아져 이조국 대통령에게도 좋은 영향을 미쳤다.

이조국 대통령 후보는 선거기간 동안 북한지역을 열 차례 방문했다. 평양과 개성, 신의주, 라진·선봉지역 등 한국기업들이 진출한 지역에서의 열광은 기대를 뛰어넘었다. 연설장에서는 수십만 명의 인파가 몰려들었다. 그들은 함께 통일의 길을 열어온 이 대통령 후보에 열광했다. 청진과 함흥, 해주, 남포 등 다른 도시들에서도 열렬한 환호를 받았다. 혹시 통일반대 세력에 의해 암살시도 등이 있지 않을까 염려되었으나, 선거 기간 동안 불상사는 한 건도 없었다.

김정철 부통령 후보는 남쪽지역에서 가는 곳마다 열렬한 환호를 받았다. 통일을 위해 헌신하고 노력하는 모습이 호의적으로 영향을 미쳤다. 그의 지적이고, 예술을 사랑하며 민주주의를 신봉하는 태도는 특히 젊은 층에게 깊은 인상을 심어주었다.

이조국 대통령 후보와 김정철 부통령 후보의 이러한 인기는 서로 상승작용을 일으켜 압도적인 표차로 당선되는 데 기여했다. 선거가 끝난 후 야당후보들은 겸허하게 패배를 인정했고, 당선자들을 진심으로 축하했다.

북쪽주민들은 선거를 통해 참여민주주의의 참다운 가치를 배우고 행사했다. 남쪽주민들은 통일 후의 조국의 비전에 공감하며,

통일의 길에 동참하면서 이제 하나가 된 북쪽주민들을 위해 통일 비용을 기꺼이 분담하겠다는 의지를 보였다.

선거는 민주주의의 승리요, 남북한 주민들의 승리요, 통일조국의 승리였다.

강 기자는 "손잡은 형제, 하나 된 민족!"이라는 제목으로 전 세계를 향해 기사를 발송했다.

세계의 모든 국가들도 민주주의의 참 승리라며 선거결과를 긍정적으로 평가했다. 각 국가의 지도자들은 앞 다투어 축전을 보내왔다.

선거결과 발표가 있은 다음 날, 정·부통령 당선자는 자축하는 자리를 함께 했다.

"부통령 당선자님! 수고 많았어요. 덕분에 저도 이렇게 당선이 될 수 있었어요."

"대통령님의 지원과 명성 덕분에 부족한 제가 당선이 될 수 있었습니다. 감사합니다. 그리고 앞으로 4년 동안 많은 가르침 부탁드립니다."

"가르침이라니요. 우리는 이제 한 몸이 되었어요. 통일조선에는 당분간 많은 어려움이 다가올 것으로 예상됩니다. 우리 힘을 모아 난국을 슬기롭게 헤쳐 나가도록 합시다."

"저는 이번 선거기간 동안 유세를 통해서 민심을 알게 되었습니다. 자유민주주의의 소중한 가치를 마음에 새겨 우리 통일된 조국이 일류국가로 가는 터전을 견고히 자리 잡을 수 있도록 최선을 다하겠습니다."

"우리, 통일조국의 8500만 국민을 위해 헌신 봉사하는 참다운 지도가가 됩시다."

두 사람은 손을 잡고 하늘을 우러러 보았다. 그리고 당선자의 공식행사 차원에서 국립현충원에 들려 헌화한 후, 건국의 대통령, 산업화의 대통령, 민주화의 대통령 묘소에 참배하면서, 통일의 대통령과 부통령으로서 조국의 일류화에 헌신 노력할 것을 다짐했다.

손잡고 다시 하나 되어

통일헌법에 대한 남북한 국민투표가 끝나고, 10개월이 지난 10월 3일 남북한은 드디어 그렇게 바라던 평화통일이 되었다. 10월 3일은 단군이 우리 고조선을 개국한 날이었기에, 이 날을 통일의 날로 잡기로 남한 측에서 제안을 하고, 북한 측도 이를 선뜻 받아들여 이 날이 결정된 것이었다. 통일을 축하하듯, 하늘에는 구름 한 점 없고 산들바람이 솔솔 부는 천고마비의 청명한 날이었다.

통일 축제의 주 장소는 도라산역과 판문점 및 개성공단 지역을 연결하는 곳으로 정했다. 처음 남한 측에서 서울을 제의했으나, 북한 측에서 다시 평양을 제의하여 서로 줄다리기를 하는 과정에서 앞으로 통일조선의 행정수도를 정할 위치 등을 고려하여 이 지역으로 합의했다.

그 날을 기해 경의선과 경원선 그리고 동해선이 완전 개통되었고, 열차와 차량 및 인원의 자유 통행이 허용되었다.

이것을 제일 반갑게 맞이한 사람들은 이산가족이었다. 그들은 지난 10개월 동안 서로의 신원을 확인했고, 연락을 취하며 제한된 만남을 가졌다. 이 날 강 기자의 어머니 황선영을 포함하여 살아 계신 1세대 이산가족들은 행사의 주빈으로 초청되었다.

이날 행사는 남북한의 지도자뿐만 아니라, 세계의 지도자들도 참석했다. 우선 유엔 사무총장과 유럽연합의 대표, 미국, 중국, 일본과 러시아 등 주변국의 국가지도자들이 참석했다. 독일, 프랑스, 영국 등 유럽과 아세안 국가의 지도자들을 포함하여 각 국가의 정상들 60여 명이 참석한 국제적인 행사가 되었다. 행사에 참석한 각국의 정상들은 통일조선에 보다 큰 영향력을 행사하거나, 통일조선에 적극적으로 투자하여 국익을 확보하기 위해 치열한 외교전을 벌리고 있었다. 그들은 모두 초대 대통령과 정상회담을 원했다.

남북한 국민투표를 통해 통일조선의 초대 대통령으로 선출된 이조국 대통령이 행사를 주관했다. 그동안 통일과정에 적극적으로 협조한 북한 측 인사들도 주빈으로 참석했다.

행사장에서는 통일조선의 공식적인 국기인 '한반도기'가 게양되었고, 남한의 애국가가 통일조선의 공식적인 국가로 불러졌다. 남북한 주민과 세계적인 성악가 등 1000명으로 구성된 합창단의 '통일아리랑' 연주는 격조가 높았다. 행사 장소에는 한반도의 평화통일을 기념하기 위해 '통일문'을 세우기로 했다.

공식적인 행사가 끝나고 성대한 축제와 불꽃놀이가 이어졌고, 약 100만 명의 남북한 주민들은 서로 손잡고 축제를 즐겼다. 특히 강민국을 포함한 남북한의 개성공단의 근로자들은 이 행사에 적극적으로 참여하면서 통일조선의 역사에 한 획을 그은 그들의 노력을 되돌아보며 눈물을 흘렸다.

남북한의 기자들을 포함하여 세계 주요 언론사의 기자들 수천 명이 현장을 취재했다. 지구촌의 텔레비전은 하루 종일 한반도의 평화통일의 현장을 보도했다. 세계의 언론들은 지구촌에서 마지막으로 남은 냉전의 현장이 평화의 상징으로 변화되는 과정에 초점을 맞추며 보도를 했다.

강 기자는 조국통일의 성스러운 날에 통일된 조국이 앞으로 일류국가로 우뚝 서기를 기원하며 '조국의 영광' 이라는 시를 지었다.

조국의 영광

이 몸이 죽어서 이 겨레가 산다면
하늘 아래 거룩한 그대의 이름으로
추울수록 더 아름다운 눈꽃 되어
겨레의 땅 조국의 흙을 덮으리라

햇살이 눈부시게 비쳐오는 날
숨결마저 죽여 가며 피처럼 진한 색깔로
깊은 잠에서 깨어난 겨레들이 기지개 켜고
조국의 눈동자 속에서 찬란한 승리를 보게 하라

그 무엇이 이 가슴을 이렇게 뛰게 하랴
바로 조국이라는 이름의 당신이 있기 때문
저 혼까지 저 숨결까지 모두 다 가닿도록
피울림 속에서도 별이 되어 지키리라고
겨레의 심장으로 외치게 하라

들풀 하나만 보아도 조국으로 이어지던 날들
나는 그대의 앞길을 여는 노을멍석이 되고
나의 작은 소망들은 영혼의 눈이 되어
당신의 문을 두드리면서

활짝 핀 내 시의 날갯짓으로
찬란히 동트는 조국의 아침을
겨레의 이름으로 열리게 하라!
조국의 영광으로 활짝 피게 하라!

남남북녀

"어머! 예쁘기도 해라. 신부가 북한 여자라면서요?"

"북한의 신문기자라지요. 아마?"

"북한에 저렇게 아름다운 기자도 있었네요?"

"신부의 아버지는 북한 군대에서 최고 높은 양반이었다나 봐요."

"아니 뭐요? 바로 저 양반이 그 무서운 북한군인이었데요?"

"아주 높은 대장이었다고 해요."

"저 멋진 신랑도 좀 봐요."

"영숙이를 닮았나봐. 키도 크고 미남자로 생겼네요."

"남남북녀라더니 둘을 두고 하는 말인가 봐요."

"그러게요. 천생연분이 따로 없네요."

"아니 그런데, 두 사람이 언제, 어떻게 만나서 이렇게 속사포 결혼을 한데요?"

"그것은 나도 잘 모르겠는데…, 개성공단에서 오래전에 만났다고 하던가?"

결혼식 하객들은 초청장을 받고는 어리둥절했으나, 식장에 와서 키도 크고 미남인 신랑과 비너스처럼 아름다운 신부를 보면서 내심 궁금했던 사항을 이야기하고 있었다.

통일헌법이 국민투표를 거쳐 통과된 후인, 금년 4월 김지혜가 장관급회담을 취재하러 서울에 온 날 강민국도 휴가를 내 둘은 서울에서 만났다. 강민국은 이번에 김지혜를 부모님께 소개하고, 결혼 승낙을 받고 싶었다. 김지혜는 집으로 가는 길에 강 기자 선생님을 자주 뵈었으며, 매우 존경한다고 말했다. 강민국은 김지혜가 아버지를 잘 알고 있다는 데 무척 놀랐다.

"그래 김지혜씨가 네가 오랫동안 사귀어왔다는 바로 그 규수냐?"

인사를 마치고 자리에 앉자 조영숙은 아직도 믿기지 않는 표정으로 물었다.

"예! 어머니, 그래요"

"아니, 여보! 당신도 김지혜씨를 알고 있었다면서요?"

"나도 최근에 같은 기자로 몇 번 만났었지? 참 똑똑하고 참한 기자라고 생각하면서도 민국이 하고 사귀는 지는 어제 저녁에야 알았네."

"아유 색시가 아름답기도 하지! 이름이 뭐라고 했어? 둘이 사귄지는 얼마나 된 거야?"

인사를 받고, 옆자리에서 듣고 있던 황선영이 김지혜의 손을 꼭 잡으며 궁금한 듯 묻는다.

"할머니! 김지혜이구요. 5년 정도 되었어요."

"북한에서 기자 생활을 한다고?"

"예! 작년까지만 해도 저하고 같이 개성공단에 근무했었어요. 북한 주민의 인권을 개선하고, 아버님처럼 평화통일을 앞당기기 위해 기자가 되었어요."

강민국은 김지혜의 입장을 고려하며, 그녀를 대신하여 열심히 설명을 드렸다. 김지혜는 우선 한국 가정에 처음 와서 강민국의 할머니와 부모님 그리고 여동생까지 다 함께 자리하는 것이 조금은 어색한 듯 머리를 숙이고 다소곳이 앉아 있었다.

"김지혜씨가 북한 주민들의 인권을 개선하는 데 앞장서고 있다는데, 그것이 사실이예요?"

아무래도 믿기지 않는다는 표정으로 조영숙이 물었다.

"여보! 지금 북한에서 김 기자의 역할이 대단히 커요. 북한 인권에 관련된 특종기사를 계속 터트리고 있어요. 그리고 평화통일의 중요성에 대해서도 연일 좋은 기사를 쓰고 있어요."

이번에는 강 기자가 김지혜의 입장을 옹호하고 나섰다.

"저는 강 선생님에 비하면 한 없이 부족합니다. 저는 선생님을 무한히 존경합니다. 제가 기자가 된 것도 선생님의 기사를 읽고 깨우친 덕분입니다."

김지혜가 강 기자에 대한 평소의 존경심을 표현했다.

"아니 그럼 처녀가 전부터 우리 아범을 잘 알고 있었다는 거예요."

"예, 할머니. 지금도 선생님의 열정과 기자정신을 존경하고 흠모하며 배우고 있습니다."

김지혜의 진심어린 표정에 강직하고 근엄한 강 기자의 입에서 잔잔한 미소가 스쳐갔다.

"언니! 평생 말단 평기자인 우리 아빠를 존경한다니, 너무 고마워요. 우리 언니 정말 멋지시다!"

강선화가 사과를 포크에 찍어 내밀며 김지혜를 칭찬하고 나섰다.

"김지혜씨가 하고 있는 북한 주민들의 인권개선 문제에 대해서 이야기해줄 수 있나요?"

조영숙은 아직도 북한 여성을 며느리로 맞아들인다는 것이 탐탁하지 않다는 표정을 지었다.

"저는 얼마 전까지만 해도 민주주의의 가치에 대해서 잘 몰랐습니다. 저는 김일성 주체사상과 선군사상의 선봉장이었습니다. 그러나 개성공단에서 민국씨를 알게 되면서 인간다움이 무어라는 것을 어렴풋이 느꼈습니다. 그리고 개성공단의 근로자들의 근로성과를 분석하면서 자유와 인권이 왜 소중한지, 삶에서 인간성의 존중이 왜 필요한지를 깨닫게 되었습니다. 특히 민국씨의 성원과 선생님의 기사는 북한주민의 인권개선을 위해 제가 나서야 한다는 용기를 주었습니다. 앞으로 통일이 되는 날까지 인권개선의 전도사가 되겠습니다."

김지혜는 애써 표준말을 쓰려고 노력하며 포부를 이야기했다.

"나도 평생을 국민들의 인권개선 문제에 전념해온 사람으로서 김지혜씨의 말에 깊은 감명을 받았어요. 특히 북한에서 인권운동을 한다면 생명을 내놓고 하는 일인데, 그 용기를 높이 평가해요."

조영숙은 김지혜의 이야기에서 어린 투사 시절 자기의 모습이 떠오르는 듯 눈을 지그시 감고 애정 어린 눈으로 그녀를 보았다.

"그러면 결혼식은 통일 이후가 되어야 할 텐데, 언제 하면 좋겠냐?"

이 때를 놓치지 않고 강 기자가 나서서 물었다.

"통일의 날이 10월 3일로 잡혀 있는데, 마침 토요일이고 해서 가능한 그 날 했으면 해요. 그러나 아직은 지혜씨 부모님께 인사도 못 드렸고, 승낙을 받지 못했어요."

"한없이 부족한 저를 이렇게 며느리로 받아주셔서 정말 감사합니다. 민국씨와의 결혼은 제가 부모님께 말씀드려서 승낙을 받겠습니다. 그리고 조만간 민국씨를 저희 부모님께 인사드리도록 하겠습니다."

김지혜가 나서서 앞으로의 계획을 설명했다.

"그래! 처녀의 몸으로 어려운 상황에서 북한주민들의 인권을 개선하기 위해 노력하는 모습이 무척 아름답구나. 너희들이 원하는 결혼이니 북쪽 부모님께 잘 말씀드려라. 인연이란 천상에서 맺어준다고 하던데 너희를 두고 하는 말 같구나. 그런데 아버님은 무슨 일을 하시느냐?"

"군인입니다."

"아니! 뭐? …. 군인이라고?"

모두가 깜짝 놀라는 표정으로 되물었다. 강민국은 언젠가 김지혜로부터 그녀의 아버지가 군인이란 이야기를 들었었다. 그러나 더 이상 묻지는 못했다. 강 기자는 그녀가 북한의 상류층의 딸일 거라고 생각하고 있었다. 그렇지 않으면 수습기자 신분으로 중요한 회담의 취재기자로 나올 수 없을 거라고 생각했었다. 군인이라는 말에 제일 놀란 것은 한국전쟁을 직접 체험하고, 인민군이라면 이를 가는 황선영이었다.

"그 것, 정말 큰일이구나! 그러면 장교시냐?"

"아닙니다. 장군입니다. 미리 말씀을 못 드려 죄송합니다."

"북한에서 장군이라면 아주 나쁜 사람일턴데…."

황선영은 천장을 쳐다보며 혼자 넋두리 하듯 말했다. 김지혜는 황선영이 놀라는 모습에 몹시 당황해 하면서, 몸 둘 바를 모르며 말을 이어갔다.

"가끔 남한 방송에 북한군 총참모장으로 보도되는 김진성 대장이 저희 아버지입니다. 지난달에는 인민무력부장이라는 직함으로 서울에서 열리는 국방부장관 회담에 참석하셨습니다."

김지혜는 어른들에게 사실대로 말씀을 드려야 한다고 생각하며, 기어들어가는 목소리로 말했다.

"…."

모두가 전기에 감전된 듯 집안은 삽시간에 정적이 흘렀다.

"김 대장이라면 되었다."

오랜 침묵을 깬 것은 강 기자였다.

"김 대장은 인민군 내에서 그래도 지혜와 인격을 갖춘 장군 같더구나. 지난 번 개성공단 시위사태 때 인민들을 향해 사격을 하지 못하도록 사격명령을 철회한 것도 김 대장이라고 들었다. 또한 최근의 국방부장관회담에서도 합리적인 방안으로 군사통합을 지원하고 있다고 들었다. 북한체제에서 아무나 할 수 없는 일이지."

"아범아! 그렇게 쉬운 문제는 아닌 것 같다. 나는 지금도 인민군 이야기만 나오면 치가 떨린다."

황선영이 무엇인가를 회상하듯 창밖을 바라보며 말했다.

"할머니, 지혜씨 아버님은 제가 보기에도 보통 장군은 아닌 것 같아요."

강민국은 낙담해하는 할머니를 달래려 일부러 웃으며 말했다.

"어머님, 저도 텔레비전을 보면서 '북한에도 저런 장군도 있구나' 하고 의아심을 가졌어요. 그 분이 김지혜씨의 부친이라니 참 믿기지 않는 일이지만, 받아들려야 할 것 같아요."

김지혜의 차분하고 이성적인 모습에 이미 마음을 빼긴 조영숙이 그녀를 응원하고 나섰다.

"너희들이 그렇게 생각한다면 알았구나. 민국이는 그 양반을 잘 만나 보거라."

"할머니 감사합니다. 아버님, 어머님 지혜씨를 받아주셔서 고맙습니다."

"할머니와 부모님께서 저를 이렇게 용서해주시니, 앞으로 우리 가정과 통일조국을 위해 열심히 살겠습니다."

"우리 함께 행복하게 살자꾸나!"

조영숙은 김지혜의 손을 꼭 잡았다. 곧 준비된 저녁상이 나왔다. 오곡밥과 굴비, 햇감자 튀김, 삼겹살, 상추와 쑥갓, 두릅, 고사리, 미역취 등 산나물 요리가 가득했다. 조영숙이 며느리를 맞아들이기 위해 준비한 특별한 상차림이었다.

황선영은 김지혜의 숟가락 위에 연신 굴비를 쪼개 놓아주었다. 강선화는 새언니의 옆에 딱 붙어서 반찬에 대해 하나하나 다정하게 알려주었다. 형수를 본다며 수업을 마치자마자 집에 온 막내 강한석은 김지혜의 미모에 반한 듯 연신 곁눈질하며 수다를 떨고 있었다.

"어서 오게나! 그래 우리 지혜가 그렇게 좋아하고 사랑한다는 총각이구먼!"

마루에서 기다리던 김진성은 강민국을 보자마자 어깨를 툭 치며 반가움을 표하고는 악수를 청했다.

"진작 인사를 드렸어야 하는데, 너무 늦게 찾아뵙게 되어 죄송합니다."

강민국은 평양시 중심가의 대동강 가에 자리 잡은 김지혜의 집에 들어서면서부터 집의 규모에 압도되었다. 대지가 300평에

건평이 족히 200평은 되는 서울 성북동에서나 볼 수 있는 대궐 같은 집이었다. 그리고 너무 격의 없는 김진성의 행동에 약간 당황했다.

"지혜의 말대로 우리 총각 정말 잘 생겼습네다. 어서 들어오세요."

사진으로 본 모습보다 더욱 건장하고 잘 생긴 강민국의 모습을 확인한 김지혜의 어머니가 강민국의 손을 붙잡고 거실로 안내했다.

"이렇게 뵈올 기회를 주셔서 너무 감사합니다."

강민국은 정중하게 큰절을 한 후, 무릎을 꿇고 앉았다.

"자! 이리 올라와서 편하게 앉게나."

김진성은 강민국의 손을 잡고 소파에 자리를 권했다.

"민국씨! 이제 마음 편하게 말씀하세요."

지혜는 윙크를 하며 과일접시를 내밀었다.

"우리는 지혜에게서 지난 달 자네 부모님을 뵙고 온 이야기와 결혼을 승낙해주셨다는 이야기까지 잘 들었네. 처음에는 조금 당황스럽고 부담된 일이었으나, 지혜가 설명하는 자네 부모님의 인품에 감명을 받아 자네를 서둘러 오라고 했지. 시간을 내어 여기까지 와주어 고맙네."

김진성은 인민군 대장이라고 하기에는 너무 인자한 모습으로 전혀 격의 없이 말을 이어갔다.

"이렇게 불러주셔서 감사합니다. 그렇지 않아도 인사드리러 올 생각이었습니다. 뵙게 되어 영광입니다."

"우리는 지혜가 무남독녀 외동딸이다 보니 빨리 결혼을 시키고 싶었습네다. 그동안 훌륭한 신랑감이 수도 없이 나와 지혜에게 선을 보라케도 한사코 거절을 해서 속상했었는데, 강 서방을 보니 가슴이 든든합네다."

김지혜의 어머니도 미소를 머금고 강민국의 손을 다시 꼭 쥐면서 말했다.

"어머님, 감사합니다."

"어려운 결혼이니 정말 잘 살아야 합네다."

"걱정 마십시오. 아름다운 지혜씨를 공주로 모시면서 최고로 행복한 가정을 꾸리겠습니다."

이 말에 김지혜가 싱그럽게 웃으며 강민국의 옆구리를 쿡쿡 찔렀다.

"마음 든든하구먼! 여보, 우리 강 서방 배고플 텐데 빨리 식사 합세다."

요리사로 보이는 당번병들이 넓은 식탁 위에 평양냉면에 꽃게찜, 감자볶음, 아바이순대, 가지김치, 물김치 등을 깔끔하게 차렸다. 북한의 식량난을 말해주듯 소박하지만 정성을 다한 차림이었다.

　강민국은 결혼을 화끈하게 승낙해준 김지혜의 부모님께 한없이 고마웠다. 가능한 통일의 날인 10월 3일에 결혼하겠다는 말씀에 참 좋은 생각이라며 서슴없이 동의를 해주었다. 이 모든 것에서 부모님을 설득한 김지혜의 배려와 치밀함을 느낄 수 있었다. 김지혜의 부모님은 오늘은 토요일이니 하루 밤을 집에서 머물고, 내일은 평양시내를 구경하고 개성으로 내려가라고 권유했다.

　"민국씨, 우리 결혼식을 통일의 현장에서 하면 어떻겠어요?"
　그날 밤 김지혜는 다가올 결혼식의 장소에 대해 뜬금없는 제안을 했다.
　"통일의 현장이라니? 생각해둔 곳이 있어요?"
　"통일의 날에 국가적인 축하행사가 열리는 곳이지요."
　"행사장소는 아직 결정되지도 않았고, 그런 곳에서 우리 결혼식을 허용할까요."
　"아이! 민국씨 답지 않게 그런 소극적인 말씀을 하세요."
　김지혜는 자신 있다는 듯 윙크를 하며 강민국의 손을 꼭 쥐었다.
　행사위원회는 우여곡절 끝에 '통일 후 남북한 주민 1호 결혼'이라는 의미를 높이 평가하여, 그들의 소원을 받아들였다. 그 뒤에는 강 기자와 김진성 총참모장의 숨은 노력이 함께 작용했다. 강민국과 김지혜는 통일이 되는 날 축하의 현장에서 '통일 1호 결혼식'을 올렸다. 그들의 러브스토리는 텔레비전 생중계를 통해 전파되어 통일조선의 국민들을 감동시켰다.

신혼여행

결혼식이 끝난 후 둘은 신혼여행을 평양과 신의주, 백두산과 나진·선봉지구로 가기로 했다. 강민국은 외국으로 가고자 했으나, 김지혜가 앞으로 통일비용이 엄청나게 많이 들 텐데 우리부터 우선 한 푼이라도 아껴야 한다며, 북쪽지역의 여행을 주장해서 결정된 것이었다. 그것은 강민국에게 북쪽의 실상을 정확히 이해시키려는 김지혜의 배려가 숨어 있었다.

강민국은 우선 처갓집 식구들에게 인사를 드렸다. 김진성 내외는 결혼식이 성황리에 끝나 매우 흡족한 모습이었다. 사돈 내외의 인자하고 배려 깊은 모습에 감명을 받은 듯 사돈에 대한 칭찬을 입에 침이 마르도록 했다. 김진성은 통일의 시점에서 인민무력부장과 총참모장 직에 사표를 내고 물러났으나, 군사통합 초기과정에 기여한 공로를 인정받아 통일조선군과 북부지역사령부의 자문역을 맡게 되었다. 그는 우선 통일조선의 국방부장관이 그를 파트너로 인정하고 필요한 분야에서 역할을 하게 해준 것에 대해서 무한한 감사를 느꼈다. 그는 강민국에게 평양지역을 샅샅이 살펴본 후, 우선 라진·선봉지구와 신의주지구를 돌아보도록 제안했다.

평양의 거리에는 들뜬 시민들이 환호를 하면서 통일을 자축하고 있었다. 그들은 삼삼오오 모여 서로 손을 잡고 '우리의 소원은 통일'을 노래 부르며 거리를 누비고 있었다. 지난번 인사차 처음으로 평양을 방문했을 때는 분위기가 가라앉고 어두운 그림자가 드리워져 있었는데, 지금은 무언지 모르는 활기가 평양을 덮고 있었다. 그러나 남루한 복장으로 목적 없이 어슬렁대는 사람들도 눈에 띄었다.

여행은 북쪽의 대중교통을 이용하기로 했다. 평양에서 출발하여 함흥, 청진과 신포를 거쳐 라진·선봉지역으로 이동하였다. 강민국의 차량으로 이동할 수도 있었으나, 북쪽의 실정을 보다 잘 느끼려면 대중교통을 이용하는 것이 좋겠다는 김지혜의 제안을 존중한 결과였다. 기차는 무척 느렸고, 연착하는 것이 예사였다. 버스는 매우 낡았고, 한 시간에 한번 꼴로 오는 버스조차도 시간을 지키는 차는 거의 없었다. 남쪽에서 공단을 건설할 때 포장해 준 고속도로를 제외하고는 포장된 도로가 거의 없어 차량은 덜컹대면서 많은 먼지를 일으키며 매연을 품어대고 있었다. 아직도 시골길에는 우마차가 운반수단이었다. 겨울을 준비하는 땔감용인지, 허름하고 찢어진 옷을 걸친 농부들이 지게를 지고 볏단을 옮기고 있었다. 낡은 자전거를 타는 사람들은 그래도 생활수준이 좋아보였다. 기차에서 만난 주민들은 대부분 무표정이었다. 손에 들고 있는 보자기는 색이 바랬고, 근사한 가방하나 든 여행객을 만나기 어려웠다. 통일의 소감을 물어보아도 아직은 체감이 안 되는 듯 멀뚱멀뚱 쳐다보는 사람도 있었다. 강민국이 남쪽에서 신혼여행 차 와서 여행 중이라는 말을 했을 때는 통일 직전에 군대에서 강제 전역한 예비역 군인은 적개심을 드러내기도 했다.

　시골에서는 아직도 통일이 피부에 와 닿지 않는 모양이었다. 함흥과 청진 등 큰 도시는 그래도 집들이 어느 정도 수리가 되어 사람 사는 모습을 갖추고 있었다. 그러나 시골집들은 깨진 유리창을 갈아 끼우지도 못하고, 대한민국이라고 새겨진 비닐로 만든 비료포대로 가리고 있었다. 통일헌법이 결정되고 10개월 동안 남쪽 정부는 많은 경제적인 지원을 했으나, 아직은 그 혜택이 시골까지는 미치지 못하는 듯했다.

"친구 이거 얼마만인가? 무척 보고 싶었네. 자네 결혼식 장면은 TV를 통해 잘 보았네. 세기의 러브스토리는 회사직원들을 통해 잘 전해 들었지. 김지혜씨를 가까이에서 보니 더 입이 짝 벌어지네. 아이고! 부러워라!"

어디서 연락을 받았는지, 대학교 동기동창이면서 입사동기인 P실업의 김 과장이 기차역에서 기다리고 있었다. 그는 김지혜의 아름다운 외모에 입이 다물어지지 않는 듯 가방을 차에 옮기면서도 계속 찬사를 쏟아내고 있었다. 아직도 총각인 김 과장은 믿기지 않은 듯, 계속 김지혜에게 눈길을 주며 수더분하게 말했다.

"친구! 어떻게 알고 나왔어? 이것은 사적인 여행이고 해서 연락을 안 하고 잠깐 다녀가려고 했는데?"

강민국은 혹시라도 민폐가 되지 않을까 염려가 되어 공장장에게만 라진·선봉지구의 P실업 공장을 둘러보고 싶다고 말했었다.

"그러게. 서로 헤어진지가 3년이 넘었는데, 단짝인 나에게 연락도 안하고 슬그머니 다녀가려고 했다니 이렇게 섭섭할 수가 있나. 어제 공장장에게서 자네 온다는 말을 전해 듣고 친구 성격을 잘 알기에 2일 동안 휴가를 내었으니, 걱정 말게. 그래서 차량도 공장의 영업용차가 아니라 내 차를 가지고 나왔네. 김지혜씨! 내일까지 제가 잘 모시겠습니다."

그는 무엇이 그리 좋은지 운전하면서도 연신 싱글벙글 웃으며 지나가는 풍경을 설명했다.

라진·선봉지구는 활력에 차 있었다. 남쪽정부에서 선 투자한 부분이 효과가 있는 듯 모든 공장은 완전히 가동되고 있었다. 거리에는 안산의 공단지역처럼 대형트럭들이 줄지어 다니고, 출퇴근하는 근로자들의 복장은 개성공단지역처럼 말끔했다. P실업의 공장은 개성공단지역보다 약 10년 후인 5년 전에 지어져 매우 깨끗한 환경을 유지하고 있었다. 공장의 근로자 수는 약 2000명을 유지하고 있었다. 캄보디아에 투자했던 공장을 라진·선봉지역으로 이전한 것이었다. 2년 입사선배인 공장장은 매우 친절하게 공장의 운영실태를 설명했다. 통일헌법이 통과된 이후 북쪽 근로자들의 근무태도가 눈에 띄게 나아져 업무성과가 향상되고 있다고 말했다. 즉 북쪽 근로자들이 주인의식을 갖고 근무한다는 것이었다. 그것은 개성공단에서도 눈에 띄는 현상이었다.

김 과장은 직접 차를 몰며 시내와 항구를 안내했다. 중국과 러시아가 투자를 가속화하여 항구도 웅장한 면모를 갖추고 있었다. 조금 눈에 낯선 것은 항구에 정박 중인 러시아와 중국의 군함들이었다. 그들은 북한으로부터 항구를 50년 이상 조차 받아 한 편을 군항으로 개발하여 사용하고 있었다. 우리의 H그룹이 투자하여 건설 중인 선적항은 거대한 기중기 등 수출항구로서의 위용이 중국과 러시아의 그것들을 압도하고 있었다. 식사 중에 만나본 북한 주민들은 개성지역의 주민들처럼 모두가 즐겁고 행복한 표정이었다. 남쪽에서 선투자한 효과를 제일 먼저 느끼는 것 같았다. 김 과장은 자동차를 구입하여 타고 다니는 근로자들도 늘어나고 있다고 말해주었다.

김 과장의 안내로 둘러본 중국과 러시아의 국경이 만나는 한반도의 정수리에 해당하는 최북단인 두만강 하구 지역은 개발이 한창 진행 중이었다. 두만강을 가로 지른 조러대교와 중국 쪽에서 건설한 조중대교에는 많은 물동량을 싣고 기차와 차량이 바쁘게 다니고 있었다. 러시아 하산역과 중국의 훈춘을 연결하는 삼각지구로서 '유라시아 이니셔티브' 의 핵심거점으로서의 역할을 벌써부터 하고 있었다. 통일의 분위기가 가시화된 후 중국과 러시아는 이 지역을 집중적으로 개발하며 가장 많은 투자를 하고 있었다. 미국과 일본, 그리고 EU국가들도 이 지역에 투자하기위해 공단지구를 물색하고 있었다. 강민국과 김지혜는 바로 이곳에서 통일의 후끈한 열기를 느낄 수 있었다.

"우리가 앞으로 북쪽지역을 개발하고, 북쪽주민들에게 일자리를 주기 위해서는 많은 공단지역을 개발하고 도로와 철도 등 기간 산업에 대한 투자를 앞당겨야 하지 않겠나? 즉 통일초기에 엄청 난 통일비용이 들어간다는 이야기이지. 기간과 투자내용에 따라 차이는 있지만, 앞으로 약 20년 동안 약 500조 원에서 2000조 원 이 들어간다고 신문에서 읽은 적이 있지. 우리 국민들은 통일비용 에 대해서 걱정을 많이 하고 있는데 자네는 어떻게 생각하나?"

안내를 하던 김 과장이 무척 걱정하는 투로 먼저 통일비용 이 야기를 꺼냈다.

"나는 어제 라진·선봉지구와 오늘 조·중·러 삼각 지구를 돌아보며, 큰 희망을 보았네. 금년 들어 세계의 많은 경제전문가 들이 앞으로 북한지역이 최고의 투자처가 될 것이라고 앞 다투어 분석하고 있지. 세계의 언론들은 북한지역이야말로 세계에서 마 지막 남은 보물창고라고 보도하고 있네. 그들이 이곳에 투자할 수 있는 여건을 조성해준다면, 해외투자를 충분히 활용할 수 있으리 라 생각하지. 즉 우리 비용을 크게 들이지 않고도 북쪽지역을 잘 개발할 수 있다는 이야기네. 북쪽지역은 지정학적으로 대륙으로 가는 통로이며, 해양으로 나가는 관문이지. 즉 북쪽지역은 주변 4 대 강국의 이해가 촘촘히 얽혀 있는, 기회이자 위기의 땅이네. 이 번 기회에 우리가 주변국을 주동적이고 적극적으로 활용한다면 약이 될 수 있을 것이라고 보네. 그러나 주변국에 휘둘리며 소극적인 대응으로 일관한다면 독이 될 수도 있지. 우리가 힘이 약하고 분열되어 있으면 서로 지배하려 들겠지만, 강하고 단합되어 있으면 우리와 협력하려 할 것이네."

강민국은 희망을 보는 현장에 와있는 듯 자신 있게 말했다.

"제가 한 말씀 드려도 될까요?"

그 때까지 친구의 대화를 조용히 듣고 있던 김지혜가 정중하게 물었다.

"그럼요. 김지혜씨야 말로 북쪽사정을 누구보다도 잘 아시잖아요."

김과장이 김지혜와 대화할 수 있어 신이 난 듯 말을 받았다.

"한없이 부족한데 칭찬해주셔서 감사합니다. 북쪽에는 희토류를 포함하여 엄청난 자원이 있어요. 상대적으로 세계에서 가장 값싸고 질 좋은 노동력도 있지요. 이 북쪽지역을 잘 활용하면 21세기 들어 꺼져가는 경제성장의 불꽃을 다시 살릴 수 있다고 봐요. 특히 대륙과 연결되는 통로를 잘 활용하면 수출품의 운송비를 엄청나게 절약할 수 있고, 태평양으로 연결되는 항구를 잘 활용하면 중국과 러시아 등 많은 물동량을 잘 소화해낼 수 있을 거예요. 남쪽지역은 추가적인 개발여력이 부족하지만, 북쪽지역은 무한한 기회를 제공하고 있다고 생각해요. 앞으로 통일비용보다는 편익비용을 통해서 우리 민족이 다시 한 번 도약하여 일류국가로 우뚝 설 수 있는 기회를 가질 수 있다고 생각되네요."

김지혜가 기자다운 날카로운 분석을 바탕으로 의견을 제시했다.

"나는 이곳에서 통일의 희망을 보고 가네. 친구, 이틀 동안의 헌신적인 안내 무척 고맙네."

"내가 자네를 위해 휴가를 낸 것이 효과가 있었다니 잘 되었네. 특히 지혜씨를 모시면서 북한에 대한 해박한 지식을 배우게 되어 나도 많이 느끼는 이틀이었지. 우리 이제 북쪽지역을 자유롭게 여행할 수 있게 되었으니 자주 보세."

김 과장은 굳이 둘이 찾아가겠다는 강민국의 말을 무시하고, 회령군과 대홍단군을 거쳐 백두산에 올라가는 삼지연군까지 운전하여 그들을 내려주고 떠났다. 장맛은 오래되어야 우러나듯, 오랜 친구의 우정을 듬뿍 느끼는 이틀이었다. 행정구역은 개편되는 과정에 있어서 아직은 과거 북한의 행정구역을 그대로 쓰고 있었다.

그들은 삼지연 호텔에서 하룻밤을 머문 후 다음날 새벽에 백두산 등정에 나섰다. 10월 초의 백두산으로 올라가는 삼지연 코스는 너무 아름다웠다. 10여 년 전에 이 길을 통해 김정은의 백두산 등정을 안내했다고 자랑스럽게 말하는 안내원은 곧 눈이 오면 올라가는 길이 폐쇄될 것이라고 귀띔을 해주었다. 금년의 거의 마지막 손님으로, 오늘 따라 날씨까지 좋으니 엄청 운이 좋은 거라고 말했다. 그는 통일이 되어 중국 쪽으로 돌아서 서파나 북파를 이용하여 백두산을 오르던 손님들이 앞으로는 이 코스를 찾을 거라고 말하며 많은 기대를 하는 눈치였다. 천지에 들어서니 맑고 푸른 물이 수줍은 듯 치마를 살짝 들어 올리고 있었다. 강민국과 김지혜는 천지의 물을 손으로 떠서 마시며 조국의 통일을 이루게 해준 우리의 영산 백두산과 천지의 신에게 감사를 드렸다.

백두산에서 신의주로 가는 길은 압록강의 흐르는 물 따라 이어지는 지방도로를 이용하기로 했다. 혜산에서 중강진과 만포, 초산을 거쳐 의주로 연결되는 길은 아직도 대부분 비포장 길이었다. 건너편 중국 쪽 마을들은 대부분 단장이 잘 되어 있고 보란 듯이 화려한데, 우리의 시골마을들은 가난이 찌들어 있었다. 압록강 북쪽의 중국의 포장된 도로에는 멋진 승용차 행렬이 이어지고 있는데 반해, 우리 비포장도로에는 우마차와 자전거가 다니고 있었다. 다닥다닥 붙은 지붕과 연기가 나오는 굴뚝에서는 북쪽주민들의 신음소리가 들리는 것 같았다.

곳곳에는 군의 감축효과로 얼마 전까지 북한군대가 국경초소로 쓰던 쓰러져가는 건물들이 덩그러니 남아 있었다. 중요한 국경초소지역에서는 가끔씩 통일조선군의 복장으로 갈아입은 경계병들이 근무하는 모습을 볼 수 있었다. 통일조선 정부는 군사통합을 하면서 최우선적으로 통일의 날을 기해 통일조선 국군의 복장과 개인화기를 과거 대한민국 국군의 복장과 화기로 통일하여 지급했다. 강민국과 김지혜는 국경지역의 군인들의 모습을 보면서 통일을 실감할 수 있었다.

그들은 의주에 들러 하루를 머무르며 의주 일대를 돌아보았다. 의주는 우리 역사의 산실이었다. 여진과 거란 등 북방민족과의 투쟁의 본거지였고, 이성계의 위화도회군의 거점이었다. 조선시대에는 중국과의 무역의 교두보역할을 하였다. 일제강점기에는 바로 항일독립투쟁이 가장 활발한 곳이었다. 압록강철교의 개설로 지금은 신의주에 비해 왜소해졌으나, 역사적으로 중요한 역할을 한 지역을 꼭 둘러보고 싶었다. 최인호는 그의 소설 상도에서 의주 상인 임상옥을 그려 의주의 중국무역 중심지로서의 역할을 묘사했었다. 강민국과 김지혜는 그곳에서 거상 임상옥의 '장사란 이문을 남기기보다는 사람을 남기기 위함이다' 라는 상인정신과 '재물은 평등하기가 물과 같고 사람은 바르기가 저울과 같다' 는 인본주의철학을 되새겨 보았다. 의주지역도 과거의 영화는 어디로 가고 피폐해 있었고, 주민들의 삶은 매우 척박해 보였다. 가슴이 너무 아팠다. 다시 임상옥의 탄생을 기다리며 의주를 떠나는 발걸음은 무거웠다.

신의주 일대와 황금평 지역은 그동안 남쪽에서 집중적으로 투자하여 공단을 개발하고, 최근에 중국정부에서도 투자를 강화한 덕으로 라진·선봉지구 못지않게 발전하고 있었다. 압록강 하구에 자리 잡아 중국의 단둥과 마주보는 교통의 중심지로서 역할을 다하며 앞으로 무한한 발전가능성이 있는 도시였다.

P실업의 신의주지역 공장장은 앞으로 신의주 지역의 무한한 발전가능성을 점치며, 멀지 않은 장래에 조·중교역의 중심지가 될 것이라고 자신하였다. 투자가 활성화된 지역은 주민들의 삶의 질은 매우 높아보였고, 도시는 활기가 넘쳐 흘렀다. 강민국과 김지혜는 신의주지역에서 통일조선의 미래를 보는 것 같아 흐뭇했다.

"민국씨! 저 이제는 기자생활을 그만 두고 싶어요."

신혼여행의 막바지에 신의주에서 평양으로 돌아오는 열차 안에서 김지혜는 강민국의 손을 꼭 잡으며 조심스럽게 말했다.

"아니 왜? 당신은 이제 통일조선에서 북쪽주민들의 인권개선을 위해 할 일이 더 많을 텐데…."

"지금까지는 저에게 북한인민들의 인권을 개선하는 일이 가장 중요했었어요. 그러나 이제는 자유민주주의 국가가 되었으니, 인권개선 문제는 평생 동안 이를 위해 헌신하신 어머님이 계시고, 다른 단체도 나서서 해결하겠지요. 그리고 북쪽주민들의 욕구도

분출하고 있으니, 큰 어려움이 없이 점진적으로 해결되리라 판단돼요. 그러나 우리가 여행 중에 본 허름한 옷에 배가 허리에 닿아 있는 사람들을 생각보세요. 앞으로 통일정부가 최우선으로 해야 할 일은 시골에서 겨우 연명하고 있는 북쪽주민들에게 쌀밥에 고깃국을 먹을 수 있도록 하고, 입는 문제를 해결하는 거예요. 마침 개성공단에서 경험도 있고 하니 민국씨도 저와 함께 북쪽주민들의 의식주 문제의 해결을 위해 나서주세요."

"우리가 어떻게 하면 북쪽주민들의 의식주 문제를 해결할 수 있겠소?"

"나는 개성공단에서 옷이 만들어 지는 과정을 흥미롭게 지켜보았어요. 평양에도 섬유공장이 있으나, 생산성은 개성공단의 약 30%도 되지 않을 거예요. 물론 자동화가 덜 된 이유도 있지만, 체계적이지 못한 공장의 운영이 더 큰 문제라고 봐요."

"나도 그 점이 가장 큰 문제라고 인식하고 있어요."

"마침 국가에서 비생산적이고 경쟁력이 없는 국영기업들을 폐쇄하거나 분양한다고 하니, 우리가 한번 도전해 볼 수 있지 않을까 생각해요."

"아직은 그 방향이 확실히 정해져 있지 않으니, 지금 결정할 일은 아닌 것 같은데…."

"라진·선봉과 신의주지역의 생동감 있는 모습을 보세요. 우리가 이제는 조국을 위해 한 걸음 더 나설 때라고 생각해요. 북쪽의 모든 마을이 그렇게 생동감이 넘칠 때 통일의 효과는 확산될 거예요."

"그렇긴 한데…."

"지금 망설일 때가 아니에요. 민국씨는 개성공단에 돌아가서서 고민해보세요. 저는 평양에 남아 그 문제를 해결하기 위해 노력할 거예요. 당신은 통일조선의 임상옥이 되셔야 해요."

강민국은 이제 확고한 결심이 선 듯 말하는 그녀의 모습에서 처음 그녀를 보았을 때의 단호함이 느껴졌다.

"통일조선의 임상옥이라…. 내가 한없이 부족하지만, 지혜씨의 뜻이 그렇다면 부부는 일심동체이니 나도 힘껏 노력하리다. 북쪽주민들의 입는 문제해결을 위해 우리가 할 수 있는 일이 있다는 것이 얼마나 행복한 줄 모르겠소."

강민국은 10일 동안의 꿀맛 같은 신혼여행을 뒤로 하고 개성공단으로 돌아오는 차안에서 속 깊고 현명한 김지혜가 왜 신혼여행지로 북쪽지역을 택했으며, 의주지역을 안내했는지를 어렴풋이 이해할 수 있었다. 그녀는 그에게서 거상 임상옥의 역할을 기대하고 있었다.

자본과 평등의 조화

경제 통합은 남북한 통일의 성공 여부를 결정짓는 열쇠였다. 다른 통합과정이 아무리 성공적이라 하더라도 북한주민들의 먹고 사는 문제를 해결하면서 삶의 질을 개선하지 못하고는 정치와 사회적인 통합이 성공하지 못한다는 것은 자명한 사실이었다.

남북한 화폐통합을 위해 통일준비위원회에서는 통일 이전부터 다양한 사례를 검토했다. 통일의 화폐로는 남쪽의 '원'을 사용하기로 쉽게 결정했다. 그러나 문제는 북한의 원KPW을 남한의 원으로 어떤 비율로 환전해 주느냐 하는 것이었다. 독일통일 당시 동독화폐인 동독의 마르크화가 서독 마르크화에 비해 약 25%의 가치 밖에 없었음에도 불구하고, 1대 1의 비율로 교환을 해주어 후에 경제발전에 큰 저해요소로 작용했다는 점을 유의 깊게 살펴볼 필요가 있었다.

통일 당시 북쪽의 화폐인 북한의 원은 한국의 원에 비해 약 10배의 가치가 있었다. 그러나 미국의 달러로 비교하면 약 2배의 차이밖에 나지 않았다. 달러 가치와 남한의 원화가치와 차이가 난다는 것이 문제였다. 그러나 혼란을 방지하면서 북쪽주민들의 삶의 질을 높여주기 위해 북한 돈 1원에 남한 돈 10원으로 계산하여 환전을 해주었다. 북한주민들이 많이 보유하고 있었던 달러와 중국의 위안元은 국제적인 환율을 고려하여 환전이 되었다. 환전은 통일의 날로부터 1주일 간 계속해서 추진되었는데, 성공적으로 마무리되었다. 북쪽주민들은 통일조선의 화폐인 원화를 받고 통일을 더욱 실감할 수 있었다.

시장경제 체제에 의해 북쪽의 모든 암시장이 양성화되었다. 북한주민들은 직업선택의 자유에 따라 누구나 시장에서 장사를 할 수 있게 되었다. 약 1개월이 지난 후부터 모든 상품은 수요와 공급의 원칙에 따라 가격이 매겨졌고, 남쪽으로부터 다양한 물품들이 다량으로 공급되어 매매는 낮은 가격으로 활성화되었다. 특히 쌀과 각종 식품류, 그리고 과일류 등이 싼 가격으로 공급되어 통일 후 약 한 달이 지나자, 쌀값을 포함한 식품류 가격은 안정되었다. 그해 12월에 들어서는 배급제가 완전히 폐지되었음에도 불구하고 북쪽주민들은 먹는 문제를 대부분 해결할 수 있었다.

북한 지역의 국영기업은 경쟁력이 떨어져 있어 점진적으로 공기업과 사기업으로 전환했다. 공개경쟁에 의한 입찰은 통일 이듬해부터 차근차근하게 진행되었다. 국민의 생활에 밀접한 영향을 미치는 기간산업은 남쪽 공기업과의 통폐합을 통해 구조개선을 실시했다. 기타 국영기업들은 공개입찰을 통해 사기업으로 전환되었는데, 사기업 전환 후 새로운 경영기법의 도입으로 통일 3년차부터는 생산성이 급격하게 향상되었다. 각 기업의 근로환경 개선을 위해 최소임금제를 시행했으며, 경영혁신을 위한 각종 조치들이 취해졌다.

투자촉진법을 제정하여 북쪽지역에 투자하는 기업에 세제해택을 주었다. 많은 남쪽기업들이 양질의 노동력에 임금이 상대적으로 저렴한 북쪽에 투자를 시작했다. 베트남과 캄보디아 등 외국에 나가 있던 노동집약적 산업들이 북쪽지역으로 돌아오기 시작했다. 개성, 라진·선봉, 신의주 지역에 투자했던 대부분의 기업들은 공장을 확장하기 시작했다. 정부에서는 공단 규모를 늘리고, 각 도 단위에 공단을 두 개씩 추가적으로 지었다.

외국인 투자보호협정을 체결하여, 북쪽지역에 투자하는 외국 기업에는 세제해택은 물론이고, 투자가 잘 이루어질 수 있도록 제도를 개선했다. 외국기업들은 앞 다투어 북한에 투자를 했다. 특히 중국과 일본 그리고 러시아의 기업들은 주도권을 잡기 위해 각 분야에서 선도적인 투자를 시작했다. 정부는 외국의 기업들의 투자수익을 보장하기 위한 각종 조치들을 취했기 때문에 그들에게는 북쪽에 진출할 수 있는 호기로 인식되었다. 통일 3년차부터는 발전가능성을 확인한 미국과 유럽의 세계적인 기업들도 잇따라 투자를 하기 시작했다. 통일 3년차가 되면서부터 북쪽지역의 경제는 급속하게 발전하기 시작했고, 효율성 면에서 점진적으로 세계적인 경쟁력을 갖추기 시작했다.

북한지역의 핵심자원에 대한 개발촉진법을 제정하여 철광석, 석탄, 금과 희토류를 포함하여 각종 자원에 대한 개발을 단계적으로 추진했다. 이를 위해 통일정부 주도로 도로, 철도, 항만 등 기간산업에 중점적으로 투자를 실시하여 통일 4년차부터는 효율성이 극대화되기 시작했다. 북한지역에 매장된 희토류는 적정한 값을 받고 외국에 수출되기 시작했다. 약 7000조원으로 추정된 자원의 개발은 경제를 활성화하는 데 동력으로 작용했다.

북쪽지역에 돈이 돌기 시작했다. 처음에는 통일비용에 대해 걱정을 많이 했고, 통일 2년차까지는 선투자 효과가 나지 않아 애로가 있었다. 그러나 통일 3년차가 되면서 효과는 극대화되기 시작했다. 세계은행을 포함하여 아시아개발은행 등 각 은행들은 투자하기 위해 국제적인 기업들을 앞장 세워 진출하기 시작했다.

북쪽지역의 근로자의 임금은 초기에는 개성공단의 임금수준을 고려했다. 즉 통일 당시 북한 노동자 임금보다 200% 높은 수준에서 출발했다. 이것은 남쪽지역 노동자의 25%에 못 미치는 금액이었다. 북쪽 근로자들은 야근과 휴일 근무를 마다하지 않고 억척스럽게 일했고, 이것은 바로 노동생산성 향상으로 연결되었다. 통일 3년차가 되자 북쪽지역에도 최저임금제를 도입할 수 있는 여건이 조성되었다. 야근과 휴일근무를 합한 그들의 임금은 남쪽 근로자의 약 50% 상당으로 접근했다. 북한지역의 경제가 활성화되면서 그 이후는 매년 5~10% 수준으로 높아져 통일 10년차가 되자 임금의 편차는 거의 없어졌다. 근로자들에게는 노동3권이 보장되었다.

북쪽지역 주민들의 기초생활을 보장하고 삶의 질을 점진적으로 개선하기 위해 '기초생활보장법'을 제정하여, 기초생활이 어려운 북쪽지역 주민에 대한 생활보조금 지급을 활성화하고 단계적으로 확대해나갔다. 통일 3년 차가 되자 북쪽지역 주민들의 생활은 안정되었다. '국민연금법'을 개선하여 북쪽지역 주민들도 점진적으로 혜택을 볼 수 있도록 하였다.

이러한 노력들을 통해, 골드먼삭스가 188번째 세계경제전망 보고서(Global Economics Paper)에서 전망한 대로, 통일 후 한반도 경제는 성장하는 기반을 다져나갔다. 당시 골드먼삭스가 주목한 것은 북쪽의 풍부한 천연자원과 노동력이었다. 그들은 전망보고서에서 "북쪽에는 GDP의 수백 배에 달하는 우라늄, 아연, 납과 희토류 등 광물자원이 있다. 젊은 인구도 많다. 북쪽의 경제활동인구는 연 0.7%씩 증가추세에 있다. 사회주의 국가 특성상 교육수준도 높아 양질의 노동력 제공이 가능하다"는 점을 북쪽이 통일 후 성장할 수 있는 강점으로 보았다. 그들이 전망한 대로 통일 초창기 북한경제는 연 7% 이상씩 성장할 수 있었다. 앞서 시장경제로 전환한 동유럽 사회주의 국가들은 체제전환 후 GDP가 연평균 6.2%씩 늘었으니, 북쪽의 경제발전속도는 그들보다 더욱 빨랐다. 자연히 남쪽의 경제성장에도 영향을 미쳐 남쪽의 경제성장률도 모처럼 5.0%대에 도달할 수 있었다. 통일 이후 성공적인 경제통합모델에 따라 통일조선의 경제성장률은 주변국이 부러워하는 수준까지 도달할 수 있었다.

국경조약 체결

"통일조선 정부는 가능한 신속하게 국경조약을 체결해야 한다고 주장하고 있습니다."

중국의 외교부장은 이번 통일조선과의 국경조약 체결을 앞두고 중국의 국가주석에게 관련 사항을 보고했다.

"아니 그러면 우리의 동북공정 계획은 어떻게 되는 거요?"

국가주석은 뭐가 못마땅한 듯 외교부장을 노려보며 물었다.

"우리가 국경조약을 체결하게 되면, 동북공정은 당분간 포기해야 할 것 같습니다."

"그렇다면, 우리가 서두를 필요가 전혀 없잖소?"

"예! 서두를 필요는 없지만, 앞에서 보고 드린 대로 당위성 측면에서 보면 통일조선에서 주장하는 내용이 합리적이라는 것입니다."

"뭐가 그리 합리적이란 말이요?"

국가주석은 눈을 부라리며 대들 듯이 물었다.

"통일조선은 '국가승계이론'을 주장하고 있습니다. 이에 따르면, 국경조약과 같은 조약에 대해서는 계속성의 원칙에 따라 승계국가에 법적인 승계의무를 부과하고 있습니다. 이와 같은 국경조약의 계속성의 원칙은 승계국가의 국제관습법상의 의무로서 확립된 일반원칙이라고 볼 수 있습니다. 1978년에 체결된 비엔나협약 제11조도 계속성의 원칙을 택하고 있습니다. 즉 통일조선은 북조선을 승계한 국가로서 국경조약을 이어받을 권리와 의무를 지고 있습니다."

"그러니…, 우리에게 다른 대안은 없다는 말이오? 그 '중·조 변계조약(邊界條約)'이 문제가 많다고 하던데…, 어떻게 체결된 것이요?"

"중·조 변계조약은 1962년 평양에서 저우언라이(周恩來) 당시 국무원총리와 김일성 북한수상 사이에 체결되었습니다. 이 조약은 백두산, 압록강과 두만강 및 황해의 국경선을 경계로 하는 양국의 국경선을 명확하게 하는 내용을 담고 있습니다. 이 조약에서는 양국 국경선의 근거를 정했습니다. 이에 따라 양국이 천지를 북한 쪽에서 54.5%, 중국 쪽에서 45.5%로 분할하여 천지 서북부는 중국에 귀속되며, 동남부는 북한에 귀속하도록 규정했습니다."

"그 때 우리가 50% 이상을 가져왔어야 하는데…. 저우언라이 총리가 김일성과의 친분을 고려하여 너무 양보를 한 것 아니요. 이제는 바로잡아야 하는데…. 그뿐 아니라 지금까지 극비리에 추진해온 동북공정이 무산되게 되었지 않소."

"저도 안타깝게 생각합니다만, 우리가 국제법을 존중해야 앞으로 통일조선 정부와 좋은 관계를 유지할 수 있고, 국경을 맞대고 있는 주변 국가들을 안심시킬 수가 있다고 생각합니다."

"그 뜻은 잘 알겠는데…. 그래서 우리가 최근까지 이 조약의 내용을 공표하지 않은 것 아니요."

"이미 1999년에 이 내용이 알려져서 더는 비밀이 될 수는 없습니다."

"그러면, 만약에 우리가 이 내용을 무시하면 어떻게 될 것으로 예측하오?"

"그렇다면 통일조선 쪽에서 '간도 영토설'을 주장할 것으로 판단합니다."

"그것은 또 무슨 소리요?"

"통일조선 측이 지금의 동북 삼성三省 지역인 간도가 자기들의 영토라고 주장할 수도 있다는 것입니다."

"말도 안 되는 소리…. 알았어요. 국경조약에 서명합시다."

"잘 알겠습니다. 조심스럽게 접근해서 잘 체결하겠습니다."

그 즈음 청와대에서는 이조국 대통령과 연임된 한우리 국가안보실장 그리고 통일조선의 내각에서 새로 외교부장관이 된 이대한 장관이 함께 모여 국경조약 체결에 대한 논의를 하고 있었다. 신임 외교부장관은 그동안 중국과의 협상 경위에 대해 상세히 보고를 했다.

"그러면 중국 측에서 국경조약 체결에 대해 소극적인 입장이라는 말씀인가요?"

보고를 다 듣고 난 대통령은 정색을 하면서도 조용하게 물었다.

"그렇습니다. 조·중 국경조약은 당시 북한과 중화인민공화국 양측이 모두 비밀로 했기 때문에, 양국이 모두 그 체결을 공식적으로 인정한 바 없는 비밀조약이므로 인정하지 않아도 된다는 입장을 보이고 있습니다."

"그 조약의 구체적인 내용을 다시 한 번 말씀해보세요."

"조·중 국경조약에 따르면, 북한 측은 그 전까지 중국영토로 되어 있던 천지의 약 5분의 3과 그 일대를 북측에 편입시켰습니다. 이로써 북쪽은 1909년 9월 일본이 청나라와 맺은 '간도협약' 당시에 비해 약 280㎢의 영토를 더 확보했다고 볼 수 있습니다. '간도협약' 체결 당시 일본과 청나라는 1721년에 건립된 '백두산 정계비'가 백두산 동남쪽 4㎞ 지점에 위치해 있다는 점 등을 근거로 백두산 일대의 상당한 지역과 천지를 우리 영토에서 제외시킨 채 국경선을 획정한 바 있었습니다.

조약문에 따르면 백두산 천지의 경계선은 천지를 둘러싸고 있는 산마루의 서남쪽으로부터 동북쪽 안부까지를 그은 직선으로 하고 있으며, 이에 따라 현재 천지의 54.5%는 조선민주주의인민 공화국에, 45.5%는 중화인민공화국에 속해 있습니다.

이 조약에는 압록강과 두만강의 경계에 관한 내용도 담고 있습니다. 양측 국경의 총 451개 섬과 사주 가운데 조선민주주의인 민공화국은 264개의 섬과 사주(총 면적 87.73㎢)에 대해, 중화인 민공화국은 187개의 섬과 사주(총 면적 14.93㎢)에 대해 영토권이 있음을 열거하고 있습니다.

즉 조중 국경조약으로 백두산 최고봉인 해발 2천750m의 백두 봉과 송화강 상류지역 일부가 우리 영토에 속하게 됐습니다. 1721 년 숙종이 재위할 당시 청나라와 합의해서 설치한 '백두산정계비' 터도 우리 영토 안쪽에 위치하게 됐습니다. 지금 중국 측에서는 그 때 너무 양보를 했으니, 이제는 바로잡아야 된다고 벼르고 있다고 생각합니다."

외교부장관은 비교적 소상하게 설명을 했다.

"중국의 또 다른 속셈은 그동안 추진해온 동북공정의 불씨를 계속 살리고자 하는 것 아닙니까?"

귀를 기우려 듣고 있던 한우리 국가안보실장이 조심스럽게 질문했다.

"그렇다고도 볼 수 있습니다. 중국 측은 이번에 양보를 하면 그동안 극비리에 추진해온 동북공정이 물 건너 갈 수밖에 없다고 생각할 것입니다."

"그렇다면, 중국을 압박할 수단과 방법은 없나요?"

"대통령님! 우리가 간도문제를 들고 나온다면, 중국 측의 양보를 얻어낼 수 있다고 판단하여 지난 외교부장관 회담에서 그 문제를 거론 한 바 있습니다. 중국 쪽에서 깜짝 놀라는 것을 보니 효과가 있을 것으로 판단됩니다."

"잘 알겠습니다. 통일조선의 안보를 위해서는 중국과 러시아와의 국경조약을 가능한 빨리 체결하는 것이 중요합니다. 러시아와는 어떻게 추진되고 있나요?"

"러시아와는 비교적 순조롭게 추진하고 있습니다. 금년 안에 체결되는 데 문제가 없으리라고 예측됩니다."

"우리가 녹둔도 문제를 거론해야 하지 않나요?"

"대통령님! 현 시점에서 녹둔도 문제를 거론하는 것은 국제법상 문제가 많습니다. 우리가 중국 쪽에 국제법을 준수하라고 압박하고 있는 마당에 러시아와 녹둔도 문제를 거론하는 것은 형평성의 원칙에 맞지 않습니다. 단지 앞으로 협상의 여지를 남겨 놓도록 하겠습니다."

"과거에 체결된 조·소 국경조약의 핵심 내용에 대해 다시 설명해주세요."

"1985년 북한은 당시 소련과 두만강 및 영해 경계를 획정하는 '조선민주주의인민공화국과 소비에트사회주의연방공화국 사이의 국경선에 관한 조약'을 체결했습니다. 이 조·소 국경조약 제1조는 두만강의 중간선을 양국 간 국경으로 규정하고 있습니다. 제3조에서는 보다 구체적인 국경선 획정을 위해 '조·소공동경계획정위원회'를 설치하도록 하고 있습니다. 양측은 추가협상을 통하여 1990년 국경질서에 관한 협정을 체결하였고, 1991년 비준서가 교환됨에 따라 발효되어 오늘날에 이르고 있습니다."

"지금 우리가 녹둔도 문제를 거론하는 것에 걸림돌이 되는 사항은 구체적으로 무엇입니까?"

한우리 국가안보실장이 재확인을 하듯 질문했다.

"북한지역과 러시아간 두만강 국경은 하천의 경계는 강의 중간선을 기준으로 한다는 '탈베크의 원칙(principle of Talweg)'에 따라 합의한 것입니다. 그동안 학계 일부에서는 두만강 하구의 녹둔도가 원래 조선의 영토인데, 청국과 러시아 간 체결된 '북경조약'에 의하여 러시아령으로 잘못 편입된 것이므로, 이를 회복하여야 한다는 주장이 제기되어 왔습니다. 그러나 조·소 국경조약 제1조에 의하면 두만강의 중간선이 양국 간 국경이 되므로, 러시아 측에 붙어 있는 녹둔도는 러시아령에 속하게 되었습니다. 따라서 이 문제를 거론하는 것은 현 시점에서는 현명하지 못한 일이라고 생각합니다."

통일조선 정부는 이러한 검토과정을 거쳐 중국을 압박하며, 통일이 된 다음 달인 11월 말에 중국과, 그해 12월에는 러시아와 국경조약을 체결했다. 국경조약의 체결로 당분간 북쪽으로부터 올 수 있는 안보위협과 갈등을 잠재울 수 있었다. 제일 큰 성과는 중국의 동북공정의 불씨를 끄면서도, 조·중 국경조약을 그대로 승계하여 영토를 확보한 것이었다.

신천지를 찾아서

    평양의 12월은 몹시 추웠다. 온도는 영하 10도 정도였으나, 북풍이 불어 체감온도는 영하 20도를 넘나들었다. 통일의 과정에서 중요한 역할을 해낸 친구들은 통일의 해가 넘어가기 전인 12월 19일 평양에서 만났다. 여기에는 정읍식당의 신소녀 대표도 함께 했다. 박겨레 장군이 북부사령부 고문단 단장의 역할을 하느라 평양에서 근무 중이고, 강 기자도 10월 말에 평양에 지국을 개설하여 체류 중이어서 이대한 외교부장관, 황만주 국정원차장과 김상웅 회장이 한 차로 올라오면서 신 대표도 함께 온 것이었다. 그날은 마침 토요일이어서 공직에 있는 이대한 외교부장관이나 황만주 국정원차장도 참석할 수가 있었다.

"오래 만에 만나 이렇게 한자리에 모여 함께 식사를 하게 되니 감회가 무척 새롭네. 오늘 평양을 둘러 본 느낌은 어떤가?"

강 기자는 고려호텔에 여장을 풀고, 평양시내를 구경한 후 중구역 대동강변의 옥류교 근처에 있는 옥류관에 모인 친구들을 따뜻하게 맞이했다.

"우리는 박 장군과 강 기자가 엄청 고생하는 줄 알았는데, 사무실에 들러 보니 도리어 우리보다 더 잘 지내고 있는 것 같아 샘이 나네."

황만주가 시샘 반 농담 반으로 말을 했다.

"친구들이 겉모습만 보고 하는 말인 것 같은데, 사무실은 엄청 넓고 과분하게 좋은데, 난방장치가 제대로 작동이 안 되어 있어 오늘처럼 추운 날은 손을 호호 불며 근무를 하고 있다네. 자네 아마 며칠 동안만 함께 근무하자고 하면 금방 내빼고 말걸."

박 장군이 나서서 근무의 어려움을 호소했다.

"평양 시내는 생각보다 무척 활기가 찬 것 같아요. 서울에서는 별로 못 느끼던 통일의 열기가 확 달아오르는 느낌이에요. 여기 오면서 바로 통일이란 이렇게 좋은 거구나 하고 생각되었어요."

신소녀 대표가 무척 감동한 듯 솔직하게 느낌을 이야기했다.

"나도 동분서주하다가 오늘 시간을 내어 이렇게 평양을 방문해보니 그동안 우리가 노력한 보람이 있구나 하는 것을 피부로 느꼈네. 통일 이전에 협상 차 방문했던 평양과 지금의 평양의 모습은 천양지차야! 활기가 넘치는 모습이 완전히 다른 나라에 와 있는 느낌이네."

이대한도 감격한 표정을 지으며 호탕하게 말을 했다.

"자! 이제 평양의 식사도 준비되고, 백두산 들쭉주도 나왔으니 우리 축배를 드세. 특히 대한이가 이 번에 장관이 되었으니, 이 모두가 얼마나 좋은 일인가. 자 이 장관의 건승을 위하여! 통일조국의 무궁한 발전을 위하여!"

강 기자는 통일의 주역역할을 다한 친구들이 무척 흐뭇해하는 모습을 확인하고 축배를 했다.

"위하여! 위하여!"

"오빠들! 그런데 옥류관의 냉면이라 기대를 많이 했었는데 맛은 별로 같아요."

모처럼 요리를 하지 않고, 손님으로 한참 동안 음식 간을 보던 신소녀 대표가 음식 평을 하고 나섰다.

"아무렴, 우리 신 대표의 솜씨만 하려고? 모든 정성을 다한 신 대표의 음식에 비하면 이름으로 승부하는 이곳 냉면은 솔직히 맛이 조금 떨어지지…. 여기 온지 두 달 남짓 되었는데, 신 대표의 그 맛깔스런 김치찌개와 청국장 요리가 그리워 가끔은 남쪽하늘을 쳐다보고 있지."

강 기자가 거들고 나왔다.

"오빠 정말이지? 나도 오빠들 보고 싶어 죽을 뻔했어. 그래서 오늘 가게 문 닫고 달려왔어요."

"또! 일편단심 강 기자야!"

황만주가 나서서 놀린다.

"만주 오빠, 혼날 줄 알아!"

그들은 어린 아이처럼 서로를 놀리며 떠들썩하게 웃었다.

"이제 정치통합의 과정도 조금씩 마무리되어 가는 것 같고, 군사통합은 박 장군의 책임 하에 잘 진행 중이고, 경제통합도 첫 단계는 단추가 잘 끼워졌으니, 앞으로 무엇을 위해 우리가 더욱 노력할 것인지 토의해보세."

식사가 어느 정도 마무리 되고 후식이 나오자 강 기자가 나서서 말했다.

"나는 경제통합의 문제는 첫 단추가 잘 끼워졌다고 하나, 우리가 제일 관심을 가지고 대응해야 할 일이라고 보네."

지금까지 조용하게 대화를 듣고 있던 김상웅 회장이 신중하게 발언했다.

"좋은 이야기야. 앞으로 사회와 문화통합의 문제를 중시하면서 국민통합을 향해 나아가야겠지만, 삶의 질 문제가 그 밑바탕을 이루고 있지."

"나도 공감하네. 먹고 사는 문제가 해결되지 않고 사회와 문화 통합을 이루는 것은 무척 어렵다고 보네."

"그래서 우리 김 회장 등 경제인들의 역할이 어느 때보다 중요한 것 아니겠나."

"김 회장! 지난 번 공장을 추가로 세우기 위해 북쪽 여러 곳을 돌아다녔는데 어디 마음 드는 곳이 있었는지?"

친구들은 이구동성으로 경제문제의 중요성을 강조했다. 지금은 통일의 분위기에 들떠 모두가 통일을 환호하고 있지만, 먹고 사는 문제를 해결하지 못하면 사회통합과 문화통합의 문제는 쉽지 않다는 데 모두가 동의했다.

"친구들 이야기에 깊은 감명을 느꼈네. 남과 북의 국민통합이 없이는 사실상 지금 진행되고 있는 정치통합이나 군사통합도 삐꺼덕거릴 수밖에 없지. 그래서 우리 며느리도 이제 기자생활을 접고 북쪽지역에서 사업을 하겠다고 나섰네. 인권 문제는 이제 자기가 노력을 안 해도 자유민주주의 체제 안에서 날로 개선될 터이니, 북쪽동포들의 먹고 사는 문제의 개선을 위해 발 벗고 나서겠다는 생각이야. 우리 김 회장이 많은 가르침을 주었으면 하네."

"그렇지 않아도 오늘 점심시간에 '우리 미인 며느리'가 특별한 가르침을 부탁하더구먼. 섬유사업을 하면서 입는 문제 해결을 위해 앞장서겠다니 얼마나 대견한 일인가."

김 회장은 '우리 며느리'라고 강조하며 김지혜를 두둔하고 나섰다. 사실 친구들 사이에는 서로의 자식들을 '우리 자식'으로 대했고, 아이들도 친구들을 친 부모처럼 대했다.

"통일조국을 위한 이야기는 이제 내일 계속하도록 하고, 지금부터는 우리 이야기를 좀 하도록 하세."

강 기자가 대화의 주제를 돌렸다.

"오늘 평양을 돌아본 느낌은 어떤가? 아마 잘 단장 된 겉모습에 조금은 안도가 되었으리라 생각이 드네. 그러나 개성에서 쭉 올라오면서 보았겠지만, 평양 외곽을 조금만 벗어나 보면 우리가 할 일이 너무 많다는 것을 느꼈을 걸세. 내가 잠깐 이곳에 살아보니, 실감이 나네. 그래서 나는 가능한 빠른 시일 내에 온 가족이 이 곳으로 이사를 하려고 생각하네."

"우리 친구 말에 나도 전적으로 공감하네."

박 겨레 장군이 나서며 말을 이었다.

"내가 친구들 중에는 '평양고참'이지 않나. 이곳에서 몇 개월 동안 임무를 수행하면서 많은 생각을 하게 되었지. 군대생활을 마무리하면 이곳에 정착해서 북쪽 동포들을 위한 일을 해야겠다고 결심했네. 우리 가족도 공감하고 있지."

"오빠들 좋은 생각 같아요. 저도 오늘 광복거리를 돌아보면서 이곳에 '정읍식당'을 차려 북한동포들의 먹는 문제해결에 일조를 해야겠다고 생각했어요."

"정말이야! 김 회장이 입는 문제를 해결하고, 우리 신 대표가 먹는 문제를 해결하면 우리는 할 일이 없을 것 같아 벌써부터 걱정이 되네."

황만주가 익살스런 표정을 지으며 말을 받았다.

"대한이나 나나 지금은 현직에 있으니 뭐라 말할 수는 없지만, 우리도 무언가 할 일이 많은 것 같아 자석을 향한 쇠붙이처럼 마음이 끌리고 있네."

"황 차장 말처럼 우선은 현직에서 조국통일이 일류국가의 길로 연결될 수 있도록 최선을 다한 후, 친구 따라 강북갈 수도 있겠지."

이대한이 '친구 따라 강북 간다'는 재미있는 용어를 사용하며, 호탕한 웃음을 지었다.

그 다음 날 친구들은 김지혜의 안내로 평양의 주요 유적지와 서민들의 삶의 현장을 돌아보고, 모두가 다음 할 일을 찾은 것처럼 보람 있는 여행을 마칠 수 있었다. 함께 손을 잡고 함께 느끼며, 북쪽주민들에게 마음을 다 뺏긴 보람된 여행이었다. 이 체험은 이대한 장관과 황만주 차장에게는 통일 이후의 지원정책을 수립하는 데 많은 도움이 되었다.

협력체제 구축

정부통령 선거가 마무리되고 통일조선 정부가 들어선 후, 중국 및 러시아와 국경조약을 성공적으로 체결한 이조국 대통령은 통일조선의 안전에 대해 주변 4국의 확고한 보장을 받을 계획을 추진하였다.

이조국 대통령은 주변 4국의 정상들을 통일조선에 초대하여 통일조선과 미국, 중국, 일본, 러시아가 참여하는 '1+4회담'을 갖기로 하였다. 회담의 시기는 통일 다음해 4월로, 장소는 평양으로 정했다. 회담의 목적은 통일조선의 정치적 안정을 보장하고, 경제적 지원을 받는 데 두었다. 즉 통일조선의 정치적이고 안보적인 안정을 위해 주변 4국이 최선을 다할 것을 다짐받고, 통일조선이 경제적으로 안정된 발전을 할 수 있도록 투자를 확대하는 합의를 이끌어 내는 데 있었다.

이조국 대통령은 이를 구상하는 데 독일의 사례를 연구했다. 통일이 독일사회에 가져다 준 가장 큰 이득에 대해 독일인들은 이구동성으로 '평화'를 말하고 있었다. '사사건건 빚어졌던 대립과 정치, 사회적 힘의 소모를 더 이상 하지 않게 된 점은 어떠한 경제적 비용으로도 환산할 수 없는 이익이었다'고 그들은 강조하고 있었다. 독일인들은 "우리는 통일을 통하여 평화를 얻었고, 분단으로 인해 산적했던 문제들을 하나하나 해결한 지금은 그 어느 때보다도 더 견고한 평화를 누리고 있다. 평화의 획득과 그 증진을 위해서라면 어떠한 희생도 두렵지 않다"고 말하고 있었다.

이조국 대통령은 우리도 통일 후 당분간은 모처럼 조성된 한반도의 평화를 국제적으로 보장받고, 응축된 힘을 경제발전에 집중해야 한다고 판단했다. 그는 주변 4국의 지도자들을 정중하게 모셨다. 평양으로 장소를 정한 것은 그들이 통일의 현장을 둘러보고 국제투자의 필요성과 안전성을 느끼도록 하기 위함이었다.

"저희 통일조선은 미국, 중국, 일본과 러시아 4국의 적극적인 지원으로 통일을 이룰 수 있었습니다. 여기 오신 지도자들의 도움이 없었다면 한반도의 평화적인 통일은 쉽지 않았을 것입니다. 소중한 시간을 내주신 여러분께 전 국민을 대신해서 감사를 드립니다.”

이조국 대통령은 정중하게 인사를 드렸다.

“우리 미국은 그동안 한반도의 평화통일을 지지해왔습니다. 이조국 대통령님의 지도력에 의해 통일 후 이렇게 빠른 기간에 안정이 되었다는 데 찬사를 보냅니다. 오늘 오면서 보니까 평양시민들의 발걸음에 힘이 있고 도시가 발전하는 모습이 보이는 것 같다는 생각을 했습니다. 수고 많으셨습니다.”

“대통령님! 통일조선은 아직도 여러 가지 불안한 환경을 갖고 있습니다. 따라서 견고한 한미동맹과 전폭적인 지원이 필요합니다.”

“여기 계시는 다른 지도자분들도 동북아의 안정을 위해서는 한반도에 한미동맹이 유지되어야 한다는 데 동의를 해주셔서 감사합니다. 저희 미국은 통일 한반도의 안정과 평화를 위해 앞으로도 최선을 다하겠습니다.”

미국 대통령은 옆에 앉는 중국의 국가주석, 러시아 대통령과 일본의 총리를 번갈아 보며 확고하게 말했다.

“미국 대통령님의 그 말씀에 저희 중국도 최대한 동의하며, 미국의 입장을 존중합니다. 그러나 미국의 존재와 한미동맹이 중국의 이익을 침해한다면 이를 용납할 수는 없습니다. 따라서 주한미군의 증강과 북쪽지역으로의 진출은 자제해주셨으면 합니다."

중국의 주석은 점잖게 중국의 핵심이익을 내세워 미국에 요구사항을 제시했다.

"한반도에 평화가 정착된 이상, 저희 미국도 한반도에 추가적인 병력이나 전투력을 증원할 필요성을 못 느끼고 있습니다. 그리고 병력이 북쪽지역에 진출하는 문제는 저희 입장에서는 바람직하다고 생각하나, 중국과 러시아의 입장을 고려하여 신중하게 검토하겠습니다. 만약 그러한 상황이 온다면 협조를 구하겠습니다."

미국 대통령도 중국의 입장을 이해한다는 표정으로 진정성을 갖고 말했다.

"저희 러시아의 입장에서는 동북아의 안정과 평화를 위해서 한미동맹의 가치를 인정합니다. 그러나 통일조선과 미국과 일본의 3각 동맹으로 발전한다거나, 일본이 집단적자위권 차원에서 한반도에 진출하는 문제는 강력하게 반대합니다."

러시아 대통령은 앞으로 우려되는 사항을 정확히 짚어 말했다.

"러시아 대통령님의 우려를 충분히 이해합니다. 저희 통일조선의 입장에서도 통일이 되어 러시아와 중국이 우호세력이 된 마당에 '3각 동맹'을 희망하지 않으며, 일본이 한반도에 진출하는 문제는 특히 바람직하지 않다고 생각합니다. 그러한 우려는 하지 않으셔도 좋을 것 같습니다."

이조국 대통령은 러시아 대통령의 우려를 이해한다는 점을 강조하고, 통일조선의 입장을 피력하였다. 그것은 러시아에게뿐만 아니라 미국과 일본에게도 우리의 의지를 알리기 위한 전략적인 발언이었다.

"이 대통령님의 그러한 확고한 태도를 존중합니다. 우리 러시아는 통일조선과 우호관계를 확충하면서 전략적인 동맹관계를 심화시킬 수 있도록 노력하겠습니다."

러시아 대통령은 이조국 대통령의 발언에 고무된 듯 러시아의 우호적인 입장을 강조했다.

"우리 일본은 한미동맹을 존중하며, 한반도에 안보적인 문제가 발생했을 때 동맹국을 지원하는 차원에서의 모든 조치를 다한다는 것을 말씀드립니다. 그리고 우리는 통일조선과 독도의 영유권 문제를 해결해야 합니다. 통일조선은 일본의 영토인 독도를 계속 점령하고 있습니다. 우리는 앞으로 우리의 영토를 회복하기 위한 조치를 해나갈 것입니다."

일본 총리는 미일동맹의 성실한 이행이 중요하다는 점과, 한반도에서 안보상의 문제가 발생할 때는 병력도 출동할 수 있다는 의도를 간접적으로 드러내는 발언을 했다. 그리고 독도 영유권문제를 거론함으로써 회담의 분위기를 흐렸다.

"저는 일본 총리의 발언에 반대의 입장을 명확히 합니다. 일본은 다오위타오(센가쿠열도)에 대해서는 실효지배권을 주장하면서 독도에 대해서는 다른 주장을 하는 것을 이율배반적인 행동이라고 생각합니다. 저는 다오위타오가 중국의 영토임을 이 기회에 다시 한 번 강조합니다."

중국도 잘되었다는 듯이 영토에 대한 중국의 입장을 강조했다.

"저도 오늘 동북아의 안정과 한반도의 평화를 이야기하는 자리에서 일본이 독도문제를 거론한 것은 지극히 바람직하지 못한 처사라고 생각합니다."

이조국 대통령이 나서서 일본 총리의 주장을 점잖게 반박했다.

"오늘 이 회담에서 영토문제를 거론하는 것은 바람직하지 않다고 생각합니다. 오늘은 동북아의 안정과 평화에 대한 주제를 갖고 토론하시지요."

서로 험악해지는 분위기를 가라앉힐 필요성을 인식한 듯 미국 대통령이 중재를 나섰다.

"저는 동북아의 안정과 평화를 위해 매년 한번 씩 '5국 정상회담'을 개최할 것을 제안합니다. 오늘 여기 모인 5개국이 매년 한번 씩 모여 동북아 정세를 논의 한다면, 동북아의 평화는 보장될 수 있으며, 현안문제들도 쉽게 해결되리라 생각합니다. 사무국은 이곳 평양에 설치하면 될 것으로 판단하여 건의 드립니다."

이조국 대통령은 5개국 정상회담 회의체의 설립을 제안했다.

"참 좋은 제안이라고 생각합니다. 사실 한반도를 둘러싼 동북아 지역은 우리 모두의 이익이 첨예하게 충돌하는 지역입니다. 5개국 정상들이 매년 한번 씩 모여 현안문제를 논의할 수 있다면, 이 지역의 평화를 위해 건설적인 역할을 할 수 있을 것이라 판단되어 이 제안을 적극 지원합니다."

미국 대통령이 적극적으로 찬성하고 나서자, 다른 나라 지도자들도 찬성하여 '5개국 연례정상회담' 이 합의되었고, 사무국을 평양에 두는 안도 큰 이의 없이 결정되었다.

"식사하시는 데 불편은 없으셨는지요? 오후에는 동북아의 경제적인 번영과 발전문제에 대해 토의하겠습니다. 한반도는 동북아의 경제적인 발전을 위해 중심축에 서 있습니다. 육지와 해양의 연결축의 역할을 하고 있으며, 물류흐름의 접촉점 역할도 하고 있습니다. 따라서 통일조선의 경제발달은 주변국에게 많은 긍정적인 영향을 줄 수 있으리라 확신합니다. 그런데 지금 저희는 상당히 어려운 시점에 서있습니다. 북쪽지역 개발을 위해서는 많은 자본이 필요하나 부족한 실정입니다. 오늘 평양에서 보셨다시피 평양은 지금 활발하게 개발되고 있는 중입니다. 다른 도시와 농촌의 마을들도 발전이 요구되고 있습니다. 북쪽지역에는 약 7조 달러의 지하자원이 개발을 기다리고 있습니다. 우선 이 지역에 적극적으로 투자해주신다면 다른 지역보다 투자효과는 더 크다고 생각합니다."

이조국 대통령은 이 문제에 확신이 있는 표정으로 하나하나 사례를 들어가며 설명을 했다.

"나는 이 대통령님의 말씀에 동의합니다. 이 지역의 평화와 안정을 위해서는 경제적인 번영이 선도적인 역할을 해야 합니다. 미국은 필요한 분야에서 적극 투자하겠으며, 미국의 기업들도 투자를 할 수 있도록 장려하겠습니다."

미국 대통령이 나서서 적극적인 투자를 약속했다.

"우리 러시아와 통일조선은 이미 통일 이전부터 활발한 경제교류를 하고 있습니다. 최근에는 북쪽지역의 철도와 도로건설에 300억 달러 이상을 투자하고 있으며, 러시아의 기업들도 연해주지역을 넘어서 북쪽지역에 적극적으로 투자를 할 것입니다. 서로가 상생하면서 발전하는 좋은 모델이 생길 것이라고 생각합니다."

러시아 대통령이 러시아도 투자를 보다 적극적으로 하겠다는 입장을 밝혔다.

"저희 중국은 과거부터 북쪽지역에 투자를 해왔습니다. 특히 통일 이후에는 신의주와 황금평 지역 및 연해주 지역에 집중적으로 투자를 해오고 있습니다. 그리고 북쪽의 자원개발에 민간분야의 투자를 적극 지원하고 있습니다. 앞으로도 북쪽지역의 개발에 보다 적극적으로 투자를 할 계획입니다."

중국의 국가주석도 보다 적극적인 투자를 약속했다.

"일본은 다른 나라에 비해 투자를 조금 늦게 시작했지만, 지금은 정밀기계 및 전자 산업공단지역에 집중적인 투자를 하고 있습니다. 앞으로도 수익을 창출할 수 있는 분야를 찾아서 투자를 점진적으로 확대할 계획입니다."

일본의 총리는 수익창출을 강조하며 투자를 확대할 계획임을 밝혔다.

"여러분 모두가 투자를 활성화해주시겠다니 대단히 감사합니다. 한 가지 제안을 드릴 사항은 동북아의 균형발전을 위해서 '동북아투자개발은행'을 공동설립하자는 것입니다. 각 국가가 100억 달러에서 300억 달러까지 내어 약 1000억 달러 규모의 은행을 설립한다면, 북쪽지역의 개발뿐만 아니라 시베리아와 몽고의 개발 및 동북삼성의 개발 등에도 사용이 가능할 것입니다. 미국과 일본 등은 이들 지역에 간접투자를 함으로써 많은 투자수익을 창출할 수 있을 거라 생각합니다."

이조국 대통령은 투자방안을 제시하며 투자은행의 설립을 제안했다.

"참 좋은 제안이라고 생각합니다. 그렇지 않아도 시베리아의 개발에는 많은 투자금이 필요한데 개발은행을 통해 공동투자를 한다면 투자수익을 공유할 수 있다고 생각합니다. 이 은행이 가시화된다면 러시아는 200억 달러를 투자하겠습니다."

러시아의 대통령이 시베리아 개발 차원에서 귀가 솔깃한지 제안을 적극적으로 받아들였다.

"미국의 입장에서 보면 동북아 지역의 균형발전은 동북아의 안정에 반드시 필요한 일이라고 생각합니다. 특히 동북아 지역에서 소외된 지역의 개발에 투자가 요구되는만큼 세계은행과 아시아개발은행 및 아시아인프라투자은행(Asian Infrastructure Investment Bank)보다는 우리가 공동 투자하여 이를 효율적으로 활용한다면 서로의 국익을 위해 큰 도움이 되리라고 생각합니다. 적극적으로 검토해봅시다."

러시아와 미국 대통령의 적극적인 지지에 다른 나라의 지도자들도 '동북아투자개발은행' 설립의 필요성을 인정하고, 다음 모임에서 이를 긍정적으로 검토하기로 했다.

동북아의 안보와 균형발전을 위해 그동안 자국의 이익을 강하게 내세웠던 주변 4국은 이조국 대통령의 제안에 따라 공동이익을 창출하는 방향으로 협조체제를 구축했다. 이조국 통일조선 대통령이 상승한 국력을 바탕으로 주도한 매우 유익한 회담이었다.

소유권 보장

북쪽지역의 토지와 건물은 통일의 날이 다가올수록 소문의 대상이 되었다. 누구는 벌써 북쪽지역의 토지를 되찾았다느니, 누구는 북쪽에 거주하는 친척을 통해 토지장부를 확인했다느니, 누구는 토지를 팔아 벌써부터 갑부가 되었다느니, 누구는 부동산 업자를 통해 이미 토지장부를 확인했다느니, 갖가지 소문은 꼬리에 고리를 물고 민심을 휘젓고 다녔다. 남쪽의 주민들은 혹시라도 북쪽의 토지를 확인할 수 있을까 하여 월남할 때 부모가 들고 나온 토지장부를 찾느라 혈안이 되어 있었다. 북쪽에 친척이 있는 사람들은 최근에 개통된 전화기를 이용하여 친척들과 연락하느라 바빴다. 복부인이나 투기자들은 통일이전부터 지도를 펼쳐놓고 토지를 거래하는 기현상이 발생했다. DMZ 지역에서는 부동산 업자와 과거 땅주인이라고 주장하는 사람들이 근처 높은 산에 올라가 철책지역과 그 북쪽을 손가락으로 가리키며 거래를 하고 있었다.

북쪽에 거주하는 주민들은 몹시 불안했다. 혹시나 지금 거주하는 건물과 토지를 남쪽의 주인이라고 주장하는 사람에게 뺏기지는 않을까 걱정이 되었다. 남쪽에서 올라온 사람들이 토지연고제를 주장하여 사는 집을 다 뺏는다더라, 통일정부가 북한의 토지와 건물을 전부 수용한다더라, 평양에는 벌써부터 남쪽에서 올라온 복덕방이 많이 생겼다고 하드라 등의 소문이 날개를 달고 날아다녔다. 통일이 가까워올수록 손에 조선총독부의 토지대장을 들고 북쪽지역을 왔다갔다는 하는 남쪽 여행객도 눈에 띄었다. 어느 몰상식한 사람들은 북쪽주민 집에 불쑥 들어와 토지장부상 우리 집이니 집을 둘러보겠다는 사람도 있었다. 북쪽주민들은 좌불안석이었고, 숙덕대는 소리가 천지를 진동했다.

정부는 이러한 불안을 신속하게 잠재워야 했다. 정부는 북쪽지역의 토지와 건물의 현 소유주에 대한 우선권을 부여하였다. 북한주민이 거주하는 모든 건물은 잠정적으로 현 거주자에게 소유권을 인정한다고 발표하고, 법제화에 들어갔다.

북쪽지역의 토지는 당분간 국가가 관리하기로 하고, 북쪽에 '부동산신탁관리청'을 신설하여 모든 토지와 주택 등을 관리토록 했다. 북쪽지역의 토지와 건물에 대한 과거 재산권행사는 잠정적으로 인정하지 않기로 결정했다. 즉 현 소유주에 우선권을 부여하여 현재 북한주민이 거주하는 집은 잠정적인 소유권을 인정했다. 북쪽주민들에게 주택소유제를 시행하여 현재 살고 있는 집을 50년 임대조건으로 무상 분양하였다. 분양주택의 임대권의 판매는 일정 기간 동안 제한하기로 하여 부동산투기를 억제하였으며, 점진적으로 재산권을 인정하는 방향으로 전환하여 초기의 혼란을 최소화시켰다.

정부는 남쪽의 부동산업자나 복부인 등 투기자들이 들어가 잘 못된 행동을 할 수 있는 여지를 차단했다. 과거의 토지소유자에 대한 조사를 실시하여 필요한 분야에서는 정부가 보상을 하도록 '토지보상관련법'을 제정했다. 주택개량사업을 적극적으로 추진하여 필요시 정부에서 지원금을 지원토록 했기 때문에, 지방의 주택들은 빠르게 개량화 사업을 추진했다.

그들은 마당 앞의 텃밭에 각종 야채를 심기 시작했다. 마당과 마을길에는 꽃을 심기 시작했다. 통일정부에서는 개량종의 좋은 씨앗을 무상으로 배급하였으므로 동네는 아름다워졌고, 식단은 풍성해졌다. 일부 집단농장의 형태로 운용되던 토지들은 50년 상환으로 농민들에게 분배되었다. 부엌개량과 산업녹화사업이 대대적으로 이루어졌다. 통일 3년차가 되면서 벌거벗은 산들은 제법 푸릇푸릇 해졌다.

　이러한 조치들은 북쪽주민들의 불필요한 이동을 차단하는 부수적인 효과가 있었다. 통일 직후에 남쪽으로 이동해오던 주민들과 평양 등 대도시를 향하던 이주민의 행렬이 서서히 줄어들었다. 주거의 안정을 되찾다보니, 가능한 지금까지 살아온 터전을 지키고 싶어했다. 통일정부가 지역단위로 주택개량 지원금을 지급하여 주택개량사업을 추진하였기 때문에 가능한 자기 집도 좋게 고쳐 남보란 듯이 살고 싶었다.

한반도 투자를 선점하라

통일 이듬해 3월 26일 금요일에 평양의 러시아 총영사관에서는 비밀회의가 열렸다. 러시아 외교부 차관을 하다가 통일된 한반도의 중요성을 감안하여 서울 대사관에 새로 부임한 대사가 주관했다.

"그동안 잘 지내셨는지요? 이제 이 한반도가 통일된 후 반년이 되었소. 본국에서는 투자 점검회의를 실시하여 투자계획서를 보고하고 경제협력을 강화하라는 지시가 있어, 오늘 평양의 총영사관에서 회의를 실시하게 되었습니다. 먼저 통일 이후 그동안 투자 실태에 대한 분석을 한 후 앞으로의 방향에 대해 논의를 할까합니다. 상무관이 먼저 보고해주세요."

자리에 앉자마자 대사는 다급한 표정으로 바로 본론에 들어갔다.

"통일 직전까지 러시아는 북쪽지역에 투자를 선점하며 약 300억 달러에 가까운 선투자를 했습니다. 특히 시베리아 횡단철도(Trans Siberian Railroad)와 연결된 한반도 종단철도에 대한 투자로 지금 그 효과가 나타나고 있습니다. 한국의 많은 상품들은 시베리아 횡단철도를 통해 유럽에 수출되기 시작했습니다. 한국의 기업들은 운송로와 운송기간이 절감되는 철도수송을 선호하고 있습니다. 지금까지의 분석으로는 서울에서 베를린까지 운송기간은 약 20일이 단축되고, 비용은 약 30%가 절감되는 것으로 평가되고 있습니다. 그리고 라진·선봉 항구를 통해 북에서 생산되는 많은 상품들이 미국과 일본으로 수출되고 있습니다. 특히 중국 쪽에서도 동북3성에서 생산되는 많은 물품들을 라선항을 이용해 미국과 일본 등에 수출을 하려고 하고 있습니다. 따라서 러시아는 철도와 항만에 선투자한 효과를 톡톡히 보고 있으며, 앞으로 그 낙수효과는 더욱 확대될 것으로 예측됩니다."

상무관은 비교적 상세하게 지금까지 투자의 성과에 대해 설명했다.

"그러나, 한반도 통일 이후에는 이상한 현상이 발생하고 있지 않습니까?"

조셉 푸틴 평양총영사가 문제를 제기하고 나섰다. 그는 한반도 통일 후 주 북한 대사관 공사에서 지금은 대사급으로 승진하여 평양총영사를 하고 있었다. 그런 그가 지금 일어나고 있는 일에 본인도 책임이 있는지라 에둘러 '이상한 현상'으로 뭉뚱그려 표현했다.

"그렇습니다. 통일 이후에 본국에서 머뭇머뭇하는 사이에 중국과 일본이 우리 자리를 꿰차고 들어오고 있습니다. 중국이야 원래 우리와 함께 북쪽지역에 투자를 해왔습니다만, 최근에 일본 기업들이 기술과 자본을 앞세워 엄청난 속도로 우리의 자리를 잠식하고 있습니다."

"지금까지 최근 6개월 동안 일본이 한반도 북부지역에 투자한 금액이 얼마나 되는 겁니까?"

이야기를 듣고 있던 이바 노반 국방무관이 심각한 표정으로 물었다. 그는 최근에 소장으로 승진해 서울 대사관의 국방무관으로 근무를 하고 있었다.

"아직 정확한 통계는 나와 있지 않지만, 대충 잡아 약 200억 달러는 되는 것 같습니다."

"아니 6개월 사이에 200억 달러나 투자했다는 말이오?"

"그렇습니다. 그들은 한반도 지역에 뒤늦게 투자한 것을 만회하기라도 하려는 듯 엄청난 규모로 투자를 늘리고 있습니다. 아마 금년 말까지는 적어도 500억 달러 이상을 투자할 것으로 예상됩니다."

"그것 보통일이 아니요. 중국도 한반도 통일 후 6개월 사이에 약 300억 달러를 투자한 것으로 파악되고 있는데, 일본까지 그렇게 공세적으로 나오면 우리의 설자리는 점점 좁아지는 것 아니요?"

대사도 걱정이 되는 듯 코를 매만지며, 헛기침을 했다.

"특히 일본은 기업들을 앞세워 핵 기술과 탄도미사일 기술 등 국방과 관련한 기술을 습득하고, 필요한 무기를 확보하려고 혈안이 되어 있습니다. 그리고 과거 만주지역의 경영을 생각해서인지 조·만국경과 조·러국경 지역에 중점적으로 투자를 확대하고 있습니다."

이바 노반 국방무관이 심각한 표정으로 말을 이어갔다.

"일본은 통일조선이 북쪽지역의 개발을 위해 외자도입을 적극 추진한다는 것을 간파하고 이번 기회를 활용할 것으로 예측됩니다."

"이조국 대통령을 포함하여 통일조선 정부도 일본의 의도를 잘 알고 있을 텐데, 일본의 자금이 물밀듯이 들어오는 것을 방관하고 있다는 말이오?"

"방관하는 게 아니라, 도리어 적극적으로 투자를 유치하고 있습니다. 지금 통일조선 정부는 북쪽지역의 개발과 주민들의 삶의 질 개선을 위해 많은 자금을 필요로 하고 있습니다. 10년 후를 고려했을 때, 작게는 약 2000억 달러에서부터 많게는 약 2조 달러의 투자가 필요할 것으로 판단하고 있습니다. 그러니 우선 돈을 싸들고 투자하겠다고 달려오는 일본 기업들의 입장이 무척 반가운 모양입니다."

그동안 조용히 이야기를 듣고 있던 알렉산드르 졸린스키 한반도 투자담당관이 걱정이 된다는 투로 말했다. 그는 통일 이전에는 러시아 자원개발공단 지사장으로 근무하다가, 통일 이후에는 한반도 투자담당관으로 승진되어 평양에 근무하고 있었다.

"졸린스키 투자담당관님! 중국과 일본 이외에도 미국과 독일 등 유럽국가 및 아세안 국가들이 앞 다투어 투자하고 있어요. 우리도 더 늦기 전에 북쪽지역에 적극적으로 투자해야 한다는 입장을 더욱 강력하게 건의하셔야 하지 않겠습니까?"

푸틴 총영사가 조금은 답답한 듯 다그치며 말했다.

"벌써, 수차례에 걸쳐 건의를 했습니다. 특히 지난 2월에는 본국에 들어가 투자의 필요성에 대해 재무부장관과 상무부장관에게 대면보고까지 했습니다. 이번에 투자계획서를 보고하라고 지시가 내려온 것을 보면, 저의 대면보고 이후에 그들도 심각성을 깨닫고 있는 것 같습니다."

"잘 되었네요. 나도 대사의 입장에서 투자계획서를 보고하면서, 투자를 독려하겠습니다. 그나저나 각 국가가 이렇게 앞 다투어 투자를 하다보면 통일조선 정부는 통일비용에 대해 전혀 걱정하지 않아도 되는 것 아니요?"

"그러게 말입니다. 통일조선 정부는 초기 통일자금 마련에 어려움이 있을 것으로 걱정을 하고 있었는데, 이렇게 외국투자가 봇물처럼 쏟아지니 전혀 걱정이 없을 듯합니다. 우리도 향후 2년 동안 최소한 500억 달러는 투자를 해야 그나마 일본과 조금은 균형을 맞출 것 같습니다."

그들은 오늘 긴급회의 내용을 정리하여 본국의 재무부와 상무부 및 외교부에 건의를 했다. 러시아도 서둘러 한반도에 추가 투자를 결정하는 계기가 되었다.

창조적 도전

신혼여행 후 김지혜는 무척 바쁜 일정을 보냈다. 약 2주 동안 개성공단 지역에서 강민국과 달콤한 신혼살림을 보낸 그녀는 한 달 동안은 라진·선봉지구와 신의주지역의 공장들을 견학하며, 섬유기업들의 운영실태를 배웠다. 그 후 그녀는 평양지역에 머물며, 경험을 바탕으로 북쪽주민들을 잘 입히기 위한 사업을 구체화하고 있었다. 주말에는 강민국이 평양으로 올라와 서로 머리를 맞대고 상의했다. 평양의 외곽지역에는 생산성이 떨어져 내팽개쳐진 국영기업체가 많았다. 특히 중공업 위주의 정책으로 경공업 발전이 더딘 북쪽에서 섬유산업은 그렇게 각광 받는 사업은 아니었다. 때문에 중국으로부터 각종 옷이 수입되었다. 남쪽으로부터 수입된 옷들은 통일 이전에는 상표를 때고 비싼 가격에 팔렸다.

통일정부는 이들 생산성이 낮은 섬유공장 등 국영기업체들의 처리 때문에 무척 어려움을 겪고 있었다. 통일 후 1년이 다 된 시점에서 강민국 부부는 공개입찰에 참여하여 허름하나 부지가 제법 넓은 섬유공장을 인수할 수 있었다. 그동안 저축한 돈에 은행 융자를 보탰다. 강민국 부부는 개성공단에서 터득한 경험을 바탕으로 공장을 일궈나갔다.

"지혜씨, 앞으로 우리만의 고유상표를 개발해야 되는데, 상표 이름을 어떻게 부칠까요?"

"민국씨, 남쪽에서는 통상 영어나 불어 등 외국어로 된 상표를 많이 사용하잖아요. 저는 가능한 우리 고유의 한글로 상표를 개발하고 싶어요."

"그 것 참 좋은 생각이요. 나도 고민을 많이 했었는데, 특별히 좋은 생각이 있소?"

"우선 남성복 상표는 '그린비' 로, 여성복 상표는 '아띠' 로 하면 어떨까하고 생각해보았어요. 좀 촌스러우나, '그린비' 는 그리운 남자 또는 그리운 선비의 뜻을 갖고 있는 우리말이고, '아띠' 는 사랑을 뜻하는 우리말이니 좋을 것 같다는 생각을 해보았어요."

"너무 좋은 착상이에요. 우리 직원들과 상의해서 결정합시다."

평양의 섬유공장에는 강민국과 함께 개성공단에서 일했던 스무 명 이상의 근로자들이 따라와 함께 근무하고 있었다. 그중 대부분은 평양 외곽에 사는 사람들이어서 연고를 따라 자연스럽게 옮기는 모양이 되었는데, 개성 시내에 사는 김순애 반장은 정이 들은 공장장과 절대 떨어질 수 없다며, 억척같이 평양으로 따라와 부공장장으로서 역할을 하고 있었다. 그들은 새로운 상표이름을 듣고는 너무 좋아했다. 그렇지 않아도 북쪽 사람들은 영어나 불어 등 외국 상표를 싫어하는데 듣기도 좋고 의미도 좋다는 것이었다.

자연스럽게 '그린비'와 '아띠'로 정해진 제품들은 품질은 높으나 가격은 최대로 낮췄다. '그린비'와 '아띠'의 소문은 꼬리를 물고 평양 시내를 휩쓸더니, 얼마안가 북쪽 전역으로 퍼져 나갔다. 상품은 불티나게 팔렸다. 1년 매출성장률이 약 500%를 넘어 모든 제품들이 없어서 못 팔 지경이었다. 처음 한 동으로 시작한 공장은 3년이 지나자 세 동으로 늘었고, 20여명의 직원은 3년 후에는 500여명으로 5년 후에는 약 1000여 명의 직원이 일하는 견실한 중소기업으로 발돋움했다. 그들은 눈코 뜰 새 없이 일하며 북한주민들이 좋아하는 디자인을 개발했고, 좋은 원단을 생산하기 위해 노력했다.

　강민국 부부는 처음에는 남쪽의 공장에서 효율성 저하로 안 쓰게 된 반자동식 공작기계들을 싼 값에 들여와 썼으나, 3년이 된 시점부터는 최신식 장비로 교체하며 생산성을 높여 나갔다. 정성을 다한 제품들은 짧은 시간에 북쪽은 물론이고, 남쪽과 중국으로부터도 소문을 타고 주문이 이어지기 시작했다. 그러나 우선은 북쪽주민들의 입는 문제를 해결하기 위해 가능한 해외 판매를 제한했다. 3년이 되면서, 청소년과 유아상품들도 생산하기 시작했다. 청소년들의 옷은 영원한 친구의 의미를 지닌 '씨밀레'로, 아동복은 사랑하는 우리 사이란 의미를 가진 '예그리나'로 정했다. 가끔 P실업의 김상웅 회장이 방문할 경우에는 여러 가지 좋은 경험을 전수했고, 자체적으로 생산하지 못하는 필요한 원단들을 저렴한 가격으로 지원했다.

　강민국 부부의 이러한 노력은 섬유업에 종사하는 사업자들을 자극했고, 해외로부터 북쪽으로 옮긴 대부분의 공장들은 앞 다투어 품질을 높이고 가격을 내리기 시작했다. 통일 후 3년여가 지나자 북쪽주민들의 옷차림은 서울에 뒤떨어지지 않았고, 평양은 자연미에 옷태가 나는 미인들로 넘쳐나기 시작했다. 드디어 통일 2

년차부터는 북쪽주민들의 먹는 문제를 해결할 수 있었고, 3년이
넘어서자 입는 문제도 남쪽 주민들과 수준이 비슷해질 수 있었다.

손에 손을 잡고

사회통합은 더디게 진행되었다. 우리 한민족 스스로 통일의 당위성을 단일민족에서 찾았었다. 우리의 단일민족 의식은 역사의 뿌리와 깊게 연관되어 있었다. 우리 민족은 통일신라 이후 1350여 년 이상을 '단일민족국가'를 형성하여 한반도에서 살아왔으므로, 우리가 나뉘어 산다는 것은 굉장히 부자연스러운 현상이라고 생각했었다. 민족사회공동체로의 복원은 당연한 것으로 생각되었다.

그러나 80여 년의 분단으로 남북한 사회의 모든 영역에서 진행된 이질화는 생각보다 깊다는 것이 판명되었다. 이러한 이질화 현상은 주민들의 세계관, 사회관과 역사관에 큰 차이를 형성하고 있었다. 남북한 소득격차는 발생할 수밖에 없는 현상이었으나, 북쪽주민들은 우리도 통일조선의 국민으로서 같이 잘 살기를 희망했다. 북쪽주민들은 좋은 일자리를 차지하고 싶어했다. 남쪽주민들처럼 연금을 받고 싶어했다. 그들의 민원이 우선적으로 해결되기를 원했다. 그들의 인권이 우선적으로 보호되기를 바랐다. 통일 초기의 환호가 있은 후 1년이 지나자, 약 3세대 가까이 다른 체제 속에서 살아온 남북한 주민들은 서로를 이방인 취급하는 경향이 나타났다. 영·호남보다 훨씬 고약한 지역감정이 생겨나려고 꿈틀대기 시작했다. 특히 남쪽주민들은 항상 과도한 요구를 하는 북쪽주민들을 이해하지 못했다. 북쪽지역에서는 차라리 옛날이 나았다는 자조 섞인 푸념들도 가끔 들려오기 시작했다. 서로는 과거를 쉽게 단절하지 못했고, 새로운 미래를 건설하기도 쉽지 않는 것처럼 보였다.

통일 후 독일과 비슷한 양상이 보이려는 징후가 나타났다. 독일도 통일 후 많은 사회적 비용을 지불하고서야 사회적인 통합을 이룰 수 있었다. 통일 당시의 독일인들은 통일을 기뻐하면서도 다른 한편으로 엄청난 통일비용과 40년 동안의 인적, 사회적, 문화적 단절로 인한 소통의 부재, 비밀경찰 등 각종 범법행위를 저지른 사람들에 대한 처리, 자본주의 교육을 받지 않은 청년세대들을 경제활동의 구성원으로 편입시켜야 하는 문제 등을 걱정했다. 실제로 통일 후 20여 년 동안 독일 사회는 많은 어려움을 겪었다. 독일 통일 후 동서독 주민들은 서로를 게으른 동독 놈의 표현인 '오씨(Ossi)'와 잘난 체하는 서독 놈의 표현인 '베씨(Wessi)'로 비하해 불렀다.

통일정부의 핵심인력들은 '우리는 하나다'라는 구호를 내걸고 사회적 통합을 하는 데 총력을 기울였다. 우선 헌법에 명시된 국민의 인권과 권리가 보장될 수 있도록 최대한 노력했다. 통일초기에 경제적인 분야에서의 소득의 격차는 어쩔 수 없었으나, 정치적인 차별은 없도록 조치했다. 북쪽주민들의 갈등의 요인을 찾아 최소화대책을 수립했다. 북쪽주민의 민원을 해결하기 위해 각 관공서에 신문고를 설치하여 민원을 처리토록 했다. 실업자 보호대책을 수립하여 일하고자 하는 국민들은 최대한 일자리를 보장할 수 있도록 했다. 통일 후 1년이 지나자, 북쪽지역에 중앙정부 차원에서의 투자와 해외투자가 촉진되어 많은 일자리가 창출될 수 있었다. 다행이 북쪽주민들은 소위 3D업종에도 기꺼이 일하고자 하는 열망이 강해 취업은 조기에 활성화되기 시작했다.

통일정부는 사회통합을 촉진하기 위해 북한정권 당시 인권을 혹독하게 유린한 자, 북한 이탈주민 월경 시 사살명령을 하달한 자, 심각한 범법 행위자, 한반도 평화통일에 반대하여 모의한 자 등을 제외하고 모든 주민을 포용하는 조치를 취했다. 그리고 북한 권력 층 인사 중 평화통일에 협조하고 앞장 선 인물들은 과거의 허물을 용서하고 등용하는 특별한 대책도 마련했다. 각 지자체는 다양한 자매결연을 통해 상호방문과 초대를 활성화함으로써 상대에 대한 이해의 폭을 넓혀 나갔다. 북한경제의 활성화를 위한 모든 세제적인 조치를 강화하는 등 종합대책을 수립해 추진했다.

이러한 조치들을 통한 적극적인 노력으로 꿈틀대기 시작하던 남북 지역감정과 서로간의 비하는 조금씩 진정되기 시작했다. 통일 후 4년이 지난 시점에서 갈등이 다시 점화 되었으나, 일본과 독도를 놓고 벌어진 분쟁에서 승리한 이후, 모든 주민들은 통일조선의 국민으로서 자부심을 느끼며, 서로 손잡고 앞으로 나가기 시작했다.

국경경비대사관학교

"야! 우리가 국경경비대사관학교에 입학한 것은 아무리 생각해도 잘한 일이야."

"나는 육군사관학교에 가려 했는데 한석이 때문에 이곳으로 끌려왔지 뭐냐!"

"무슨 소리야! 1백대 1의 경쟁을 뚫고 들어 온 우리가 아닌가. 한석이 덕분에 우리가 갑자기 전국의 수재가 되었으니, 한석이에게 고마워해야지!"

"그런가? 어떻든 그 녀석의 끈기 때문에 우리가 설득되어 평양까지 유학을 와서 이 학교를 다니게 되었으니, 우리 함께 잘 해보자구."

"이 친구야! 말은 바로 해야지. 설득 된 게 아니라, 우리가 의기투합한 거지."

강한석은 육군사관학교에 가려던 마음을 바꾸어 평양에 새로 신설된 국경경비대사관학교에 들어가기로 결정한 후, 육군사관학교와 해군사관학교에 진학하려는 단짝 친구 두 명을 꼬드겨 함께 입학시험을 보았다. 통일된 조국의 국경을 지킨다는 사명감에 한반도 수재들이 다 모여 200명 모집에 2만여 명이 응시하여 치열한 경쟁을 보였으나, 다행스럽게 고등학교에서 수석을 다툰 강한석과 친구 두 명은 합격할 수 있었다. 언론들은 나라의 영토를 지키기 위해 전국의 수재들이 다 모였다고 보도를 했고, 그들의 성적은 육군사관학교나 경찰대학교를 능가했다.

국경경비대사관학교는 평양직할시 만경대 구역에 위치한 김일성군사종합대학교 터에 자리를 잡았다. 김일성군사종합대학교의 교육과정이 남쪽의 합동참모대학과 국방대학교 등에 통합이 되었으므로 이 시설이 당분간 비게 되어 이곳에 터를 잡은 것이었다. 30만평 이상의 땅에 기숙사 등 여러 시설들이 복합적으로 배치된 아름다운 공간이었다.

통일이 된지 반년이 채 지나지 않은 시점에서 제일 먼저 시행된 입학시험이어서인지 북쪽의 인재들이 구름처럼 모여 들어 지역출신별로 분석해볼 때 거의 절반은 북쪽지역 출신이 차지했다. 남북의 인재들은 서로를 배려하면서도, 서로에게 질세라 경쟁하며 치열하게 공부했다.

우선 남쪽지역 출신 생도들은 북쪽지역 출신 생도들이 열등감을 갖지 않도록 배려했다. 그 중 강한석과 단짝 친구 두 명은 화합과 통합의 길에 항상 앞장섰다. 특히 강한석은 185cm의 키에 80kg의 몸무게, 준수한 미모, 우수한 성적 등을 갖춘 사명감과 리더십이 뛰어난 생도였다. 그는 아버지 강 기자로부터 조국에 대한 헌신과 희생을 교육받았으므로, 자신보다는 남을 배려하는 희생정신이 투철했다. 그는 교관과 생도들의 통합투표에서 생도자치제도를 책임지는 대대장생도로 선발되었다. 그의 구령은 우렁찼고, 꼿꼿한 모습은 생도의 표상이었다.

국경경비대사관학교는 육군사관학교와 경찰대학교의 체제를 혼합한 형태를 갖추었는데, 럭비부와 축구부, 태권도부와 유도부를 두어 체력을 단련하게 했다. 강한석은 초등학교 다닐 때부터 운동에 심취하여, 이미 태권도 3단과 유도 2단을 보유한 유단자였으므로, 럭비부의 주장생도를 맡아 신설된 럭비부를 이끌었다. 국방경비대사관학교의 계급체계는 남북한 군의 체계를 검토한 결과 광복군에서 사용하던 계급체계를 채택했다. 생도대대 밑에는 4개의 생도중대를 편성하여 중대장생도를 두었고, 대대본부와 중대본부를 편성하여 운영하였다. 강한석은 훈육관과 상의하여 중대장생도를 2명은 남쪽출신으로, 그리고 2명은 북쪽출신으로 선발하였고, 대대본부와 중대본부에도 남북한 출신이 골고루 역할을 할 수 있도록 균형이 잡힌 인사를 했다.

국경경비대가 창설되면서 그 소속 간부들은 한국군의 육·해·공군과 해양경찰에서 희망자 중 우수자로 선발했으므로 교관들의 질은 최고의 수준이었다. 육군사관학교 출신의 정용한 준장이 국경경비대로 전환하여 참장(소장급)으로 승진하며 학교장으로 부임했다. 그는 지덕체를 겸비한 장군이었다. 육군사관학교를 수석으로 졸업하고, 독일참모대학에서 유학한 수재였다. 그는 원칙주의자였고, 남을 섬기는 통섭의 리더십을 강조했다. 훈육관 중에는 해군사관학교 출신의 최차수 참령이 있었는데, 그 또한 조국애로 똘똘 뭉친 의리의 사나이였다. 그는 등단한 시인이자 인간의 존엄성을 중시하는 낭만파였다. 북쪽출신 생도들은 특히 그를 좋아했다. 강한석을 포함한 생도들은 그들 핵심 간부들의 헌신적이고 모범적인 자세에서 통일조국을 위해 헌신하는 자세를 배웠고, 조국의 영토를 지키는 일이 얼마나 자랑스러운 일인가를 깨우쳤다.

"우리 한석이! 지난 번 보다 더 씩씩해 보여서 좋네. 밖이 무척 추운데 훈련받기 힘들지?"

오늘도 서울에서 통닭이며, 찰밥 등 음식을 준비해 차에 잔뜩 싣고 면회를 온 신소녀 대표는 머리를 짧게 깎고 씩씩하게 앉아 있는 제복 차림의 강한석이 대견스러우나, 한편으로는 고생하는 모습이 안쓰러운 듯 물었다.

"아줌마! 매 달 이렇게 면회와주셔서 고맙고, 송구스러워요. 이제는 걱정하지 마시고 서너 달에 한번만 와주시면 되겠어요. 곧, 2학년이 되면 외박도 나가게 되니 제가 아줌마 자주 찾아뵐게요."

"야! 한석아! 무슨 소리 하는 거야? 나는 아줌마 오시는 날을 얼마나 기다리는데…. 지상 최고의 미인 아줌마, 잘 먹겠습니다."

고등학교 다닐 때부터 강한석과 함께 정읍식당에 들러 어리광을 부리며 맛있는 밥을 얻어먹던 단짝 친구 녀석이 능청스럽게 말하며 강한석의 옆구리를 찔러댄다.

"그리고 아줌마, 이 생도들은 북쪽출신 친구들인데, 지금은 단짝 친구들 못지않게 친하게 되어 오늘 함께 나왔어요."

강한석은 조금은 어색한 듯 음식에 손이 갈 듯 말 듯 망설이고 있는 친구들 3명을 소개했다.

"아유! 잘 생겼네. 서로 친구가 되었다니, 이제 3총사가 6총사가 되겠네."

"아주마니! 저희도 잘 먹겠습니다. 감사합니다."

그들은 표준어를 쓰려고 노력하며, 통닭의 뒷다리들을 하나씩 뜯기 시작했다. 신소녀 대표는 깔깔 웃고 떠들며 맛있게 먹는 그들을 바라보며, 어른들 사이에 여전히 존재하는 남북갈등이 바로 이곳에서부터 화합의 장으로 바뀌고 있다고 생각했다.

갈등과 충돌

"정식씨! 요즈음 손님이 넘쳐서 너무 힘드시겠어요."

"힘들 때가 좋은 때 아닙니까."

"요즈음 방송에서 관광객이 갈수록 늘어 교육받은 가이드가 터무니없이 부족해서 여행업체들이 난리라고 하잖아요."

"참! 선화씨도! 그러니까 우리 같은 사람들도 대접을 받는 것 아닙니까? 그렇지 않으면 어디 사람 취급을 받나요."

강선화는 북한대학원대학교를 졸업하자마자, 통일 이듬해 6월에 평양에 신설된 미국 총영사관에 취직했다. 미국 총영사관에 취직한 것은 미국 측에서 본 한반도 통일과 북쪽에 대한 대응을 공부하고픈 마음도 있었지만, 지금까지 배운 북한에 대한 지식을 활용하고 싶어서였다. 마침 미국 총영사관에서는 영어실력과 북한에 대한 전문지식을 갖춘 젊은 인재를 찾고 있었으므로 어렵지 않게 시험에 통과할 수 있었다. 어렸을 때부터 미국을 잘 알아야 그들을 활용할 수 있다는 생각으로 영어공부를 열심히 하여 실력을 쌓아둔 것이 큰 도움이 되었다.

그녀는 언니 김지혜의 주선으로 김정식을 만나게 되었다. 북쪽 청년 중에 장래성이 있는 사나이다운 사람을 소개해 달라고 6개월을 졸라댄 후였다. 김지혜는 좋은 조건에 똑똑한 남쪽 신랑감을 왜 다 놓아두고 구태여 어려운 상대를 찾느냐고 타박을 했다. 그리고 눈이 높은 시누이의 성품을 잘 아는지라 몹시 망설였다. 그러나 시누이의 요구가 워낙 드세 6개월 이상을 버티다가 후배들에게 수소문을 해서 김일성대학에서 최근까지 조교수를 했던 후배를 소개한 것이었다.

김정식은 매우 무뚝뚝하고 강직한 표정으로 다가왔다. 그는 대부분의 북한주민들이 통일 직후 벗어버린 인민복을 아직도 입고 있었다. 서른 두 살의 나이에, 키 175cm, 몸무게가 71kg으로 북쪽 사람치고는 비교적 훤칠한 용모를 지녔으나, 한반도 통일에 대해 뭐가 불만인지 첫 만남에서부터 통일에 대해 부정적인 이야기를 늘어놓았다. 그는 김일성대학교를 전체수석으로 입학하였다 했다. 수석으로 졸업한 이후에는 장교로 5년을 총정치국에서 근무한 후 '주체사상과 로동당' 이라는 과목을 가르치는 조교수로 모교인 김일성대학에서 강의를 했었으나, 통일 후 최근에 과목이 폐지되어 학교를 그만두었다 했다. 그는 조금만 더 있었으면 북한 주도의 통일이 될 수 있었을 텐데, 김정은 전 위원장이 바보같이 너무 서둘렀기 때문에 일이 잘못되어도 한참은 잘못된 것이라 서슴없이 말했다.

"아니, 김 선생님! 주체사상이 뭐가 좋다고 철이 지난 이념을 가지고 그렇게 말씀하세요?"

강선화는 첫 대면에 너무 무례하게 행동하는 그가 못마땅하게 생각되어 거칠게 쏘아붙였다.

"강 선생님은 주체사상에 대해 알기라도 하시면서 그렇게 말씀하시는 겁네까?"

그는 체면도 생각하지 않는 듯 씩씩거리며 말했다.

"김 선생님보다야 못하겠지만, 저도 제법 깊이 있게 연구를 했었어요. 그리고 결론적으로 인민들을 먹여 살리지 못하는 그런 사상이 된 것이잖아요. 김정은 전 위원장도 그 점을 인정한 것이고요."

"강선생님 무슨 말씀을 그렇게 하십네까? 북한의 최고 통치이 념인 '주체사상'은 다른 어떤 이데올로기보다도 가장 높은 곳에 있었습네다. 주체사상은 북한의 정치, 외교, 사회, 군사, 문화 등 의 모든 분야를 구속하는 초법적인 힘을 가진 유일한 지도이념으 로 되어 있었습네다.

이런 주체사상은 철학적 원리, 사회역사원리, 지도원칙 등의 3 개 부분으로 구성되어 있습네다. 철학적 원리는 '인간 중심의 새 로운 철학사상'으로 '사람이 모든 것의 주인이며 모든 것을 결정 한다'는 것입네다. 사회역사원리는 '혁명과 건설의 주인은 인민 대중이며 혁명과 건설을 추진하는 힘도 인민대중에게 있다'는 것 이지요. 지도원칙은 혁명과 건설에서 '주인으로서 태도'를 가질 것을 요구합네다. 그런데 왜 이런 사상을 통일이 되었다고, 학교 에서 가르치지 말라고 하는지 이해가 안됩네다."

김정식은 주체사상의 기본원리를 강선화에게 가르치려는 듯 자세히 설명하면서 해임된 처사를 비난했다.

"북에서는 '주체사상'을 '인간 중심의 새로운 철학사상'이라 고 정의하고 있었다는 것을 잘 알지요. 그것은 '인간이 세계와 자 기 운명을 개척하는 데 결정적 역할을 하는 것'을 밝힌 것이라고 주장하고 있었지요. 그리고 인간이란 '의식성', '창조성', '자연 성' 등 3가지 특성을 가진 '사회적 존재'라고 정의하고 있었습니다. 그러나 현실은 인간이 정치의 도구로 사용되었고, 인민들의 인권은 철저히 무시되었다는 데 문제가 있었지요. 그래서 통일되기 이전부터 개성, 신의주와 평양 등 여러 곳에서 인권을 보장하라는 시위가 벌어지고, 김정은 전 위원장이 인민들의 요구에 굴복한 것 아닙니까? 그러한 과목이 폐쇄된 것에 대해 저는 정당하다고 생각합니다."

강선화도 질세라 주체사상의 이론과 현실의 문제점을 조목조목 설명했다.

"강동무가 말하는 것은 사실과 다릅네다. 북한의 김정은 위원장은 주체사상과 수령관에 의해 당 중심의 정치를 잘 했습네다. 어버이 수령으로서 역할도 잘 했지요. 그놈의 기근이 5년여 계속되는 바람에 이렇게 된 것입네다. 조금만 더 버티었어야 되는 건데…."

김정식은 자신의 신념과 철학의 가치를 공격하는 강선화가 무례하다고 생각되어선지, 무의식중에 강동무라고 호칭하며, 얼굴이 벌겋게 달아올라 있었다.

"김정은 전 위원장이 어버이 수령의 역할을 잘 했는지는 모르겠어요. 그러나 주체사상이 '혁명적 수령관' 등을 내세워 수령과 인민의 관계를 '주종관계'로 규정하고 있다는 것이 문제 아닙니까? 그래서 김일성 혈통을 위한 하나의 지배적 통치이념으로 생각되었다는 것이지요. 김일성과 김정일 그리고 김정은으로 이어지는 수령정치를 정당화하면서, 인민들을 통치하기 위한 하나의 이데올로기로 작동한 것이지요. 김 선생님께서는 자유민주주의의 참다운 가치가 뭐라고 생각하세요?”

강선화도 질세라 수령영도체제의 근본적인 문제점을 제기하고 나섰다.

“저는 자유민주주의의 가치에 대해 높이 평가하는 바가 없습네다. 무책임과 방종이 범람하는 제도란 것입네다.”

김정식은 얼굴이 점점 굳어지며 당장 일어서려는 표정을 지었다.

그들은 첫 만남에서부터 서로의 주장이 부딪혀 다음 약속을 하지도 못하고 헤어졌다. 그리고 그들은 6개월이 지난 시점에서 우연히 다시 만났다. 그녀는 미국에서 온 외무성 관계자들을 모시고 모란봉에 올라 주변경관을 소개하고 있었다. 그런데 낯익은 목소리가 들려 돌아보니, 바로 김정식이 외국인 한 무리를 이끌고 열변을 토하며 평양의 역사에 대해 설명하고 있는 것이었다. 그는 지난번보다 건강하고 온화해보였고, 그의 영어는 유창했다. 강선화는 어렵게 소개해준 언니에게 미안한 마음도 있었고, 마음 한편에 ‘그래도 소신과 용기가 있는 멋진 사람이다’ 라는 나름대로의 평가를 하고 있었으므로, 다음 주에 한 번 만나자는 약속을 하고 헤어졌다.

"강선화씨! 아니 어떻게 여행 안내인이 되셨습니까?"

"저는 손님이 오셔서 잠깐 안내한 것이고요. 김 선생님은 어떻게 여행 가이드를 하게 되셨어요."

"그동안 직장 없이 빈둥거리다가, 여행안내원시험이 있다기에 응시해서 이 모양이 되었습니다."

"참 좋은 일 같아요. 우선 많은 관광객을 만나시니 여러 사람들의 생각도 들어보시고 자유의 소중함을 만끽할 수 있는 직업이시잖아요."

"그게…, 그렇게 간단하지 만은 않은 일 같습니다. 자제하려고 노력을 해도 관광객들과 충돌하는 일이 종종 발생하여 저를 뒤돌아보고 있습니다. 지난번에 일방적인 이야기를 응수해주셔서 감사했습니다. 통일조국에서 1년여를 살아보니 과거에 가르치던 내용에 많은 문제가 있었음을 느끼기 시작했습니다. 아참! 무척…, 보고 싶었습니다."

그는 무뚝뚝한 사나이답지 않게 얼굴을 붉히며 첫 만남 이후 가슴에 담아 둔 속내를 드러냈다.

"저도 헤어진 후, 30년 이상을 주체사상 체제에서 살아오며 이를 가르친 분에게 제가 너무 과했구나 하고 반성을 했어요. 그 때의 무례함 용서해주세요."

"선화씨! 무슨 말씀이세요. 제가 너무 무례했었지요. 선화씨야, 그저 반응을 한 것뿐이고요. 죄송합니다. 사실은 이렇게 또 뵙게 된다니, 어제는 한잠도 못 잤습니다."

그는 짧은 기간이지만, 관광 가이드를 하면서 표준어를 익힌 탓인지 이제는 표현도 상당히 부드러워졌다.

"김선생님! 저도 뵙고 싶었어요."

두 번째 만남에서 그들은 평양냉면으로 저녁을 먹으며 이념을 넘어 보다 진솔하게 인간적인 이야기로 접근할 수 있었다. 김정식의 아버지는 당의 이데올로기를 담당하는 핵심 간부였다고 했다. 김정식은 가정과 학교에서 주체사상의 정당성과 수령중심의 지도체제의 우월성에 대해 세뇌교육을 받으며 자랐다고 했다. 그리고 당연하게 김일성대학에서 이를 전공했고, 군 장교로 총정치국에서 근무하며 이를 실천하기 위해 노력했다는 것이었다. 그는 강선화와 헤어진 후 지난 6개월 동안 자유민주주의의 참 가치에 대해 열심히 공부했으나, 아직은 진정한 가치를 정확히 느끼지 못하고 있다고 했다. 그들은 평양시내의 광복동거리를 걷고 통일 후 새로 생긴 팥빙수를 나누어 먹으며, 밤늦도록 정담을 나눌 수 있었다.

통일비용과 행정수도

통일이 된 지 2개월이 경과한 시점인 12월, 청와대에서는 국가안전보장회의가 개최되었다. 토의 안건은 통일비용에 관한 건과 행정수도 이전에 관한 건 등 두 건이었다. 회의에는 이조국 대통령, 김정철 부통령, 한우리 국가안보실장, 이대한 외교부장관, 정민성 국방부장관, 기획재정부장관, 국정원장의 대리인 황만주 국정원차장 등이 참석했다.

"오늘 회의는 통일비용에 관한 법제화의 필요성과 행정수도 이전에 관한 사항을 토의하기 위해 소집되었습니다."

국가안보실장이 회의 안건을 간단하게 보고했다.

"그동안 여러분의 헌신적인 노력으로 어려운 문제들을 하나씩 해결하면서 여기까지 왔습니다. 우리가 우려했던 군사통합문제도 큰 틀에서 성공적으로 추진되고 있고, 정치적 통합 일정도 잘 소화하고 있습니다. 경제통합은 걸음마를 하면서 앞으로 전진 중이고, 사회 및 문화융합은 시작단계에 와 있습니다. 모든 것이 더디지만, 평화롭고 안전하게 추진되고 있다는 데 큰 의미를 두고 싶습니다. 여러분의 노고를 치하합니다. 특히 부통령님 수고 많으셨습니다. 오늘은 두 개의 현안 문제를 충분하게 논의했으면 합니다. 먼저 통일비용에 관한 건부터 토의하겠습니다."

그동안 국내외 많은 업무를 수행하며 바쁜 일정을 보내고 있는 이조국 대통령이 활달하며 사명감에 넘치는 자세로 참석자들의 노고를 치하했다.

"그동안 우리는 통일이 되기 전부터 통일비용에 대한 많은 논의를 해왔습니다. 통일비용이란 이데올로기에 의해 분리되었던 두 체제가 경제를 통합한 후 서로에게 적합한 수준으로 끌어올리는 데 필요한 비용 또는 양쪽의 경제와 생활수준이 같아지기 위해 일정기간 동안 투자해야 할 비용을 말합니다. 통일은 일시적 과업이 아니라, 새로운 역사창조를 위한 지속적인 대장정이기 때문에 많은 통일비용이 소요되는 것은 당연합니다. 즉 이질적인 사회가 결합되는 과정에서 대규모 경제적인 지출은 피할 수 없는 상황입니다. 문제는 통일이라는 혜택은 장기간에 나타나는 반면, 통일비용은 통일 전후 단기간에 집중적으로 이루어져야 하고, 이를 부담하는 계층과 수혜계층이 일치하지 않는다는 데 있습니다."

기획재정부 장관이 일반적인 통일비용의 특징에 대해 설명했다.

"그러나 비록 통일비용이 큰 것이라 할지라도 장기적으로 보면 그것이 과거의 분단에 따르는 비용과 고통보다 클 수는 없습니다. 분단을 넘어선 우리는 통일비용 문제를 긍정적으로 검토해봐야 합니다. 통일비용과 관련하여, 20개 이상의 기관과 학자들이 약 5000억 달러에서 2조 달러까지 다양한 의견을 제시하고 있습니다."

황만주 국정원차장이 그동안 기관들의 제시한 일반적인 금액을 설명했다.

"우리 국민들은 이 다양한 의견에 혼돈되고 그 엄청난 비용에 일종의 통일공포증까지 갖게 되는 경향까지 생겼습니다. 그러나 이 비용 산출에는 개념이 명확치 않는데다 통일 후의 '민족발전을 위한 투자액'을 포함하고 있습니다. 또한 투자가 소모적인 비용이 아니라는 것은 경제의 문외한도 다 알 수 있는 상식입니다. 따라서 빠른 시간 내에 법제화를 통해 통일비용을 투입할 수 있도록 하는 것이 바람직 할 것으로 판단됩니다.”

정민성 국방부장관이 통일비용의 조기 집행의 필요성을 강조했다.

“우리는 앞으로 통일을 완성해 나가는 과정에서 합리적이고 경제적인 통일작업이 이루어지도록 노력하여 통일비용을 최소화해야 합니다. 통일비용에는 정치통합 뿐만 아니라, 경제적 측면과 사회·문화적 통합 등을 추진하는 과정에서 발생하는 갈등해소 비용이 포함됩니다. 통일비용은 '통일 편익(Unification benefit)'과 동시에 고려하면 이해가 분명해집니다. 통일편익비용은 분단 비용 해소에 따른 이익과 함께 통일조선의 비전과 관련해 미래에 발생할 이익을 포함하고 있습니다. 이런 점에서 통일은 그 자체가 '미래재(未來材)'의 성격을 지닙니다. 그런 관점에서 조속한 법제화를 통한 안정적 집행이 바람직하다고 생각합니다.”

이대한 외교부장관이 통일편익비용의 장점을 거론하며 조속한 법제화를 건의했다.

“얼마 전 저희 연구원은 통일 이후 2050년까지 정치·경제·사회·문화 등 각 분야에 투입해야 할 통일비용이 공공 부문 약 831조 원, 민간 투자까지 합치면 3,621조원이고, 통일에 따른 혜택은 6,800조원에 육박할 것으로 예측했었습니다. 통일에 따른 순혜택이 3,100조원이 넘는 셈입니다. 따라서 혜택을 확대할 수 있도록 공공부문의 투자를 활성화하기 위해서는 법제화가 필요합니다."

기획재정부장관이 나서서 편익비용을 넘어서 순 혜택문제를 거론했다.

"우리보다 먼저 평화통일을 달성한 독일의 경우 1990년 초기 단계에서 심각한 후유증을 경험하였습니다. 독일 통일의 경험을 통해 통일비용을 살펴보면, 먼저 서독이 동독을 통합할 때 들었던 비용과 통일선포 후 낙후되었던 옛 동독지역의 경제를 재건시키기 위해서 투자한 비용, 옛 동독주민들의 생활수준 향상에 들어간 비용, 그리고 동독에 주둔한 소련군의 철수비와 그들이 본국으로의 철수에 대비한 주택건설비용, 서독이 독일통일과 관련하여 이해관계가 있는 국가들로부터 '통일을 승인받기 위해' 혹은 통일을 승인해준 대가로 부담해야 할 비용까지도 독일의 통일비용으로 보는 것이 일반적입니다. 우리도 큰 틀에서 통일비용의 범위를 산정하고 법제화를 추진해야 한다고 생각합니다."

조용히 듣고 있던 김정철 부통령이 그동안 열심히 공부한 독일의 통일비용과 우리의 입장을 비교하며 말했다.

"독일인들은 통일비용을 처음에는 1조 마르크에서 2조 마르크(한화로 500조원에서 1000조원)로 산출하였으나, 독일정부는 통일 이후 15년 동안 무려 1조 4000억 유로(당시 환율로 약 2조 달러)를 동독에 투자하였습니다. 또 동서독 주민들의 생활수준이 비슷하게 되는 기간도 처음에는 3-5년으로 잡았으나, 실질적으로는 약 20년이 소요되었습니다.

1991년부터 1995년까지 신연방주로 이전된 공공재원은 총 9,820억 마르크이며, 이 중 신연방주에서 거두어들인 세금이나 보험금, 행정수수료 등 공공재정 수입을 공제하면, 총 7,850억 마르크가 순수하게 이전되었습니다. 독일연방은행은 신연방주로 이전된 금액의 약 40%에 해당하는 3,550억 마르크가 고용촉진조치, 실업보험, 연금보험 등 사회보장 관련 분야에 지출되었다고 분석하고 있습니다. 연방정부의 예산 중 신연방주로 흘러간 재정규모는 연간 예산의 20~25%로써, 이는 신연방주로 이전된 총 공공재원 가운데 연방예산이 차지하는 비율이 70%에 달한다는 것을 의미합니다. 독일의 사례를 봐서도 통일비용에 대한 법제화가 필요하다고 판단됩니다."

국가안보실장이 부통령의 말을 거들며 독일의 통일비용에 대해 상세한 내용을 보고했다.

"지금까지 일반적인 논의는 마친 것 같습니다. 결론적으로 통일비용의 법제화가 필요하다는 의견이었습니다. 통일비용은 처음 5년 동안 얼마나 필요할까요?"

이조국 대통령이 세부적인 수치를 요구했다.

"우리는 최초에는 초기 5년 동안 약 500조원이, 그 다음 5년간은 약 300조원이 소요될 것으로 판단했습니다. 그러나 중국, 러시아 그리고 일본 등 주변국들이 북쪽지역에 투자를 경쟁적으로 확대하고 있습니다. 세계의 유명 그룹들도 투자에 적극 참여하고 있어 북쪽지역의 개발은 가속화되리라 전망됩니다. 외국의 기업들은 북쪽지역의 자원개발에도 많은 관심을 갖고 있습니다.

향후 5년 동안 기간산업 육성, 철도와 도로건설, 연금과 의료보험 체계 개선 등에 약 300조원을 투자한다면 북한 경제를 활성화시키고, 북쪽주민들의 생활수준을 향상시키는 데 큰 무리가 없다고 판단합니다. 초기 판단보다 약 200조원이 줄어들 것으로 예측됩니다. 그 판단자료는 첨부했으니 참조바랍니다."

기획재정부장관은 비교적 상세하게 소요 금액을 제시했다.

"그 정도 수준이면 국민에게 큰 부담을 주지 않고 현 정부의 역량으로 차근차근하게 해결해 나갈 수 있다고 판단합니다."

조용하게 듣고 있던 김정철 부통령이 자신이 있는 표정으로 말했다.

"저희 외교부는 외국의 투자가 더욱 활성화 되도록 노력하겠습니다."

외교부장관이 거들고 나왔다.

"통일비용의 문제는 남쪽 국민들이 가장 걱정하는 부분입니다. 국민들이 충분히 부담 가능한 액수로 판단이 되어 정말 다행입니다. 정부예산을 최대한 절감해서 사용을 하고, 간접세율을 조금 조정한다면 큰 무리가 없을 것 같습니다. 법제화를 추진하고 국민의 걱정을 덜 수 있도록 홍보도 활발히 해주세요."

국가안전보장회의는 제1주제에 대한 토의를 마무리하고, 휴식후 행정수도 이전에 관한 논의를 이어나갔다.

"행정수도의 이전은 남북의 균형발전을 위해 필요한 일이고, 또 지난 선거의 공약으로 내세웠으니 이제 법제화를 통해 구체화할 단계라고 생각합니다. 법제화하기 전에 여러분들의 기탄없는 의견을 듣고 싶습니다."

대통령은 제2주제에 대한 토의의 문을 열었다.

"행정수도의 이전 문제는 남북의 균형발전과 일류국가 건설을 위해 뒤로 미루어서는 안 되는 과제가 되었습니다. 문제는 장소를 지난 번 논의한 대로 개성과 관산반도, 파주, 김포반도와 한강하구를 연결하는 한강과 임진강 서해 3각 벨트로 추진할 것인가와 약 50조원에 가까운 이전 비용에 대한 예산 염출 계획에 달려 있다고 생각합니다."

국가안보실장이 핵심적인 사항을 언급하였다.

"그러한 현실적인 문제 외에도 현재 행정도시로서 실질적인

역할을 하고 있는 충청도와 대전직할시 및 세종시 주민들의 소외
감도 충분히 고려해야 한다고 생각합니다."

황만주 국정원차장이 불이익을 감수해야 하는 지역의 입장을
변호하고 나섰다.

"그리고 또 다른 관점에서 보면, 북쪽주민들의 입장을 고려하
여 행정기능의 상당 부분을 평양에 배치하는 방안도 함께 고려되
어야 한다고 생각합니다."

북쪽주민들의 입장을 누구보다 잘 알고 있는 부통령이 나서서
조심스럽게 말했다.

"저는 단계적인 방안을 제시하고 싶습니다. 우선 지금까지 검
토한 지역을 행정수도 지역으로 선포하고 법제화를 추진하되, 우
선 10여 년의 기간과 50조 원에 가까운 예산이 소요되는 사업임으
로 당분간 상당부분의 행정기관을 평양지역으로 이전하여 임무를
정상화시키는 방안도 검토가 되어야 한다고 생각합니다."

기획재정부장관이 현실적인 대안을 내 놓았다.

"저는 행정수도가 한강과 임진강의 특성으로 인해 김포반도지
역, 개성과 관산반도 지역, 그리고 파주지역으로 3분할되는 것이
안보상으로 볼 때 취약성을 내포하고 있다고 판단합니다. 물론 요
즈음에는 교량기술이 발달하여 서로 연결을 할 수 있지만 서해에
근접해 있다는 것은 유사시 적의 해군의 위협에 직접적으로 노출

될 위험이 있으므로 가능한 서해로부터 최소한 10km는 이격하여 내륙 쪽으로 건설하는 1방안이 가장 바람직하다고 생각합니다."

국방부장관이 안보상으로 바람직한 행정수도의 위치를 지도상으로 표기한 부분을 가리키며 제1방안을 제시했다.

"저도 전략적인 차원에서 국방부장관의 의견에 동의합니다. 제2방안은 서해에 너무 근접해 있어 안보전략 차원에서 보면 불리한 점이 많습니다."

외교부장관이 국방부장관의 입장을 지지하고 나섰다.

"지금까지 나온 의견을 정리해보면, 행정수도를 선거공약대로 이전한다는 데는 전부 동의하신 것으로 알겠습니다. 단지 통일비용이 많이 들어가는 기간에 성급히 추진하는 것은 바람직하지 않다는 데 의견이 일치되었습니다. 따라서 약 10년의 기간을 두고 단계적이고 점진적으로 추진하되, 그 기간 동안 평양을 제2의 행정수도로서 최대한 활용하는 방안을 제기한 것은 좋은 안이라고 생각합니다. 또한 충청도와 세종시 등 주민들에 대한 특별한 배려가 있어야 한다는 데 동의합니다. 이 지역을 과학과 문화 및 교육 벨트로 전환시키는 방안을 검토해보겠습니다. 그리고 행정수도의 위치는 안보상의 관점을 고려하여 국방부장관이 건의한 대로 제1방안에 동의합니다."

이조국 대통령은 회의내용을 일목요연하게 정리하여 결론을 내렸다. 그동안의 경험에서 오는 노련함이 발휘된 결과였다. 이에 따라 핵심쟁점의 하나였던 통일비용과 행정수도 이전문제가 법제화되어 통일의 후속조치 작업이 탄력을 받게 되었다. 김정은 위원장의 간곡한 요구사항을 수렴하는 모양새도 갖추게 되었다.

국회 법안 처리

"오늘 통일조선의 첫 번째 정기국회의 개원을 선포합니다."

국회의장은 감회가 새로운 듯 눈을 지그시 감으며 개원을 선포했다. 국회의원 선거는 통일 후 약 2개월이 지난 12월에 실시되었다. 이것은 통일준비위원회의 결정사항으로서, 우선 정·부통령의 선거를 실시한 후 4개월의 안정적인 경과기간을 두고 국회의원 선거를 실시하는 것이 바람직하겠다는 합의에 의해 결정된 것이었다. 국회의원의 정수는 400명으로 했다. 지역구는 인구 25-30만 명에 1명꼴로 하여 300명으로 정하고, 직능별 비례대표를

100명으로 정했다. 그러다 보니 지역구 의원은 남쪽이 약 200명, 북쪽이 약 100명으로 구성이 되었다. 국회의장과 부의장은 국회의원들의 직접선거에 의해 선출하되, 부의장은 두 명을 두고 남북 지역구 의원 중에서 각각 1명씩 선출하도록 했다.

"저는 여러분에 의해 선출된 여러분의 국회의장 조한빈입니다. 저는 여당인 조국통일당 소속이었으나 지금 이 순간부터 당적을 초월하여 철저한 중립을 지키겠습니다."

국회의장은 좌석을 둘러보며 정중하게 인사했다. 그는 국회부의장 두 명을 소개했다. 한 명은 야당출신의 몫으로, 또 한 명은 북쪽 출신의 몫으로 국회부의장에 선출되었다. 야당출신 부의장은 모든 정당들의 선의의 경쟁을, 북쪽 출신 부의장은 새로운 통일국가에 헌신과 봉사를 강조하는 내용의 취임인사를 했다.

"오늘 회의는 오전에 서로 상견례를 실시하겠습니다. 오후 2시에는 이조국 대통령님의 국회연설이 계획되어 있습니다. 이어서 긴급 안건을 처리하는 순서로 진행하겠습니다."

국회의장은 다른 회기에는 없었던 상견례를 특별순서에 포함하였다. 그 이유는 이제 북쪽 출신 국회의원 100명 이상이 국회에 새로 진출하여 서로 얼굴을 익힐 필요가 있었기 때문이었다. 북쪽 출신 인사들은 여당 출신이 약 40%, 제1야당 출신 인사들이 약

30%, 나머지 정당 출신이 약 20%, 그리고 무소속 10% 등으로 구성되어 있었다. 상견례는 여당, 제1야당, 기타 정당, 무소속 순으로 약 3시간 동안 진행되었다. 상견례를 하는 동안 일부 북쪽 출신 의원의 과격한 발언이 있었으나, 비교적 순탄하게 마무리 되었다.

점심을 먹고 난 후 속개된 오후 회의에는 통일대통령인 이조국 대통령의 연설이 있었다. 그는 국회의 개원과 모든 국회의원들의 당선 및 취임을 진심으로 축하한다는 메시지를 전했다. 그리고 조국이 나아가야 할 비전과 방향을 비교적 소상하게 제시했다. 이어 그는 현 정부가 추진하고자 하는 핵심사업을 설명했다. 마지막으로 오늘 국회에 상정된 두 가지 법안에 대해 통과시켜 주실 것을 당부했다. 그는 연설 도중 30여 차례의 박수를 받았다. 특히 조국의 미래비전을 발표할 때는 수차례의 기립박수를 받기도 했다. 대화와 타협 및 소통을 중시하는 그는 국회의원들과 일일이 악수를 나눈 후 국회를 떠났다. 국회의원들은 이렇게 국회를 존중하는 대통령을 가졌다는 데 상당히 흡족해했다. 매우 성공적인 의미 있는 만남이었다.

대통령을 배웅하고 돌아온 국회의장은 다시 의사봉을 잡았다.
"오늘 안건은 통일비용을 염출하기 위한 '통일세법에 관한

건'과 '행정수도 이전에 관한 건' 등 두 건입니다. 법안 발제에 대한 의견을 듣고 바로 찬반투표를 진행하겠습니다."

개원 첫날부터 법률안을 처리하는 것이 흔한 현상은 아니었음으로 국회의장은 두 개 법률안의 중요성과 시급성을 다시 한 번 강조했다. 정부 측 인사들의 발의가 있었고, 서로 토론의 과정을 거쳤으나, 큰 문제가 없이 통과되었다. 북쪽 인사들은 두 개의 법안이 북쪽주민들과 지역을 위한 법률안이었으므로 적극적으로 찬성을 표했다. 여당과 야당의 인사들도 두 개 법안의 필요성을 인정하여 지지했다. 특히 통일세를 간접세 방식으로 걷게 되어 국민들에게 직접적인 부담을 주지 않는다는 것과, 행정수도이전을 10여 년의 기간을 두고 점진적으로 추진한다는 것에 국회의원들은 전적으로 동의했다. 충청도 지역의 국회의원들은 행정수도의 이전에 대한 대안으로 제시된 첨단과학과 문화 및 교육도시로 발전시킨다는 계획에 만족했다.

많은 국민들의 우려와는 달리 통일조선 제1기 국회의 개원은 순조롭게 마무리 되었다. 국회의원들은 서로가 사적인 이해관계를 떠나 사명감을 갖고 통일 조국의 발전에 헌신할 것을 다짐했다. 서로가 손을 잡고 애국가를 부르고, 순국선열에 대한 묵념을 했으며, 현충원 참배를 마쳤다. 애국가를 아직 숙지하지 못한 북쪽 출신 국회의원들은 미리 배포된 가사와 악보를 보며 진심으로 따라 불렀다. 현충원의 참배를 거부하는 2명의 북쪽 출신 무소속 의원이 있었으나, 동료들의 설득에 의해 다함께 참배할 수 있었다. 자유민주주의 투표방식에 아직도 서투른 북쪽 출신 국회의원들은 법안에 반대를 할 수 있다는 것에 대해 그렇게 익숙하지 않은 듯 두리번거리기도 했으나, 투표절차도 잘 진행되었다. 통일국회는 이렇게 성공적으로 개원되었다.

마음의 장벽을 넘어

통일이전부터 활발하게 추진되었던 문화융합 작업은 통일 후 1년이 지난 시점부터 탄력이 붙기 시작했다. 정치통합, 경제통합에 밀려 한동안 조용하게 추진되던 사업들은 국회에서 '문화융합 관련법'이 제정되면서 다시 활기를 띄기 시작했다.

우선 그동안 추진되어온 '나라말겨레사전'과 '문화재사전' 등 각종 사전편찬 사업을 더욱 보강하기로 했다. 북쪽은 우리말을 지키기 위해 노력해 왔으므로, 외래어를 최대한 배제하고 북쪽에서 쓰는 고유의 우리말을 되도록 많이 받아들이도록 했다.

각 지역의 문화유적을 탐사하여 재정리하고 북쪽지역의 문화재를 등급별로 재분류하여 남쪽과 체계를 일원화했다. 필요한 지역은 복원작업을 진행하기로 했다. 복원사업에는 많은 예산이 투입되어야 함으로 국보급 문화재부터 시작하여 점진적으로 추진하기로 했다.

지자체 단위의 지역문화를 활성화하기 위해 북쪽지역에서 보존하고 발전시켜야 할 지방문화제를 집중적으로 발굴했다. 특히 그동안 방치되어왔던 무형문화의 발굴에 역점을 두었다. 남쪽지역에서는 무형문화제를 정하고 그 전수자를 지명하여 명맥을 유지하며 발전시키고 있었으나, 북쪽지역에는 중앙과 당에서 문화를 독점하고 정권유지차원에서 관리하고 이용하였으므로 지방문화는 크게 발전하지 못하고 있었다.

남북 간에 차이가 있던 학제는 통일 다음해부터 남쪽의 학제로 통합함으로써 통일조선 전 지역이 학제가 통일되었다. 이를 위해 국회에서 '학제통합에 관한 법률'을 제정하여 시행하였다. 김일성대학 등 당의 추천을 통해 입학이 가능하던 시스템을 고쳐 자유경쟁에 의한 입학제도를 활성화했다. 대학의 이름은 가능한 지방정부에 일임했으나, 김일성 등 특정인의 이름이 들어 있던 대학은 자발적으로 개명했다. 대학교 간 교류를 활성화하여 재학

중 다른 대학에서 수업이 가능하도록 함으로써 학생들의 교류가 빈번해졌다. 김일성사상과 주체사상 등 이념교육 과목은 폐지되었다.

북쪽 곳곳에 산재해 있는 김일성가문과 관련된 상징물과 주체사상탑을 포함한 당의 선전물은 남북출신이 골고루 편성된 '문화재보존위원회' 의 심사를 통해 하나하나 처리해 나가기로 하였다. 그 과정에서 문화재로 지정할 필요가 있는 것은 등록을 하여 보존조치를 했으며, 파기대상에 포함된 시설물은 지자체 장과 주민들의 의견을 최대한 고려하여 점진적으로 철거했다.

지자체 단위의 다양한 문화교류행사를 추진했다. 남북 지자체 간의 자매결연을 통해 방문교류를 활성화했다. 북쪽의 지자체 간부들은 우선 남쪽의 지자체가 각종 축제 등 많은 문화유산을 정성을 들여 개발하고 보존하고 있는 데 놀랐다. 남쪽의 지자체 간부들은 북쪽이 중앙과 당 차원에서 각종 선전물은 잘 발전시켰으나, 지자체 차원에서 문화의 보존은 전혀 안 되어 있다는 데 놀라움을 표했다. 상호 발전을 위해 서로가 조언하고 협조할 사항이 많았다.

영화와 TV영상물은 남쪽에서는 영상장비와 기술의 발달로 세계를 선도하는 수준이었으나, 북쪽은 중앙에서 통제하면서 당의 선전선동물의 제작 등으로 활용해왔기 때문에 그 수준은 너무 낮았다. 북쪽의 방송국은 독자적으로 운영이 필요한 지역을 제외하고는 남쪽의 방송국에 통합되었다. 영화를 포함한 영상문화사업도 남쪽의 신기술과 최신장비를 사용하여 획기적으로 개선해나갔다. 통일 후 반년이 지나자 송출시스템의 개선과 장비의 개선 등으로 북쪽의 주민들도 남쪽과 비슷한 수준의 TV 시청이 가능해졌다. 그동안 당에 의해 통제되었던 남쪽의 영화를 보기 위해 늘어난 관객으로 영화관은 연일 대부분 만원을 이루었고, 북쪽지역에서는 현대시설의 영화관이 계속 늘어 영화산업은 호황에 들어갔다.

그림 등 순수성을 간직한 북쪽의 문화는 남쪽의 작가들에게 영향을 미쳐 문화융합의 길이 확장되었다. 시인, 소설가 등 문학인과 음악과 미술 등 예술가들은 서로 모여 융합의 길을 모색했고, 많은 단체가 새로 생겨나 문화부흥의 길이 열렸다.

통일 3년차가 되면서 남북의 문화융합을 통한 효과는 나타나기 시작했다. 한류문화의 토양은 더욱 다양해졌고, 많은 창작가들이 남북의 문화를 융합한 작품들을 쏟아내기 시작했다. 단군신화는 단군릉과 평양의 많은 유적지를 활용하여 세계적인 신화로 재생되었고, 세계시장에 진출하여 많은 호평을 받았다. 북한의 서커스는 한류의 소양을 받아들여 '태양의 서커스'를 능가하는 수준으로 세계무대에 진출하였다.

역사 재정립 운동을 실시하여 그 동안 남아 있던 식민사관을 완전히 탈피하고 민족사관의 테두리 안에서 고조선, 고구려와 발해의 역사가 제자리를 찾았다. 중국과의 협력으로 만주지역에 대한 공동탐사작업이 진행되어 뿌리 찾기에도 큰 진전이 있었다.

학생들의 교류를 활성화했다. 우선 남북의 학생들이 가능한 조기에 다른 쪽을 견학할 수 있는 기회를 주기 위해 다양한 교류 프로그램을 만들었다. 학교의 수학여행은 가능한 상대 쪽을 견학할 수 있도록 계획되었고, 북쪽지역 학생들에게는 수학여행을 무료로 할 수 있도록 예산을 지원했다. 학생들의 교환학생 프로그램을 강화하여 북쪽 학생들이 남쪽의 학교에 다니고자 할 경우에는 특별장학금을 지원했다.

남북한 고등학교에 '민주시민교육' 과목을 신설하여 시민으로서의 자질을 함양토록 교육을 실시했다. 인간의 기본권에 대한 교육과 자유주의 시장경제체제에 대한 교육을 통해 민주주의가 작동하는 기본질서를 가르쳤다. 북쪽지역의 학생들은 그동안 수령체제와 주체사상에 대한 조기교육의 영향으로 쉽게 이해를 하지 못했지만, 시간이 지날수록 민주주의 시민교육에 적응하면서 이를 행동으로 옮기기 시작했다.

북쪽의 문화는 문화대로 관광 상품이 될 수 있었고, 융합된 문화는 세계의 관광 상품으로 발돋움 할 수 있었다. 통일된 한반도의 모습을 보기 위해 한반도를 찾은 관광객들은 금강산과 백두산의 절경에 감탄하였고, 남북한 융합된 문화에 찬사를 아끼지 않았다. 특히 은둔의 북쪽지역과 비무장지대를 보고자하는 관광객의 증가로 소문은 꼬리를 달고 퍼져 관광업은 대호황을 이뤘다. 관광객은 통일 2년이 되면서 3천만 명을 돌파하여 5년이 되자 5천만 명을 넘어서게 되었다. 북쪽의 많은 실업자들이 관광안내와 숙박업 등에 취업하여 고수익을 올리게 되었다.

집단 항명사건

　　함흥에 있는 후방사단에서 집단 항명사건이 발생했다. 군사통합이 성공적으로 추진되어 마무리되어가는 시점에서 107연대의 항명사건은 기습적으로 일어났다. 북한군 출신 초급장교와 부사관들 50여 명이 부대에서 직속상관인 연대장과 참모진 10여 명을 인질로 잡고 무력시위를 벌리고 있었다. 그들의 주동자는 연대 군수참모였다. 그는 중좌로 북한군 후방지원사령부에서 근무 중에 군사통합을 맞았다. 그는 통일조선의 국체를 인정하고, 자유민주주의 질서를 준수하겠다는 서약서를 쓰고 연대 군수참모로 발탁

되어 시설과 장비의 폐기 임무를 수행하고 있었다. 계급은 나이에 맞추어 소령으로 하향 조정되어 있었다.

박겨레 사령관은 점심을 먹는 도중에 이러한 긴급보고를 받았다. 박겨레 장군은 북부사령부 고문단장의 임무를 성공적으로 마치고, 새로 편성된 북부지역사령부 사령관으로 보직되어 임무를 수행하고 있었다. 통일조선의 군대는 통합군사령부 밑에 북부지역사령부, 중부지역사령부, 남부지역사령부로 재편되었다. 그 중 북부지역사령부는 과거에 북한지역의 대부분을 총괄하고 있었다. 그는 '우리는 하나다' 라는 구호를 내세우며 군사통합작업을 추진했다. 군사통합은 1년 동안 물 흐르듯 잘 추진되었다. 그러나 최근에 북한 출신 간부들을 통일조선군의 직업 간부로 선발하는 과정에서 불만이 표출되었다. 북한 출신 간부들은 계급의 하향조정은 받아들일 수 있으나, 장기복무자로의 선발과정이 너무 까다로워 70% 이상이 탈락하는 것에 대해 불만이 많았다. 그러나 그러한 불만도 전역자에 대한 특별 예우와 연금의 조기 지불 등의 조치를 통해 조금씩 누그러지고 있는 시점에서 항명사태가 발생한 것이었다.

항명자들은 "연대장을 처벌하라! 차별화 정책을 폐지하라! 우수한 자를 차별 없이 장기복무자로 받아들여라! 인권을 보장하라!" 등의 구호를 외치고 있었다. 그러한 요구조건이 충족되지 않는다면 연대장을 포함한 인질들을 전부 사살하겠다고 위협을 했다.

박겨례 장군은 식사를 중단하고 헬기를 타고 함흥의 항명현장으로 이동했다. 실상을 파악하고 주동자를 설득하기 위함이었다. 그러나 그들은 요구조건이 충족되기 전에는 그 누구도 만날 수 없으며, 연대장과 그를 둘러싼 핵심참모들을 먼저 처벌하지 않는 한, 어떠한 조치도 신뢰할 수 없다는 주장을 내세우고 있었다. 그들을 만나지도 못하고 돌아설 수밖에 없었다.

사건의 근원은 연대장과 그를 둘러싼 핵심참모들의 그릇된 지휘조치에 있었다. 그들은 한국군 출신 간부들이었다. 특히 연대장은 '우리는 하나다'라는 인식을 갖고 있지 않았다. 그는 북한군 출신 간부들을 편파적으로 대했다. 그들의 능력이 부족하다는 이유로 회의 시에도 면박을 주기 일쑤였다. 특히 군수참모는 다른 참모에 비해 더욱 열심히 근무를 하고 있었음에도 불구하고 아무것도 모르면서 설친다는 평가를 받고 몹시 억울해 하고 있었다. 사단의 다른 연대에서는 연대장이 직접 나서서 형제애를 호소하고 가능한 많은 인원을 장기복무자로 선택하기 위해서 노력을 하는 데 반해, 이 연대장은 북쪽 출신 간부들을 가능한 많이 탈락시키기 위해 예비심사를 강화하고 있었다. 과거 한국군 간부에 비해 능력이 떨어진다는 이유에서였다. 연대와 사단의 예비심사를 거처 보고하면, 국방부 인사국에서 최종 심사를 하도록 되어 있었다. 연대장의 그러한 비인간적인 행위에 대해 다른 참모들도 동조하고 있었다.

항명자들은 만약 그들의 주장이 48시간 내에 받아들여지지 않을 경우에는 인질들을 사살하고 그들도 자결을 하겠다고 엄포를 놓고 있었다. 그들은 정문과 후문 등 출입문을 전부 봉쇄하고, 폭약을 설치하여 출입자체를 불가능하게 했다. 그들은 모든 만남 자체를 거부하고 연대장 처벌 등 선조치를 해줄 것을 요구했다. 상황은 몹시 긴박하게 돌아가고 있었다.

박겨레 사령관은 김진성 예비역장군이 나서야 문제가 풀릴 수 있을 것이라고 판단했다. 김진성 장군은 통일의 시점에서 북한군 총참모장과 인민무력부장 직을 사직한 후, 전역하여 북부지역사령부의 자문역의 역할을 하며 군사통합을 돕고 있었다.

이조국 대통령의 고민도 매우 컸다. 군사통합이 성공적으로 끝나야 정치통합과 사회통합이 성공할 수 있다는 것은 자명했다. 그런데 갑자기 복병이 생긴 것이다. 특히 그러한 항명사건이 다른 부대로 전염병처럼 퍼질 것이 우려되었다. 국가안보실장으로부터 보고를 받은 대통령은 김정철 부통령을 생각했다. 군에서 자체적으로 문제를 해결 할 수 없다면, 부통령을 보내 항명자들을 설득하는 것이 최선의 방책이라고 판단을 한 것이다.

"부통령님! 급히 내려가서서 문제를 해결해주서야겠습니다."

사태의 시급성을 설명한 이조국 대통령은 이런 일로 부통령에게 짐을 지우는 것이 몹시 미안한 듯 망설이며 말했다.

"대통령님! 이런 일이 발생하게 되어 죄송합니다. 제가 이 문제를 해결하기 위해 최선을 다하겠습니다."

부통령은 과거 북한군 출신이 주도한 항명사태가 생긴 것이 죄송한 듯 각오를 다짐했다.

김정철 부통령과 김진성 예비역 장군은 함흥에서 만났다. 그들은 항명 현장으로 이동했다. 정문은 봉쇄되었고, 폭약이 설치되어 출입이 차단되고 있었다. 그들은 주동자와의 면담을 요구했다. 항명 주동자는 우선 깜짝 놀랐다. 자기가 가장 존경하는 김정철 부통령과 김진성 장군이 현장에 나타났다는 것 자체가 믿기 어려웠다. 그는 정문 쪽으로 이동했다. 김진성 장군은 사복 차림이었으나 평소 그가 존경하는 단정한 모습으로 우뚝 서 있었다. 김정철 부통령도 온화한 미소를 지으며 그를 바라보고 있었다. 그는 엉겁결에 경례를 했다. 그는 정문의 폭약을 제거하게 한 후 그들을 사무실로 모셨다.

"존경하는 총참모장님! 너무 죄송합니다. 어떻게 이런 험한 현장까지 나오셨습니까?"

주동자는 눈물을 글썽이며, 김진성 장군을 존경하는 의미를 담아 선채로 말을 했다.

　"그래, 우선 여기 오신 부통령님께 인사를 드리게나. 그리고 여기 앉게나. 지금 많은 사람들이 현 사태를 걱정하고 있네. 특히 북쪽주민들의 걱정이 더욱 크다네. 그들은 앞으로 통일과정에서 이번 사태로 불이익을 받지 않을까 전전긍긍하고 있네. 자네가 이렇게까지 과격하게 행동하는 이유가 무언가?"

　김진성 장군은 점잖고 온화하게 주동자를 바라보았다. 감히 마주앉지도 못하고 서있는 그의 눈동자는 많이 흔들리고 있었다.

　"총참모장님! 저도 이렇게까지 하고 싶지는 않았습니다. 그러나 연대장에게 항의하는 과정에서 무시를 당했고, 그동안 우리를 차별하는 연대장과 다른 참모들의 태도에 격분하여 이런 항명사태를 일으키게 되었습니다. 죄송합니다."

　그는 몸 둘 바를 모르고 안절부절 못하며 말을 이어갔다.

　"그래도 자네는 우리의 새로운 조국, 통일조선에서 선별된 장교가 아닌가? 장교가 불만이 있다고 이러한 방법으로 항명을 한다는 것은 용서받지 못할 일이라는 것을 자네는 알고 있는가?"

　"예! 저도 충분히 알고 있습니다. 그러나 인간적인 모독은 도저히 참기 어려웠습니다. 거기다 북쪽 출신 군인들을 편견을 갖고 차별하는 연대장의 비인간적인 조치에 더는 참을 수 없어 이런 행동을 하게 되었습니다. 명예를 더럽혀서 죄송합니다. 용서해 주십시오."

"용서는 내가 할 수 있는 사항이 아니네. 지금이라도 늦지 않았으니 요구조건을 철회하고 총을 내려놓게나. 그러면 주동자인 자네는 군법에 의한 처벌을 받아야겠지만, 동조자들은 용서를 받도록 부통령님께서 최선을 다하시리라 믿네."

"저는 조국이 주는 처벌을 당연히 받겠습니다. 그리고 동조자들을 용서해주신다니 감사합니다. 그러나 모든 요구조건을 내려놓을 수는 없습니다. 비인간적인 행동을 한 연대장과 그 참모들을 저와 함께 군법으로 다스려 주십시오."

"연대장과 다른 참모들이 그렇게 비인간적이고 차별적인 행동을 했다면 자네 말대로 군법에 의해 처벌을 받아야 될 것이네. 그러나 조사를 하지 않고 자네의 요구에 따라 선 처벌을 하는 것은 민주주의 군대의 법적절차가 아니네. 여기 부통령님께서도 와계시니, 그러한 부당한 처사가 있었다면 응당 조사를 해서 조치를 할 것이네. 이제 총을 내려놓게나."

"존경하는 부통령님과 총참모장님께서 그렇게 말씀하시니 인질을 석방하고 총을 내려놓겠습니다. 심려를 끼쳐드려 죄송합니다."

군사통합과정에서 발생한 인질 항명사태는 이렇게 대화를 통

해 48시간 이내에 해결되었고, 항명주동자, 연대장과 참모들 중
비인간적이고 차별적인 행동을 한 군인에 대해서는 군법회의에
넘겨졌다.

남북주민 갈등고조

그동안 통일에 크게 만족하던 남북한 주민들은 통일 4년차가 되면서 약간씩 흔들리기 시작했다. 최근에 통일의 열기는 많이 식었고, 외국인의 북쪽지역 투자는 세계경제의 불황으로 잠시 주춤하고 있었다.

문제는 북쪽주민들의 소득이 통일초기에 급격히 상승한 후, 4년차에 약간 주춤해진 데서 발생했다. 취업자들의 증가 속도가 약해진 것도 다른 요인의 하나였다. 북쪽지역 주민들의 소득은 남쪽에 비해 아직도 약 60% 수준에 머물고 있었다. 취업률은 남북 주민이 거의 대등하였으나, 문제는 3D업종의 종사자가 북쪽에 훨씬 많다는 데 있었다. 그들은 더욱 높은 소득이 보장되는 서울로 이주하기를 원했다. 그러나 서울의 일자리는 통일 이전부터 들어와 있던 외국인들이 차지하고 있었다. 북쪽의 근로자들은 남쪽의 대기업 근로자들이 중소기업보다 훨씬 높은 임금을 받으면서도 더 많은 임금인상을 요구하며 시위하는 것을 보고 배웠다. 그들은 임금을 인상하라는 요구를 하며 곳곳에서 시위를 했다.

남쪽의 주민들은 자기들이 북쪽주민들을 위해 부담하는 특별세가 공정하게 쓰이지 않고 있다고 생각하기 시작했다. 그리고 북쪽주민들이 자기희생과 헌신은 약하면서, 공평한 대우를 앞세우고 있다는 데 불만이 있었다. 그리고 아직 생산성은 그렇게 높지 않은데 상대적으로 높은 임금을 요구하는 그들의 태도에 문제가 있다고 생각했다. 서울에 거주하는 남쪽 주민들은 서울로 거주지를 옮긴 약 30여 만 명의 근로자들이 불완전 고용상태에서 시위를 반복하고 있는 것이 몹시 불만이었다.

충돌은 광화문에서 발생했다. 북쪽주민들은 "일자리를 달라!", "임금을 인상하라!"는 등의 구호를 외치며 광화문에서 시위를 하고 있었다. 극우보수단체들도 시청일대에서 "국가의 정체성을 확립하라!", "자유민주주의를 확고히 지켜라!" 등을 외치고 있었다. 극우보수단체 회원 수십 명이 광화문 시위현장을 찾아 "북쪽으로 돌아가 시위를 하라!"고 자극적인 발언을 하면서 충돌이 시작되었다. 말씨름은 몸싸움으로 번졌다. 경찰의 소극적인 초기 대응으로 순식간에 양측에서 수 명의 부상자가 발생했다.

루머는 그 다음날부터 날개를 달고 북쪽지역을 날아다녔다. 경찰이 북쪽지역 주민들만 과도하게 통제해서 부상자가 더 발생했다는 소문은 확대 재생산되어 날개를 달았다. 그렇지 않아도 남북 주민들의 과도한 불평등의 문제로 끙끙 앓고 있던 북쪽주민들이 곳곳에서 시위를 벌였고, 그동안 중립적인 자세를 취하던 중도 성향의 주민들도 시위에 가담했다.

국민 대부분으로부터 높은 신뢰와 추앙을 받고 있는 이조국 대통령이 적극적으로 나서서 대국민선언을 하고 난 후에야 시위는 잠재워지기 시작했다. 김정철 부통령은 북쪽지역의 주요 시위 현장을 일일이 찾아가서 정부가 노력하고 있는 실정을 하나하나 설명함으로써 신뢰를 되찾았다. 그러나 소득 불균형이 지속되는 한 불만이 완전히 해결될 수는 없었다. 단지 휴화산이 되어 잠복해 들어갔을 뿐이었다.

선남선녀

"아유! 멋지기도 해라! 저 선남선녀를 좀 보세요."

"신랑이 김일성대학을 나와서 주체사상을 가르치던 교수였다나 봐요?"

"아니 그래요! 지금은 무얼 한데요?"

"지금은 여행사 사장을 한다나 봐요."

"저 아름다운 신부는 무얼 한데요?"

"신부는 북한대학원대학교를 나와서 지금은 평양의 미국총영사관에서 근무를 하고 있다고 들었어요."

"저기 손잡고 들어오는 신부의 아버지가 영원한 평기자인 강 기자님이라면서요!"

"평화통일 하나에 목숨을 걸고 수십 년을 살아왔다고 들었어 요. 통일 후에는 지금까지 H신문사의 평양지국장을 한다나 봐 요."

"그래서 통일기념일인 오늘 결혼식을 하나보군요?"

강선화와 김정식의 결혼식은 통일 5년차가 된 통일의 날에 모 란봉예식장에서 거행되었다. 강선화와 김정식은 처음에는 사상 과 이념의 차이로 서로를 이해하지 못했다. 서로가 서로를 공격하 고 다투다 헤어졌다. 김정식은 통일된 조국에 대해 불만이 많았 다. 우선 자신이 가르치던 주체사상 과목을 없앤 데 대해 노골적 으로 반발했다. 그러나 시간이 지나면서 김정식은 자기가 가르쳤 던 주체사상이 많은 문제가 있었다는 것을 인정하고, 자유민주주 의의 장점을 받아들임으로써 서로는 가까워지기 시작했다. 두 사 람은 통일조선에 대해 기여할 사항을 이야기 했고, 서로가 지금 하는 일을 계속하면서 조국의 발전을 위해 노력하기로 했다.

강선화의 부모는 김정식을 쉽게 받아들였으나, 김정식의 부모 는 강선화를 탐탁하지 않게 생각했다. 그들은 김정식이 교수직을 그만두고 여행사를 한다는 것에 대해서도 무척 불만이었다. 김정식의 아버지는 노동당의 이데올로기를 담당했던 핵심간부로서 과거 북쪽에서 차관급인 부부장의 직책을 갖고 있었다. 그리고 그의 아들도 노동당의 이데올로기와 정신을 이어받아 살기를 바랐다. 따라서 김정은 위원장이 남쪽과 평화통일을 추진하는데도 마음속으로 반대를 하고 있었다. 그는 속으로 한동네에 사는 노동당 동료의 딸을 며느리 감으로 점찍어 놓고 있었다.

"자네가 우리 정식이가 사랑한다는 강선화씨인가? 이렇게 오지 않아도 될 일인데…."

"예! 아버님, 그리고 저도 정식씨를 좋아하고 있습니다. 결혼을 승낙해주세요."

"우리는 서로 출신과 성분이 다른 가족인데 어떻게 결혼해서 행복할 수 있겠나? 나는 이쯤해서 서로 헤어지기를 바라네."

"아버님, 민주주의 국가에서는 출신과 성분이 중요하지 않습니다. 서로가 이해하고 사랑하면 행복하게 살 수 있습니다."

"아니 출신과 성분이 중요하지 않다면 뭐가 중요하다는 말인가?"

"서로의 인격을 존중하고 서로를 배려하면 충분히 행복하게 살 수 있다고 생각합니다."

"그건 아니야! 서로가 격이 맞아야지. 성분이 틀려서는 절대 행복할 수 없지…. 나는 이 결혼을 승낙할 수 없네."

"아니, 여보! 내가 보니 예쁘고, 참하고, 똑똑한데 뭐가 문제라는 거예요. 성분을 너무 따지지 말고 며느리로 받아들입시다."

강선화를 지켜보던 김정식의 어머니가 나서며 강선화 편을 들었다.

"아니, 이 여편네가! 공화국이 무너진 지 얼마나 되었다고, 우리의 사상을 포기하려고 그래. 쯧쯧."

"아버님, 이 나라는 무너진 게 아니고 다시 태어난 거예요. 누가 누구를 무너뜨린 게 아니고, 서로 손잡고 새로운 나라를 세운 거예요. 우리는 누가 누구를 지배하는 게 아니고, 서로가 하나가 되어 자유민주주의 국가를 만들어 가고 있어요. 우리의 사상과 남의 사상이 따로 있는 게 아니고, 서로가 서로를 존중하며 모두가 존중받고 잘사는 일류국가를 만들어 가고 있어요."

"자네 말은 청산유수처럼 잘 하는구먼. 나는 그렇게 생각하지 않네. 이 지역의 풍습이 중요하듯 우리의 사상도 중요하지. 이 결혼 승낙할 수 없네."

"아버님은 아직도 옛날의 환상에 갇혀 있으세요. 선화씨의 말을 저도 처음에는 이해를 못했어요. 그러나 지금은 아버님의 말씀을 이해 못하겠어요. 이제 통일조선은 너의 나라, 나의 나라가 아니고, 우리 모두의 나라예요. 모두가 나라의 주인이고, 이 나라에서 행복하게 살 권리를 가지고 있어요. 저는 우리 북쪽이 주장했던 사상과 서로를 갈라놓았던 성분이 잘못되었다는 것을 스스로 깨달았어요. 아버님의 편견으로 우리를 갈라놓을 수는 없어요."

"아니 이놈이, 그동안 자본주의의 물을 먹더니 단단히 변했구나. 주체사상을 팽개치고 여행사 나부랭이를 하는 놈이 이제는 못하는 말이 없구나."

"아버님 제가 주체사상을 팽개친 게 아니고, 우리가 과거에 주장해왔던 것이 잘못되었다는 것을 인정하고, 새로운 자유민주주의 체제를 받아들인 거예요. 자유롭게 경쟁하면서 서로의 인격을 존중하고 법 앞에 평등하게 살 수 있는 사회가 지금의 통일조선이라고 생각해요. 선화씨는 우리 집안의 보배가 될 수 있을 거라 확신해요. 저희는 서로를 사랑하고 존경합니다. 이 결혼 승낙해주세요."

"여보, 쓸데없는 고집을 부리지 말고 정식이의 결혼을 승낙해주세요. 우리 선화씨가 너무 참하고 당차잖아요. 나는 선화씨가 우리 정식이를 행복하게 해줄 것이라 확신해요. 그리고 집안의 보배가 될 것 같고요."

"이 여편네도 이제는 완전히 물들었구먼."

"여보 물들은 게 아니고, 통일 후 4년 동안 우리나라가 얼마나 달라졌나보세요. 당신이 과거에 당의 부부장을 했을 때도 어디 마음 놓고 이야기나 할 수 있었나요? 그러나 지금은 자유롭게 이야기하고 행동할 수 있지, 이제는 쌀밥에 고깃국을 마음대로 먹을 수 있지, 생전 입어보지 못한 이런 멋쟁이 옷도 입을 수 있지 않아요. 과거 공화국에서는 생각할 수 없었던 일들을 지금은 평상시 일처럼 하고 살잖아요. 뭐가 그리 좋다고 아직도 과거의 이념과 사상을 못 잊고 그래요. 나는 선화씨를 며느리로 대환영이에요."

"허허, 우리 집안이 다 미쳐가는구먼."

"우리가 미쳐가는 것이 아니고, 당신이 깨닫지 못하는 거예요."

이러한 조언에도 불구하고 김정식의 아버지는 완고함을 견지했다.

그러나 몇 달 후의 두 번째 방문에는 조금 태도를 바꾸더니, 일년이 지난 세 번째 방문에서는 못이기는 척 두 사람의 결혼을 승낙했다. 통일조선을 바라보는 그의 시각과 자유민주주의의 장점을 조금씩 인정하는 자세는 시간이 갈수록 나아지고 있었다.

출신과 성분을 뛰어넘은 두 사람은 결혼을 검소하게 하되, 역사적인 장소를 택해서 하고 싶었다. 그래서 모란봉 근처에 있는 모란봉예식장을 선택했다. 결혼을 축하하느라 10월의 하늘은 한없이 맑았고, 선들바람은 하객의 마음을 풍성하게 적셨다. 강민국과 김지혜도 5년의 시차를 두고 통일의 날에 결혼하는 두 사람을

마음껏 축하했다. 모든 국민들이 함께 축하한 통일의 날 행복한
결혼식이었다.

신의주의 봄

신의주에 봄이 왔다. 조선시대에 무역의 관문으로 번영을 누리던 시절이 다시 돌아왔다. 통일조선 정부는 신의주와 황금평(黃金坪) 지역을 묶어 자유무역지대로 개발했다. 통일 이전에 신의주 지역에 남쪽 기업들이 신의주 공단을 개발하여 운영한 것을 바탕으로, 산업단지를 추가로 확장했다. 황금평에는 새로운 최첨단 산업지구를 선정하여 개발을 서둘렀다.

그동안 투자처를 찾고 있던 외국의 자금은 '신의주-황금평 자유무역지대'로 몰리기 시작했다. 특히 인접한 중국의 자금이 물밀듯이 들어왔다. 산업용 토지를 분양하기가 바쁘게 팔려나갔다. 황금평 지역에는 최첨단 전자장비와 정밀의료장비 및 섬유단지가 조성되었다. 전자장비와 정밀의료장비는 중국과 유럽을 겨냥한 산업이었고, 첨단 섬유단지는 북쪽주민들을 위한 산업단지였다.

강민국과 김지혜 부부는 평양의 섬유공장이 확장이 불가능하여 새로운 공장 부지를 물색하고 있었다. 이제는 저임금의 수공업에 기초한 공장보다는 국제적인 경쟁력을 갖춘 최첨단의 섬유공장을 짓고 싶었다. 통일 후 약 6년이 경과한 시점이 되자, 북쪽지역 근로자의 임금도 이제는 캄보디아나 베트남을 능가하여, 남쪽 근로자의 70% 수준에 이르고 있었다. 마침 황금평 지역에 부지가 나와 서둘러 입찰에 응했다. 운 좋게도 대기업들을 물리치고 섬유단지 내에 3천 평의 부지를 입찰 받을 수 있었다.

"여보! 우리가 입찰에 성공한 것은 통일조국이 우리에게 준 행운인 것 같소. 이번에는 가장 저렴하면서도 품질이 뛰어난 옷을 만들어 우리 북쪽주민들에게 공급할 수 있도록 해봅시다."

강민국은 김지혜의 소망사항을 잘 알고 있는 듯 말했다.

"민국씨! 항상 함께 해주셔서 감사해요. 당신은 임상옥보다도 더 훌륭한 상인이 될 수 있다고 생각해요. 우리 이윤을 생각하지 않고 지금까지 일해 왔잖아요. 그럼에도 불구하고 짧은 기간에 이렇게 발전했어요. 이곳에서도 북쪽주민들을 위해 더욱 헌신적으로 공장을 운영해 보기로 해요."

김지혜도 감회가 깊은 듯 신혼여행에서 이야기 한 내용을 다시 한 번 강조했다. '남편의 앞길은 부인의 내조에 달려있다'고 아버지 김진성으로부터 수없이 교육을 받아온 김지혜인지라, 결혼 후 지금까지 지극정성으로 강민국을 섬기는 자세로 살아왔다.

"여보! 우리가 공장장을 할 수는 없고, 누구를 공장장으로 앉힐까?"

"민국씨! 개성공단 시절부터 지난 10년 이상을 당신을 따르는 김순애 부공장장이 있잖아요. 개성공단과 평양공장에서 충분한 경험을 쌓았기 때문에 이번에 큰일을 맡겨도 될 것 같아요."

김지혜는 개성공단의 시위현장에서 강민국을 도와 자기를 구해주고, 어려운 환경에서도 평양까지 따라와 도와주는 김순애 반장에 대해 항상 고마움을 느끼고 있었다.

"경험은 충분한데, 여성이라 조금은 부담이 되지 않을까?"

"민국씨! 지금은 어머님 말씀대로 남녀평등의 사회에요. 여성이라 문제가 있다는 생각에는 저는 반대에요."

"아니, 그건 아니고…, 워낙 험한 일이라 걱정이 되어서 하는 이야기지…."

"그러면, 김순애 부공장장에게 의향을 물어보세요."

황금평의 공장은 계획한 대로 착공한 후 1년여 만에 준공을 볼 수 있었다. 정부는 모든 행정규제를 없애고, 일괄적으로 공장의 인허가 업무를 처리했고, 공무원들은 공장이 지어지는 과정에서 헌신적으로 봉사를 했다. 필요한 자금도 가장 저리로 융자를 주선해주었다. 그러한 조치는 외국의 기업을 유치하는 데 큰 도움이 되었다. 중국과 미국의 기업들은 물론이고, 독일과 스위스 등 유럽의 내로라하는 기업들이 앞 다투어 투자를 했다.

　신의주에는 60층 이상 높이의 첨단 사무실 건물들이 줄지어 지어지고, 많은 젊은이들이 일자리를 찾아 신의주로 몰려들었다. 이곳에는 북쪽 출신 젊은이들과 남쪽 출신 젊은이들이 경쟁하면서, 서로를 이해하고 돕는 문화가 형성되었다. 한 건물에서 함께 일하며 선의의 경쟁을 했다. 북쪽 젊은이들도 벤처사업에 뛰어들어 창업을 하고, 눈부신 성과를 거두었다. 신의주의 사무실들은 창업열기로 불이 꺼질 줄을 몰랐다. 새로 생긴 백화점과 상점에는 세계 최고의 상품들로 가득 차 있었다. '신의주-황금평 지구'는 중국 상하이의 푸동지구처럼 짧은 기간에 별천지로 변했다. 남북의 융합된 문화가 꽃을 피웠다. 짧은 기간에 급속하게 발전한 모습을 보기 위해 세계에서 많은 관광객이 몰려왔다. 80년 이상을 방치된 채로 신음하고 있었던 신의주에 새봄이 찾아왔다.

야욕은 충돌을 낳고

국경경비대 독도수비대의 최차수 정령은 새벽에 걸려온 인터폰에 반사적으로 자리를 박차고 일어났다. 상황실이라고 불이 껌벅이고 있었다. 시계는 새벽 4시를 가리키고 있었다.

"대대장님! 일본의 초계함 3척이 독도 인근 우리 해역까지 접근하고 있습니다."

상황실장 강한석 참위의 목소리는 무척 긴장되어 있었다. 그는 작년에 국경경비대사관학교를 졸업하고, 독도수비대에 소대장으로 근무하고 있었다.

"우리 독도경비함의 위치는?"

"지금 우리 경비함 3척도 약 5마일의 거리를 두고 함포사격 범위 내에서 기동하고 있습니다."

"잘 알았네. 경계비상 3호를 발령하네. 상부에 상황을 보고하게."

최근 일본해군의 위협이 강화되자 울릉도에서 독도로 대대지휘부를 옮긴 그는 요즈음 한밤중에도 전투복을 입은 채로 가면을 취하는 버릇이 생겼다. 그만큼 독도의 상황은 급박하게 돌아가고 있었다. 서둘러 상황실로 올라갔다. 독도의 봄은 상큼했다. 새벽 안개가 독도를 휘감고 있었다. 안개가 목울대를 적시고 시야를 가렸다. 경계태세 발령으로 독도의 불은 꺼져 한치 앞도 분간하기 힘들었다. 계단을 오르는 발에 힘을 주었다. 벌써 중대장과 대대 작전장교를 포함하여 핵심 지휘요원들이 상황실에 집결해 있었다.

생도시절부터 미래 국경경비대의 재목감으로 예견된 강한석 참위가 비장한 목소리로 상황을 보고했다. 전자동식 상황판에는 일본의 초계함과 우리의 경비함의 위치가 표시되어 있었다. 서로는 지근거리에서 서로를 노리고 있었다.

"일본의 초계함 3척은 분명 우리의 영해선을 따라 기동하고 있습니다. 그 남방 약 7마일 선상에는 일본의 구축함 2척이 호위함의 역할을 하고 있는 듯이 함께 기동하고 있습니다. 우리 경비함 3척도 전투태세를 완비한 가운데 바로 영해선 직 전방에서 그들을 감시하고 있습니다. 서로의 거리는 불과 1마일도 떨어져 있지 않습니다."

해상전투에서 1마일은 지상전투에서 50m을 의미한다. 즉 근접전투가 벌어지는 거리다. 서로 장사정포를 장착하고 있어 너무 근접하지 않는 것이 해전의 상식이지만, 단 한치도 영해선을 침해받아서는 안 된다는 생각으로 임무를 수행하는 경비정의 함장으로서는 어쩔 수 없는 선택이었다. 여차하면 몸을 부딪쳐서라도 우리의 영해선을 지키겠다는 의지가 엿보였다.

"일본 해군의 의도는 우리의 영해선 수호의지를 타진하고, 여차하면 영해선을 넘어 독도방향으로 침입을 시도할 것으로 판단됩니다. 일본의 상륙함은 식별되지 않고 있어 상륙의 가능성은 희박합니다. 일본의 호위함이 전투대형을 유지한 채 바로 직 후방에서 근접 엄호기동하고 있는 점으로 판단할 때 그 어느 때보다 전투가 발생할 가능성이 높다고 판단합니다. 제가 지금까지 조치한 내용은 아래와 같습니다."

패전 후 전수방위를 내걸었던 일본해군은 아베정권이 들어선 이후 공격개념을 내세우더니, 최근에는 여차하면 독도상륙을 감행하겠다는 흑심을 보이고 있었다. 통일 이듬해부터 평화적인 목적의 해양탐사를 실시한다는 명목으로 해양경찰청 소속 탐사선이 독도해역을 맴도는 일이 자주 발생했다. 그들은 우리의 독도수비대 경비함이 접근하면 큰 저항 없이 되돌아가고는 하였다. 그러나 해가 넘어갈수록 해양경찰청의 탐사선은 뜸해지고, 일본해군의 함정이 빈자리를 채우고 있었다. 작년에는 일본해군이 노골적으로 독도 상륙작전을 가상한 훈련을 동해상에서 함대급 규모로 실시한 바 있었다.

아베 정권 후반기부터 일본해군의 위협이 증가함에 따라 독도수비대의 규모는 통일 초기 소대급에서 중대급으로 증강되었다가, 작년부터는 대대급으로 더욱 보강되었다. 국경경비대에서 능력 있는 전투형 지휘관으로 소문난 최차수 정령이 첫 대대장으로 부임하였다. 대대의 본대는 울릉도에 있었고, 독도에는 증강된 중대규모가 배치되어 경계임무를 수행하고 있었다. 최차수 정령이 부임한 이후로 일본의 초계함이나 상륙정들이 독도 주변에 더욱 빈번하게 나타나 기동 및 상륙훈련을 하는 바람에 긴장은 꾸준히 고조되고 있었다.

"우선 상대의 의도가 간파된 이상 우리의 대응방안은, 현 독도경비대대의 전투력으로 영해선을 확고히 지키고, 유사시에 대비하여 독도지역에 해군의 증원을 요구하며, 충돌 시에는 공군전력의 즉각 투입을 건의해야 할 것으로 판단됩니다."

강한석 참위는 간단명료하게 상황보고를 마쳤다. 그 옆에서 상황판을 정리하고 있는 차돌석 참위의 손길도 바쁘게 움직였다. 그는 북쪽출신으로 국경경비대사관학교 시절 강한석의 단짝친구가 되어 함께 독도수비대에 지원하여 군무하고 있었다. 최차수 정령은 위기로 치닫고 있는 독도에 그가 가르쳤던 훌륭한 부하들이 있다는 것이 든든했다.

"나는 일본이 바로 오늘 우리의 독도수호의지를 시험할 것으로 판단한다. 일본의 초계함이 오늘 영해선을 넘어올 것이다. 교전수칙에 따라 1차 경고방송을 하라. 그래도 영해선을 넘어올 경우에는 2차 경고사격을 실시한다. 경고사격에도 불구하고 영해선을 넘어 독도 쪽을 향해 전진할 경우에는 일단 선체로 저지하고, 실패 시는 함포사격으로 퇴각시킨다."

대대장의 강력한 지시에 상황실은 쥐죽은 듯 고요해졌다. 주먹을 불끈 쥔 강한석 참위의 눈이 유난히 빛나고 있었다. 대대장은 지휘용 암호전화기를 들었다. 연대장에게 필요한 상황을 간단히 보고하고, 필요시 해군과 공군의 지원을 요청했다. 연대장은 모든 지원조치를 할 계획이니, 독도방어에 한 치의 오차가 있어서는 안 된다는 지시를 내렸다.

"오늘은 우리 인생에서 가장 긴 하루가 될 것이다. 우리가 충돌 시는 일본해군의 구축함은 물론 이지스함과 공군기가 투입될 것이다. 독도에 폭격이 있을 수도 있으니, 대공화기의 전투태세 강화 등 방호대책을 강구하라."

한반도에서 가장 먼저 동이 트는 순간 우리 경비함에서 '일본의 초계함 한 척이 영해선을 넘어 경고방송을 시작했다' 는 보고가 올라왔다. 안개 때문에 관측은 안 되고 있으나, 일본 해군이 넘어서는 안 되는 선을 넘은 것만은 확실했다. 경고방송에도 불구하고 나머지 두 척도 영해선을 넘었다는 보고와 함께 요란한 함포사격 소리가 들렸다. 경고사격이 시작된 것이다. 안개 속에서 동쪽의 하늘이 번쩍거렸다. 우리 경비선의 함포소리만 들리는 것으로 보아 일본 초계함은 응사는 하지 않는 것이 분명했다.

"일본의 초계함이 경고사격에도 불구하고 독도를 향해 이동 중에 있음. 돌진하여 저지하겠음."

경비함에서 함장의 다급한 보고가 상황실을 흔들었다.

"돌진하여 저지하라."

대대장은 단호하게 지시를 내렸다.

전자동 상황판에는 일본의 초계함의 위치가 붉은 빛으로 우리 경비함은 푸른빛으로 도식되어 나타났다. 일본의 초계함은 우리의 영해선을 이미 1마일 정도 침범하고 있었다. 붉은빛과 푸른빛은 약 반마일의 거리를 두고 잠시 멈추는가 싶더니, 푸른빛 3개가 맹렬한 속도로 붉은빛 3개를 향해 돌진하고 있었다. 잠시 후 꽝하는 소리가 멀리서 선명하게 들렸다. 우리 경비함이 상대의 허리를 들이받은 것이었다. 일본의 초계함들은 기우뚱거리더니 다시 균형을 잡는 모습이었다. 상황판에는 일본의 구축함이 신속하게 전진하는 모습이 보였다. 아군의 해군함정도 독도에서 약 15마일 떨어진 지점에서 경비함을 향해 이동하고 있었다. 상황판에는 남쪽 저 멀리서 일본의 이지스함이 유사시에 대비하여 서서히 기동하고 있었다.

"작전 성공! 상대함 반파, 저항의지 없이 영해선에서 철수 중."

"상대의 함포사격에 대비하라! 유사시 즉각 응사하여 격침하라!"

상황을 조치하는 도중에 안개를 뚫고 우리의 F-15편대가 요란한 굉음을 내며 독도 상공에 모습을 나타냈다. 상황판에는 일본의 공군기도 독도를 향해 기동하는 모습이 잡혀 있었다.

모든 상황을 감추었던 안개가 서서히 걷히고 있었다. 우리 경비함 3척이 반파되어 철수하는 일본의 초계함을 뒤쫓아 가는 모습이 보였다.

"동남방 약 50km, 일본의 전투기 접근 중이다. 대공전투태세를 강화하라!"

대대장은 다시 명령을 하달했다.

통일조선의 F-15편대가 독도를 선회하더니, 빠른 속도로 일본의 전투기 편대를 향해 날아갔다. 약 20km까지 접근했던 일본의 전투기는 통일조선의 전투기가 대응비행에 나서자 한반도 영공 직전에서 방향을 선회하여 오던 방향으로 되돌아 날아갔다.

"1차 상황 종료. 상대의 기습적인 공격에 대비하여 전투태세를 유지하라."

명령을 하달하고, 대대장은 묵묵하게 상황처리를 하면서도 자신만만한 표정을 짓고 있는 강한석 참위를 보았다. 양국의 전투기들이 복귀한 후, 두 시간이 경과하자 일본해군의 함정들이 독도 현장을 이탈하여 50마일 이상을 남하하여 일본해 방향으로 기동하는 모습이 추적되었다.

"모든 전투원들의 노고를 치하한다. 유사시에 대비하여 경계태세를 유지하면서 정비를 실시하라."

독도의 해는 이미 중천에 떠서 모든 것을 보았다는 듯 밝은 빛을 발하고 있었다.

상황이 종료되기도 전에 서울의 언론들은 호외를 뿌리기 시작했다.

"호외 1호: 일본의 함정 독도 영해 침범, 해군 격퇴 중"

"호외 2호: 해군 함정, 일본 함정 들이받아"

"호외 3호: 일본 함정, 철수 중"

"호외 4호: 독도 수호, 성공적!"

국민의 여론은 순식간에 들끓기 시작했다. 일본이 그동안 독도영유권을 주장하며 호시탐탐 독도를 넘보더니, 드디어 독도를 침략하기 위해 영해를 침범했다는 데 국민들의 공분은 극에 달하고 있었다. 특히 평양주민들의 분노는 컸다. 이제 통일이 되어 나라의 재건에 힘쓰고 있는 시점에서 노골적인 침략근성을 드러내었다는 것이 불쾌했다. 남북의 주민들은 뭉쳐야 산다고 생각하기 시작했다. 한편으로는 온몸으로 영해를 지킨 국경경비대와 해군 장병들의 투혼을 높이 평가했다.

도쿄는 서울보다 더욱 펄펄 끓고 있었다. 우리의 영해와 영토를 불법으로 점령하고 있는 통일조선의 국경경비대가 우리의 앞길을 막았다느니, 일본의 해군이 국경경비대에 형편없이 당했다느니, 이제 철저한 보복을 통해 독도를 차지해야 한다느니 많은 보도를 쏟아내고 있었다.

양국의 국민들은 서로를 타도해야 한다고 주장하면서, 연일 대규모 시위를 벌렸다. 특히 도쿄에서는 혐한시위가 거세어지고, 일본에 거주하는 통일조선인을 쫓아내어야 한다는 극단적인 구호가 활개 치기 시작했다. 양국 간 외교부장관 회담이 열렸으나, 타협점을 찾지 못했다. 양국이 유엔의 안보리에 문제를 제기했으나, 통일 후 힘이 세진 통일조선의 입장을 고려할 때 누구 편도 들 수 없는 그들은 크게 움직일 수 없었다.

정년퇴직을 몇 개월 앞둔 강 기자는 당장 독도 현장에 달려가 특종기사를 쓰고 싶었다. 그러나 그것은 성장하고 있는 후배기자의 몫이었다. 몸은 평양에 묶여 있으면서도 마음은 독도를 누비고 있었다. 잠 안 오는 밤을 달래며 '독도의 수호신'이라는 시를 한 수 썼다.

독도의 수호신

수 수 백만 년의 풍파를 이겨내며
울릉도의 형으로 팔십구 대의 자손들을 거느리고
두 천 미터에 뿌리내려 두 눈 부릅뜨며
동해의 파숫꾼 되어 우뚝 서 있는
우리의 님이여!

남쪽에서 들려오는 제국주의의 외침

휘몰아쳐오는 광풍과
어리석은 자의 과욕까지도 달래고 껴안으며
삼봉도로 가지도로 우산도로 살아왔구나

모든 시공 다 스러지는 세월을 타고
단군의 혼까지 하늘의 숨결까지 가 닿도록
태초부터 써내려온 독섬의 이야기를
천고의 뒤에도 대한의 역사로 쓰고 또 쓰리라

깊은 곳에서 치솟는 가없는 분노는
끝내 꺼지지 않는 불씨 하나 가슴에 품고
님이 서 있는 바로 그 자리에
영겁을 다하도록 한 얼 뿌리내린
수호신이 되리라!

힘겨루기

일본 해군은 절치부심하였다. 얼떨결에 몸통을 한방 맞고 힘 없이 당하고 돌아온 초계함 함장들은 국민 앞에 사죄를 해야 했 다. 파손된 옆구리를 수리하는 데에만 두 달이 넘게 걸렸다. 보복 을 위한 다양한 전술이 개발되고 훈련을 통해 숙달되었다. 이번에 야 말로 독도를 손아귀에 넣을 심산이었다.

통일조선의 국경경비대와 해군은 자만하지 않았다. 일본군이 전술적인 후퇴를 한 것이라 생각했다. 조만간 새로운 전략을 세워 다시 침략하리라 예측했다. 특히 독도수비대는 만반의 준비를 갖추어 나갔다. 상대의 다양한 전술에 대한 대응책을 훈련했다. 통일 당시 북쪽 해군으로부터 인수한 고속정과 잠수함을 활용한 전술을 개발했다. 일본 전역을 사정거리에 둔 장거리 미사일을 남쪽 지역에 증강 배치했다.

삼복더위는 먹잇감을 입질하며 지나갔다. 일본의 언론들은 가마솥을 더욱 뜨겁게 달구었다. 일본의 국민들은 극우정부의 선동에 춤을 추며 전쟁을 외쳤다. 야스쿠니 신사의 '전쟁신' 들이 도쿄 시내를 춤추며 돌아다니고 있었다. 일본의 국수주의자들은 '독도는 일본 땅' 을 외치며, 삼삼오오 배를 몰아 독도 앞바다까지 들어와 시위를 벌렸다. 때로는 영해선을 넘어 들어와 농성을 부리기도 했다.

입추는 잘 익은 가을햇살을 동해바다에 뿌렸다. 독도수비대 장병들의 전투의지는 가을대추처럼 익을 대로 익었다. 통일조선의 언론들은 어른스러움을 요구하면서도, 유사시는 일전도 불사해야 한다고 불을 지폈다. 머리띠를 동여맨 국민들은 더 이상은 용서가 안 된다고 부르짖고 있었다. 독도가 일본 땅이라는 외침이 커질수록 '대마도는 우리 땅' 이라는 구호가 고개를 들기 시작했다. 대마도는 특히 세종대왕 이래로 일본보다는 조선과 더 많은 인연을 갖고 있었다. 광화문의 이순신은 독도를 바라보며 눈을 부라리고 있었다. 서대문 형무소의 영혼들은 동해바다로 몰려갔다.

양국의 외교관들은 보따리를 싸들고 열심히 서로를 찾았다. 대안에 또 다른 대안을 제시하며 성과 없는 명분싸움을 하고 있었다. 그들은 국익의 전도사인양 서로의 입장을 내세워 상대를 자극했다. 얼굴에 핀 야릇한 미소 위로 가슴속에 품은 비수가 칼날을 들어내고 있었다. 그들의 입 싸움은 서로를 어르고 달래면서 씨름판을 달구고 있었다. 일본 외교관의 콧대는 하늘 모르게 높아지고 있었다. 마치 전쟁판에서 이긴 것처럼 행동했다. 승자의 콧대였다.

주변의 중매쟁이들이 훈수 패를 들고 서울과 도쿄를 오갔다. 이번 싸움에 밥그릇을 챙기고자 하는 국제사회는 두 패로 갈라서고 있었다. 미국은 어정쩡한 자리에 서서 작두타기를 하고 있었다. 중국은 이번에 통일조선이 밀리면 다음은 중국 차례라는 듯 통일조선에 패를 보이며 훈수를 두고 있었다. 러시아는 독도가 쿠릴열도인양 통일조선의 뒤에 숨어 패를 흘깃흘깃 보였다. 미국을 등에 업은 일본의 고집은 드세고, 독도를 차지하겠다는 집념은 바위를 뚫고 있었다. '독도를 넘어 쿠릴열도로'라는 구호 아래 '가미카제'가 다시 등장했다.

미국 태평양함대의 과반을 넘는 군함들이 일본으로 몰려들고 있었다. 중국의 함대는 서해를 넘어 동해 쪽으로 힘의 축을 옮기고 있었다. 러시아의 극동함대는 쿠릴열도에 진을 치고 있었다.

미국은 '혈맹'이냐, '집단자위권'이냐를 놓고 저울질하고 있었다. 한반도가 통일된 후 통일조선의 전략적 가치는 일본열도의 가치를 넘어서고 있었다. 손잡는 위치에 따라 저울대가 왔다 갔다 했다.

독도에 잠자리 때가 찾아들고, 여명이 더욱 찬란해질 시기에 그들은 소리 없이 다가왔다. 중재의 패들이 소진되지도 않았는데, 미국이 머뭇머뭇하는 사이에 무엇이 그리 급한지, 일본군은 가미카제의 구호로 머리를 잔뜩 싸매고 때를 지어 독도 앞바다로 몰려들었다. 해병대 전사들을 태운 상륙함이 앞장선 것으로 보아 독도에 상륙해 점령을 시도할 것이 분명해졌다.

최차수 정령은 독도수비대의 장병들을 한자리에 모아 훈시했다.

"우리 조상들이 대대로 지켜온 우리 조국, 우리 땅인 독도를 향해 일본군의 무리들이 쳐들어오고 있다. 우리는 이 땅을 지키라는 조국의 명을 받고 오늘 이 자리에 섰다. 조국이 부여한 이 숭고한 임무를 수행할 자신이 있는가?"

"예! 자신이 있습니다. 자신이 있습니다."

장병들은 주먹을 불끈 쥐고 전투의지를 다짐했다.

"그러면 되었다. 우리가 죽음을 무릅쓰고 전력을 다해서 싸운

다면, 이 독도를 지키며 승리할 수 있을 것이다. 자랑스러운 독도 수비대 요원답게 명예롭게 싸우자! 각자 전투 위치로!"

일본해군은 3개 제대로 나누어 위세당당하게 전진했다. 전위에는 해군의 초계함과 구축함 함대가 앞장섰다. 중위에는 해병대의 상륙함과 해군의 이지스함이 주축을 이루었다. 후위에는 전함과 헬기를 탑재한 준항공모함 및 대형 전투지원함이 주축을 이루었다. 약 200여 척이 짝을 이룬 기동함대였다. 그들은 위세를 앞세워 빨리 독도를 포기하고 도주하라는 신호를 보내고 있었다. 일본의 국수주의자들은 '가미카제'의 머리띠를 동여매고, 배를 타고 나와 후방에서 성원을 보내고 있었다.

통일조선의 군은 4개 제대로 편성하되, 제한된 전력만 독도수비에 편성했다. 독도의 방어의 핵은 국경경비대 소속의 독도수비대에 임무를 주었다. 육군을 배치하는 방안도 검토했으나, 독도는 지형이 좁고 험해 대규모 육군병력의 배치를 허용하지 않았다. 또한 지형의 이점을 가장 잘 알고 활용할 수 있는 독도수비대에 맡기는 것이 최선이라 판단되었다. 독도지역을 둘러싸고 종심지역에는 국경경비대의 주력이 배치되었다. 그 앞에는 해군의 구축함 등 주력함이 배치되었고, 최전방에는 초고속정과 경비함 및 잠수함 등이 배치되어 상대전력의 기동을 저지하고 방해했다. 그러나 전력의 30%만을 독도해역에 배치하고, 70%는 다른 목적을 위해 예비로 보유하고 있었다.

　초가을 안개는 짙고 어두웠다. 오전 내내 바다를 삼키고 독도를 가렸다. 부슬부슬 내리는 가을비가 더해 시계는 제로였다. 기습에는 최적의 날씨였다. 만약에 날씨가 좋았다면, 일본군의 위용에 통일조선의 장병들은 위축되었을 것이다.

　일본군은 독도에 함포사격을 시작으로 오전 6시를 기해 공격을 개시했다. 바위들은 날아오르고, 섬은 신음을 쏟아냈다. 비록 전쟁선포는 없었지만, 일본의 국수주의자들의 주장대로 전쟁은 시작되었다. 처음에 그들의 기세는 맹렬했다. 그러나 그 기세는 한나절을 버티지 못했다. 통일조선의 초고속정들이 바다를 휘저으며 일본 상륙함대의 기동을 제한했다. 수적으로 우세한 잠수함 전단이 공중전이 시작되기도 전에 일본군의 주력함대를 공격했다.

　통일조선의 주력함대는 상대의 허점을 공격했다. 바로 상대의 허리인 대마도를 공격한 것이다. 일본 해병에 비해 상대적으로 우세한 통일조선의 해병 상륙전력은 초고속정을 이용해 상대의 조그만 저항을 물리치고 대마도에 상륙할 수 있었다. 후방기습을 당한 일본군은 우왕좌왕했다. 독도 공격에 모든 역량을 집중하느라 대마도 방어를 똑바로 하지 못한 것이 화근이었다. 통일조선의 장거리 미사일은 바로 대마도의 정보시설과 수비시설을 집중적으로 타격했다. 해병대가 기습적으로 상륙한 시점에서는 상대는 전투다운 전투를 펼칠 수가 없었다. 일본의 공군기들은 짙은 안개로 지상근접전투를 지원하는 데 한계가 있었다. 일본의 해군들은 독도에 상륙을 하지도 못한 사이에, 통일조선의 해병대는 대마도에 상륙하여 3개 지점에 거점을 구축했다.

통일조선 정부는 오전 11시에 신속하게 성명을 발표했다.

"금일 오전 6시를 기해 일본은 선전포고도 없이 통일조선의 영토인 독도를 공격했다. 통일조선은 영토를 지키기 위해 독도방어에 최선을 다하고 있다. 또한 통일조선의 군대는 일본군의 독도공격에 대응하는 차원에서 대마도 상륙작전을 실시하였다. 앞으로 이번 작전에 대한 모든 책임은 선전포고도 없이 독도를 무단공격한 일본정부가 져야 할 것이다. 우리는 일본정부가 조속히 이성을 되찾아 정중하게 사죄할 것을 요구하는 바이다. 만약 일본정부가 사죄를 거부하고 독도를 넘어 울릉도나 제주도 등 한반도 본토를 공격한다면, 우리는 가용한 모든 수단을 사용해 일본의 본토를 초토화시킬 것이다. 통일조선은 유엔안보리 소집을 요구한다."

성명은 간략했지만 통렬했다. 국제사회는 일제히 일본을 비난했다. 그동안 남과 북으로 갈라져 사회적 통합을 완벽하게 이루지 못하고 서로를 원망하던 통일조선의 국민들은 분개하며 단결했다. 정부를 적극적으로 지지했다. 이제는 일본과 전면전도 불사해야 한다는 의지를 보였다.

지독한 가을안개는 오후 3시가 되어서야 거쳤다. 독도 앞바다는 불타는 일본의 함정들로 아귀비환을 이루고 있었다. 일본의 상륙함 1척은 상륙도 못해보고 독도 2km 전방에서 잠수함의 공격을 받아 반파가 되어 침몰직전에 있었다. 다른 한 척도 공격을 받은 듯 연기를 내 품고 있었다. 일본의 해병대 요원들은 침몰하는 상륙함에서 뛰어내려 다른 수송함의 구조를 받고 있었다. 일본해군의 이지스함과 전함들은 미사일과 잠수함의 공격을 받아 대부분 반파되거나 전투수행능력을 상실하고 전장에서 등을 돌리고 있었다. 200여 척의 함정 중 제대로 전투를 수행할 수 있는 함정은 없어 보였다. 가을비는 그들의 비참함을 어루만지듯 부슬부슬 내리고 있었다.

통일조선군의 해병대는 대마도에 상륙한 뒤, 교두보를 넓혀가며 대부분 지역을 장악했다. 증강된 1개 사단 규모가 상륙에 성공하고, 보병사단 등 후속부대들도 일정표에 따라 착착 도착하고 있었다. 독도 지역에서 통일조선군의 피해는 크지 않았다. 전투기 5

대 완파, 잠수함 3척 침몰, 경비함 3척 완파, 구축함 2척 반파, 이지스함 1척 경파 등 이었다.

미국정부는 뒤늦게야 상황을 파악한 듯 부지런히 움직였다. 일본군의 기습공격을 알고도 모른 척하고 있던 그들은 예상 밖의 이 상황을 빨리 봉합하고 싶어 했다. 미국의 국무부장관과 국방부장관이 특별기편으로 서울로 날라 왔다. 그들은 조건 없는 휴전카드를 꺼냈다. 그러나 우리가 이제야 조건 없는 휴전을 받아들일 수는 없었다. 바로 일본이 선전포고도 없이 먼저 공격을 한 것이고, 우리 측의 피해도 있었기 때문이었다. 국민정서는 지금이야말로 일본의 나쁜 버르장머리를 고쳐주어야 한다는 것이었다. 통일조선 정부는 100% 피해보상, 독도 영유권 주장 영구철회 및 통일조선의 영토 인정, 일본 정부의 정중한 사죄를 요구했다. 만약 이 3가지 요구사항이 관철된다면 대마도에서 철수할 것이라고 종합된 안을 제시했다. 승자의 아량이 듬뿍 담긴 조건이었다.

미국정부와 국제사회의 중계노력으로 일본은 3일 만에 통일조선의 제시안을 받아들였다. 대마도가 완전히 통일조선의 수중으로 들어가는 시점에서 더 이상 시간을 연장한다면 대마도를 상실할 수 있다는 우려가 담긴 결정이었다. 해군력의 대다수를 상실한 마당에 더 이상 적절한 반격이 불가능하다는 것을 인식한 일본정부의 판단에 따른 것이었다. 양국 간의 협상은 미국이 중개하는 데서 열려 하루 만에 종결되었다. 아베정권 이후 한동안 일본 쪽으로 기울었던 미국의 저울추는 이제 통일조선 쪽으로 옮겨가고 있었다.

통일조선 국민들의 사기는 극도로 올랐다. 남북한 출신의 군인들이 군사통합 후 함께 싸운 첫 전투에서 대승을 거두었다는 데 큰 긍지를 느꼈다. 그동안 있었던 남북 주민들 간의 사소한 갈등이 봉합되었다. 통일된 국가에 대한 자부심이 높아졌다. 국제사회는 통일조선의 저력을 높이 평가했다. 그동안 세계적으로 최강 중 하나라고 평가되던 일본 해군을 단 하루 만에 격파하고, 3일 만에 대마도를 점령한 통일조선군의 능력은 국제사회를 놀라움에 빠지게 했다. 세계의 언론들은 일본의 침략 근성을 비난했고, 통일조선의 정당방위를 높이 평가했다. 그리고 통일조선의 아량이 담긴 종전조항을 반겼다.

통일조선의 승전의 주요 요인 중 하나는 군사통합과정에서 당시 북쪽의 주요 장비를 인수하여 잘 활용한 것이었다. 특히 잠수함함대와 고속정함대, 장거리미사일은 핵심적인 역할을 했다. 일본의 본토를 공격할 수 있는 장거리미사일과 핵능력은 일본군의 행동을 극도로 제한하였고, 통일조선군의 보복능력을 극대화하는 역할을 했다.

　남북의 국민과 군사통합을 완료한 군인 및 남북한의 우수한 군사장비와 무기가 함께 한 멋진 승전에 온 국민은 열광했다. '우리는 하나다' 라는 구호가 한반도 곳곳에 울려 퍼졌다. 서로가 손을 잡고 서로를 격려했다.

세계의 선진강국으로

통일조선이 독도분쟁에서 일본을 누르고 승리하게 되자, 세계의 눈은 한반도로 쏠리게 되었다. 세계는 몹시 놀랐다. 통일이 된 지 7년도 채 안 된 통일조선의 군대가 막강한 일본해군을 완파하고, 보복 차원에서 대마도를 속전속결로 점령했다는 것을 믿을 수 없는 일이라고 평가했다.

특히 주변 4국은 그저 어리벙벙한 느낌으로 통일조선군의 전격전의 모습을 지켜보아야 했다. 그들은 통일조선의 단합된 힘과 전략에 놀라움을 금치 못했다. 전략가들은 고속정과 잠수함을 이용한 차단작전과 신속한 기동작전을 높이 평가했다.

그동안 한국에서 일본으로 동맹의 무게 중심을 옮긴 미국은 심각한 고민에 빠졌다. 이번 작전에서 보여준 통일조선의 힘은 일본을 능가했고, 군사력의 활용은 어느 강대국 못지않았다는 데 미국의 고민이 있었다. 태평양 지역에 새로운 세력이 부각된 것은 미국의 동아시아 전략의 축을 흔드는 일이었다. 미국은 당장 누구와 손을 잡고 중국을 견제할 것인가 고민할 수밖에 없었다.

중국과 러시아는 새로운 강자의 등장을 우려의 눈으로 보면서도, 우호협력 관계를 강화하기 위해 노력했다. 대사관의 인원을 증원하고 대사의 직급을 상향조정했다. 한반도에 대한 투자를 확대하고, 상품에 대한 관세인하 등 편의를 제공했다. 국경일 등에는 대규모 친선사절단을 보내왔다.

통일조선을 우습게보고 도발했던 일본은 코가 석자는 빠졌다. 해군의 주요 전력이 거의 전멸한 상황에서 보복능력을 상실한 일본은 통일조선이 대마도를 되돌려 준 것에 감사하며, 평화조약의 합의문을 충실히 이행했다.

세계 언론들은 연일 1면 톱으로 통일조선과 일본과의 해전을 특집형태로 다루었다. 막강한 전투력을 가진 일본해군이 손 한번 제대로 쓰지 못하고 완패한 사실을 분석하느라 바빴다. 통일조선의 해병대가 측면 우회공격을 통해 대마도를 3일 만에 완전히 탈취한 것도 전사에 길이 남을 전투라고 극찬을 아끼지 않았다. 동아시아를 주도할 새로운 세력의 등장으로 앞으로 힘의 균형이 재편될 것이라고 평가하고 있었다.

통일조선의 경제는 통일 후 처음에는 어려움이 있었으나, 그 후 약 7%의 완만한 회복세를 보이다가, 일본과의 전쟁에서 승리한 후로는 경제성장률이 10%를 넘는 경이로운 성장을 하게 되었다. 국민소득도 급격히 증가하여 통일 후 10년이 지난 시점에서는 남북한 주민의 소득이 거의 평균화될 정도가 되었다.

성공적인 통일을 이루고 유럽의 주도국가가 된 독일과 비교해 보면, 통일의 성과는 더욱 돋보였다. 통일의 이익으로서 독일인들은 "내실 있는 국제경쟁력의 증진"을 꼽았다. 실제로 통일 후 20년 동안 독일은 외부로 눈을 돌릴 여유 없이 엄청난 국력을 '실질적 통일'을 위하여 쏟아 부었다. 구동독의 도로, 철도, 공항 등 낙후된 사회 기반시설의 정비, 경쟁력을 잃은 국영기업의 청산, 분단 및 탈 동독 등으로 인하여 발생한 분단 재산의 처리, 가치를 잃은 구동독 예금과 현금자산을 유로로 지급하는 일, 기금을 납부하지 아니한 채 연금지급대상에 편입된 연금수급자에 대한 연금지급과 의료보험 혜택의 부여 등은 엄청난 예산이 투입되는 일이었다. 뿐만 아니라 교육, 행정, 법원, 검찰, 경찰 등 거의 모든 영역의 사회적 시스템을 새로이 건설하는 데도 많은 인력과 예산이 투입되었다. 많은 불만들이 터져 나왔지만 독일의 정치인들과 기업인들, 대다수 국민들은 인내심을 가지고 차근차근 해결해 나갔다. 이제는 동베를린 지역이 서베를린 지역에 비하여 서울의 강남과 강북의 편차를 상회할 만큼 훨씬 번화한 거리가 되었다. 서독 기업들에게 동독은 엄청난 투자의 기회를 제공했고, 통일독일은 훨씬 더 내실 있는 국제경쟁력을 갖게 되었다.

통일조선은 독일의 성공사례를 바로 도입하여 활용하고, 실패사례는 반면교사로 삼았다. 통일 초기부터 투자수익을 높이기 위해서 북쪽지역에 투자를 집중했던 선진국들에 추가하여, 유럽의 각 국가와 OECD국가들이 한반도에 투자를 확대했다. 특히 통일조선이 일본과의 분쟁에서 압도적인 승리를 거두자 세계적인 투자회사와 투자자들이 통일조선에 신규투자를 해왔다. 한반도에는 중국이 성장기에 그렇듯이 돈이 남아도는 상황이 발생했다. 우려했던 통일비용의 문제는 외국투자자본의 증대로 큰 문제없이 해결되었다. 북쪽의 경제는 활성화되었고, 한동안 10%가 넘는 경이적인 성장을 지속할 수 있었다.

UN 등 국제기구들도 통일조선에 대한 대우를 달리했다. 통일조선은 8500만 명의 인구에 GDP 5만 달러를 상회하는 국가로서 영국, 프랑스와 이태리를 압도하고 독일과 대등한 위상을 보이고 있었다. 국제 분담금의 규모를 늘리자, 국제기구에 통일조선 국민들의 취업의 문이 확대되었다. 통일조선의 외교관들은 국제사회에서 대우를 받았다.

많은 외국학생들이 통일조선에서 유학하기를 희망했다. 외국에서는 한글과목을 개설하여 가르치는 학교가 늘어났다. 일본을 이긴 통일조선의 저력을 확인하기 위해 수많은 관광객이 봇물처럼 쏟아져 들어왔다.

통일조선은 미국, 중국, 일본, 독일, 러시아에 이어 명실 공히 G7 국가의 대열에 들었다. 평화를 창출하는 국가로 인정을 받았다. 지금까지 세계질서에 종속되어 순응하는 국가였다면, 이제는 세계질서를 창출하는 데 주도적인 역할을 하는 선진강대국으로 우뚝 설 수 있었다.

이러한 사실에 제일 기뻐하는 사람들은 북쪽주민들이었다. 그들은 열심히 노력한 보람을 찾았다. 독일보다 빠른 기간에 사회통합을 이루고, 남북한 군의 성공적인 군사통합의 힘으로 일본과의 분쟁에서 승리를 했다는 데 한없는 자부심을 느꼈다. 그들의 무기체계들이 일본과의 분쟁에서 승리의 주역으로 활약을 했다는 데 긍지를 가졌다. 독일보다도 더 빨리 남북 주민들의 국민소득이 평균화되는 데 기쁨을 느꼈다. 통일 후 8년이 지나지 않아 '우리는 하나다' 라는 구호가 현실로 다가왔다. 통일조선은 세계의 선진강국 대열에 합류했다.

일류국가를 향한 발돋움

"오빠! 어서 오세요. 날씨가 상당히 추워졌어요."

신소녀 대표는 제일 먼저 도착한 강 기자를 반갑게 맞이했다.

"그래 아직 도착들 안했어?"

"오빠가 항상 일등이시잖아요."

이렇게 말하는 신 대표의 이마에도 삶의 깊이를 말하듯이 깊은 골이 패였다.

"요즈음 식당 운영은 잘 되지?"

"오빠들이 도와주어서인지, 평양에서 맛있는 밥집으로 소문이

낮잖아요. 손님들이 끊이질 않고 있어 다행이에요. 요즈음은 외교관들의 발길도 계속 이어지고 있어요."

"잘 되었어. 이제 우리 신 대표가 오빠들 먹여 살려야겠네."

"오빠! 걱정하지 마세요. 지금까지 오빠들 바라보고 살아왔는데, 이제 다들 은퇴하셨으니, 제가 더 열심히 해야지요. 앞으로 오빠들 식사는 반값이에요."

둘이 이야기 하는 동안 친구들이 하나 둘 모여들어 7시 정각이 되자, 성원이 되었다.

"오늘 오전에 김상웅 회장이 전문경영인에게 회사를 물려주고 은퇴를 선언하여 우리 모두가 백수가 되는 날입니다. 김상웅 회장의 은퇴를 축하하고, 화려한 백수들의 모임을 선포합니다. 우리가 백수협회 선배로서 김 회장을 따뜻하게 박수로 환영합시다."

강 기자의 유머에 모두가 폭소를 터뜨리며 힘찬 박수를 쳤다.

12월 마지막 주에 친구들은 정례모임을 가졌다. 통일시계는 이제 8년이 지났음을 가리키고 있었다. 평양에 와서도 모두가 분기별 모임은 빠지지 않고 참석하고 있었는데, 하나 둘 은퇴를 하고나니 특히 이 날이 더욱 소중한 날이 되었다. 공직에 있던 박겨레 장군은 북부지역사령부의 사령관을 끝으로, 이대한은 외교부 장관을 마지막으로, 그리고 황만주는 국정원 차장과 국영기업체 사장을 끝으로 벌써 3~4년 전에 퇴직을 했다. 평생을 통일전문 평기자로 살아온 강 기자도 작년에 평양지국장 직을 후배에게 물려주고 은퇴했다. 오늘 친구들 중 마지막으로 김상웅 회장이 은퇴를 선언하여 완전히 백수들의 모임이 된 것이었다.

"오빠들! 오늘은 특별한 메뉴를 만들어 보았어요. 고향음식을 들어보시라고 모처럼 단풍미인 오곡밥에 정읍 한정식 메뉴를 준비했어요."

한 대표는 정읍의 각종 산나물이 가득한 상차림을 내놓으며 말했다. 홍어부침, 조기탕과 청국장찌개가 포함된 식탁은 풍성하고 입맛을 돋우었다.

"봐라! 오늘도 강 기자 앞에만 홍어부침이 있네. 역시 우리 신 대표 사랑은 강 기자라니까."

먹성 좋은 이대한이 침을 삼키며 신 대표를 또 놀렸다.

"오빠는, 혼날 줄 알아."

"오늘은 정읍의 복분자주가 입맛을 더 돋우는구먼!"

술에는 일가견이 있는 황만주가 입맛을 다시며 연신 복분자주를 마셨다.

"오늘은 우리가 살아온 날들을 회고해보고, 우리의 통일조국이 일류국가가 되기 위해 앞으로 나아갈 방향을 이야기해봅시다."

강 기자는 식사가 어느 정도 마무리되고, 정읍의 자생녹차와 식혜가 후식으로 들어오자 토론의 문을 열었다. 그냥 먹고 헤어지는 것이 아니라, 의미 있는 주제를 토론하는 가치 있는 모임을 만들고자 배려하는 강 기자는 오늘도 근사한 주제를 내걸었다.

"오늘 백수클럽에 가입한 김상웅 회장부터 포문을 여시지요. 회고하는 이야기를 먼저 합시다."

"나는 친구들도 잘 알다시피, 지난 40여년을 모름지기 섬유회사 하나를 이끌며 살아왔네. 그동안 참 고생도 많았지. 대학을 졸업하고 한일합섬에 3년을 다니다가 500만원을 가지고 조그만 오퍼상을 시작했다네. 처음에는 참 힘든 생활이었지. 그러나 섬유산업이 수출산업으로 발돋움하면서 열심히 노력한 결과가 나타났지. 1998년도의 IMF의 위기를 극복하며 회사는 더욱 성장했네. 지금까지 가장 보람 있었던 것은 개성공단에 투자해서 신의주와 라진·선봉지구에 계속 진출함으로써 통일하는 데 조그만 역할을 했고, 통일 이후에는 북쪽지역에 집중적으로 투자하여 북쪽주민들의 입는 문제 해결에 조그만 기여를 한 것이라고 생각하네. 지금도 가장 기억에 남는 것은 독일통일 당시 베를린에 모여 긴 밤을 세워가며, 우리의 통일방안에 대해 건설적인 토론을 하던 시절이네. 그 때는 통일이 바로 우리 눈앞에 있는 것처럼 생각했었지. 앞으로 백수클럽의 막내로서 봉사를 할 것이니 잘 봐주시기 바라네."

김 회장의 농담에 모두가 허심탄회하게 웃었다.

"나는 외무고시에 합격하여 외교부에 처음 입사할 때만 해도 '정읍 촌놈이 무엇을 할 수 있을까?' 하고 많은 걱정을 했었네. 그러나 독일의 통일현장을 보면서 우리 조국의 통일을 위해 외교관이 할 일이 참 많다고 생각을 했고, 나도 열심히 해야겠다는 각오를 하게 되었지. 그 이후부터는 동료들보다 더욱 열심히 일했고, 통일의 시점에서는 정책실장과 외교부장관으로 역할을 어느 정도 할 수 있었다고 생각하네. 그것은 내가 우리의 통일에 대비해 평상시부터 전략을 생각하고, 통일을 위해 주변국의 활용방안을 모색했던 것이 도움이 되었다고 생각되네. 지금 생각해볼 때 가장 어려웠던 순간은 통일의 과정에서 주변국이 이를 방해하고자 했을 때, 한반도 통일의 필요성을 그들을 찾아다니며 일일이 설득하는 일이었지. 친구들도 잘 알겠지만, 특히 일본은 남북한의 통일을 방해하기 위해 엄청난 노력을 했었지. 우리의 동맹국인 미국마저도 국익을 최우선에 두고 통일을 탐탁지 않게 생각하며 적극적으로 지원을 하려 하지 않았을 때, 그들을 설득하느라 무척 어려웠지. 외교부장관 시절에는 통일 직후 통일조선의 안정과 평화체제를 확보하느라 동분서주했던 기억이 많이 나네. 그러나 후회 없는 공직생활이었다고 자부하네."

이대한은 통일의 시점에서 외교부장관으로서 임무를 수행하던 과정의 어려움이 떠오르는 듯 감회가 새로운 모습으로 천장을 쳐다보았다.

"우리는 친구의 그 당시의 어려움을 잘 알고 있지. 우리 이 장관을 위해 힘찬 박수를 칩시다."

강 기자의 제안에 모두가 어려운 시기에 통일의 여건을 개선하고, 통일조선의 안전을 보장하기 위해 노력했던 이대한을 위해 힘찬 박수를 보냈다.

"나도 대학을 마치고 당시 중앙정보부에 들어갈 때는 과연 촌놈이 이런 정보기관에 들어가 잘 할 수 있을지 많은 걱정을 했었네. 사실 우리가 1990년에 독일에서 만날 때만해도 어리벙벙했었지. 그러나 그곳에서 나는 할 일을 찾았다고 말할 수 있을 걸세. 그 때 밤을 새우며 토론하는 과정에서 통일의 길에 내가 할 일이 많겠구나 생각을 했었네. 귀국 후 쓴 독일통일에 관한 책이 베스트셀러가 되면서부터 이 촌놈이 인정을 받게 되었지. 그리고 우리가 분기에 한번 씩 모여 정책토론을 했던 것이 세상을 보는 눈을 보다 밝게 해주었지. 가장 어려웠던 시절은 아마도 개성공단에서 시위가 발생하여 당시 북한 전 지역으로 시위가 확대될 시점이 아니었나 생각하네. 우리는 당시 급변사태가 나는 것이 아닌가 하고 염려를 했고, 그러한 상황이 발생하면 '북쪽에 김정은 정권보다도 더 독한 군사정권이 들어서면 어쩌나?' 혹은 '중국이 직접적으로 개입해 동북공정을 실시하면 어쩌나?' 하는 여러 가지 걱정을 했었지. 비밀리에 이를 막기 위한 노력을 하면서 참 고생을 많이 했었네. 다행히 개성공단의 시위가 김정은과 김진성의 마음을 움직여 북한을 변화의 길로 들어서게 만들었다는 것이 얼마나 다행인지 모르겠네. 우리 민족에게 천운이 작용한 것이라 믿네."

말을 마친 황만주는 복분자주 한잔을 시원하게 들이켰다.

"나는 지금까지 항상 황만주에게 감사하며 살고 있네. 나는 고등학교를 졸업하고 바로 육군사관학교에 들어가 전방에서 소대장을 마치고 서울로 위탁교육을 나왔었지. 그 때 제법 끗발 좋은 황 담당관에게서 밥을 많이 얻어먹었지. 친구 참 고맙네. 대위 때 베를린에 있는 병과학교에 유학을 가서 우리 친구들을 만났었지. 그 때 우리 모두는 총각이었고, 독일 통일을 바라보면서 많이 흥분되어 있었지. 그 다음날 시험이 있는데도 불구하고 밤새워 토론하던 시절이 그립네. 바로 그 때의 경험이 오늘의 나를 만들었지 않았느냐 생각해보네. '우리도 총을 사용하지 않고도 통일이 될 수 있겠구나' 라고 생각을 했고, 평화통일에 대한 연구를 하는 계기가 되었지. 덕분에 군대에 근무할 때도 평화를 지키는 군인으로 만족하지 않고, 평화를 만들어가는 군인이 되고자 노력을 했었네. 40여 년의 군대생활 동안 가장 영광스러운 일은 통일 직후에 북부지역사령관으로 군사통합의 주역의 역할을 했다는 점일세. 가장 부끄러운 일은 군사통합과정에 함흥지역에서 항명사건이 발생했던 일이지. 그 이유야 어찌되었던 단 한건의 사고도 없이 군사통합을 이루겠다는 꿈을 산산조각 낸 부끄러운 사건이었네."

박겨레 장군은 지금도 몹시 아쉬운 듯 씁쓸한 미소를 지었다.

"우리가 통일 직후에 박 장군의 평양 사무실에 몰려가 차를 마시며 브리핑을 받았었지. 바로 엊그제 같은데 8년의 세월이 흘렀네. 내가 대학교를 마치고 뜬금없이 기자가 되겠다고 하자 어머님이 몹시 반대를 하셨었지. 그러나 이름이 기자였으니, 운명이 나에게 기자의 직책을 부여했다고 생각하네. 40여 년을 평기자로 생활하면서 많은 중요한 경험들을 했고, 남들은 평생 한건도 하기 힘들다는 특종기사를 백건 가까이 터트리기도 했지. 특히 통일전담 기자생활을 하면서 남북 간의 거의 모든 사건을 다루었던 기억이 되살아나네. 덕분에 북쪽 출신 며느리와 사위를 보기도 했지. 인생을 살면서 의미가 있었던 것은 평생을 염원하던 통일을 볼 수 있었고, 조그만 힘이나마 보탤 수 있었다는 것이지. 지금 돌아봐도 멍청하리만치 사명감에 불타는 생활을 하지 않았나 생각이 드네. 그리고 항상 어려웠던 시기에 좋은 정보도 주고 힘을 실어준 친구들이 있어 참 행복한 인생이었던 같네. 인생길을 여기까지 함께 해주어 무척 고맙네."

강 기자는 행복한 미소를 지었다.

"사랑하는 오빠들! 저도 한마디 해도 되요?"

식혜를 가져오던 신 대표가 끼어들며 말했다. 모두가 박수로 청했다.

"나는 지금까지 노처녀로 살면서도 오빠들 덕분에 외로운지를 모르고 지냈어요. 그리고 오빠들의 통일을 향한 열정을 느끼면서 저도 몸이 달아오르고는 했었지요. 오빠들이야 말로 진정한 통일의 주역이라 생각해요. 오빠들과 함께 한 날들이 너무 자랑스러워요. 오빠들 감사합니다."

신 대표는 진심이 담긴 감사인사를 했다. 친구들은 모임 때 마다 정성을 다해 맛있는 식사를 준비해준 신 대표에게 뜨거운 박수를 보냈다.

"지금 통일된 우리 조국은 번영과 발전을 지속하고 있네. 이제 남은 과제는 G7을 넘어서서 일류국가가 되는 것이라고 생각하네. 우리 조국이 일류국가가 되기 위해서 꼭 필요한 핵심과제를 하나

씩 발표하는 것으로 오늘 모임을 마무리 할까하네."

강 기자가 친구들을 돌아보며 마지막 주제를 꺼냈다.

"나는 미래지향적인 시대정신을 창출하는 일이 가장 중요하다
고 생각하네."

황만주 차관이 먼저 나서서 말했다.

"시대정신(時代精神, Zeitgeist, Spirit of the Times)이란 한 시
대의 사회에 널리 퍼져 그 시대를 지배하거나 특징짓는 정신을 말
하지. 즉 한 시대의 문화적 소산에 공통되는 인간의 정신적 태도
나 양식(樣式) 또는 이념을 의미한다고 생각하네.

통일 후 우리나라는 일류국가의 문턱에 서있네. '현 세대를 살
아가는 우리에게 시대정신은 무엇인가?' 우리가 현시점에서 당연
히 던져야할 질문이라고 보네. 우리는 이 질문에 쉽게 대답할 수
없을 것이네. 이를 고민하지 않았고, 여기에 대한 국가차원의 담
론이 없기 때문일세. 정신없이 사는 우리가 올바른 가치를 구현할
수 없듯이, 정신없이 사는 민족이나 국가는 의미 있는 민족정기나
국가사상을 정립할 수 없을 것이라 생각하네.

시대정신을 포함한 문화적인 변화나 개혁은 최소한 10년 또는
세대 단위로 이루어진다고 볼 수 있네. 가치관, 의식과 관행 등을
포괄하는 문화의 경우에는 공식적인 법과 제도가 장기간에 걸쳐

습관화되면서 문화의 일부로 자리잡아가기 때문이지.

우리가 지향하는 일류국가에서 모든 국민은 누구나 애국심을 갖고 나라를 사랑하고 지켜야 할 의무가 있네. 국민은 국가로부터 보호받는 동시에 국가를 지키며 주인으로 번영발전을 선도해야 할 것이네. 이를 위해 전 국민이 공감하며 동참할 수 있는 충·효·예의 한국적인 전통가치와 선비정신의 바탕 위에 세계화시대의 요구사항을 접목시킨 미래지향적인 시대정신이 절실히 요구된다고 보네.

통일 조국의 시대정신은 무엇일까? 그것은 담론화 과정을 거쳐야 하겠지만, '희망찬 일류국가' 및 '행복한 일류시민' 이 될 수 있을 것이네. 여기에 추가하여 '자주' 와 '자립' 은 우리가 붙들고 있어야 할 담론화의 주제가 될 것이라고 생각하네. 시대정신은 우리나라의 전통과 사상을 토대로 세워진 하나의 건축물이지. 올바른 시대정신을 정립하는 것은 어떠한 일보다 선행되는 것으로 우리는 '할 수 있다' 는 '신바람' 의 재창출로 이것을 이루어 낼 수 있을 것이라 확신하네."

"참 좋은 제안이라고 보내. 나는 시대정신에 덧붙여 견실한 제도의 정착을 중요한 요소라고 보내."

박겨레 장군이 제도의 문제를 제기했다.

"일반적으로 인간의 행동은 동기부여(動機附與)에 의해 결정되고, 동기부여는 결국 제도에 의해 결정된다고 보네. 통일 이후 지난 8년은 우리 사회가 본질과 토대를 바꾸는 형질전환의 시기였다고 보네. 이러한 사회변화를 일으키고 있는 한민족의 꿈과 욕망은 무엇인가? 현재 우리의 모습은 이런 변화 속에 어떻게 투영되고 있는가? 이런 변화는 제도화되고 있는가? 이러한 질문에 답하는 것은 우리는 어디에 서 있는가에 대한 의문을 해소해준다고 생각하네.

행위규칙으로서의 제도는 다양한 내용을 갖고 있지. 사회 구성원들 사이에 공유하는 가치관, 문화와 관습 등 비공식적인 규칙에서부터 공식적인 법령에 이르기까지 인간관계를 규율하는 공식적 혹은 비공식적인 행위규칙을 포함하고 있네. 국민들의 행동을 바꾸고자 하는 노력은 그 사회의 행동규칙인 제도를 고치는 작업이지. 즉 제도를 고치는 것은 개혁의 충분조건은 아닐지라도 필요조건이 될 수 있다고 보네. 즉 좋은 제도가 더 우수한 생산요소를 유인하기 때문에 일류국가로 발돋움하는 데 필요한 생산성과 효율성은 제도에 의해 결정된다고 해도 과언이 아닐 것이네.

국가발전을 위한 제도개혁은 노력하는 국민과 집단들이 성공할 수 있는 방향으로 이루어져야 한다고 보네. 즉 그들의 부담을 완화시키는 방향으로 추진되어야 할 것이네. 이러한 제도개혁을

'발전 친화적인 제도개혁' 이라 할 수 있지. 통일조국이 성숙한 자유민주주의 국가로 정착하기 위해서는 아직도 해결해야 할 많은 제도개혁이 산재해 있네. 사회의 구석구석에 민주적 원리와 제도가 적용되어 사회체제의 전반적인 민주화가 심화되어야 할 것이네. 국민의식이 개혁되어 스스로 법을 지키고, 남의 권리를 인정하며 자신의 의무를 충실히 수행하는 사회적 분위기가 조성되어야 하지. 정치제도는 국민의 의사를 보다 정확히 반영하고, 효율적으로 작동될 수 있도록 되어야 한다고 보네.

제도개혁의 변화는 입법과 예산으로 나타나게 되지. 입법과 예산의 지원 없이는 새로운 제도는 공허한 이야기가 될 것이네. 아무리 훌륭한 제도라도 예산이 뒷받침되지 않으면 실현가능성이 없지. 선진적인 정치세력과 정책세력이 서로 연대해야 일류화를 위한 제도개혁이 성공할 수 있지. 정치세력과 정책세력의 결합이 효율적으로 이루어져야 할 것이네. 이들이 합작하여 일으키는 제도개혁이 의식개혁의 국민운동과 결합하여 나아가면 그것이 일류화운동이 될 것이고, 이러한 운동의 결실로 통일조선의 일류화는 성공할 수 있을 것이네.

국가전략가는 제도를 바꾸기 위해 노력하는 만큼 국민의식의 변화와 국민과 함께하는 제도개선에도 높은 관심을 가져야 하지. 일류국가는 행복하고 희망찬 국민과 제도의 선진화를 바탕으로 이루어질 수 있기 때문이네. 우리 모두 좋은 제도를 만들고 이를 정착시키기 위해 최선을 다하세!"

성공적인 군사통합을 위해 온 몸을 불사른 박 장군은 감회가 새로운 듯 제도의 중요성을 강조했다.

"시대정신과 제도의 개선은 우리가 일류국가로 도약하는 데 꼭 필요한 일이라고 생각하네. 나는 여기에 덧붙여 국가의 품격을 높이는 외교를 강조하고 싶네."

이대한 장관이 외교관 출신답게 외교의 문제를 들고 나왔다.

"한반도 주변의 미국, 중국, 일본, 러시아 등은 모두 세계의 강대국이지. 당분간 우리나라의 국력은 군사력과 경제력의 지표에서 이들 국가들에 미치지 못할 것이네. 그들은 호시탐탐 우리를 엿보고 있지. 우리는 증진된 국가적 위상과 국력 기반을 바탕으로 보다 적극적인 균형외교를 통한 역할확대를 모색해야 한다고 보네. 통일조선은 모든 영역에서 국가이익을 추구하며 자주권을 확보하고 국가적 위상을 높일 수 있는 외교전략을 강화해야 한다고 보네. 즉 통일조국의 외교적 위상은 국가이익과 자주성에 기반을 두어야 할 것이네. 독자적인 외교노선을 확립하고 실천하기 위해서는 국가이익을 보호하기 위한 국제적 영향력을 증진시켜야 하지.

통일조국의 외교는 한반도 정세를 더 높은 곳에서 멀리 내다보며, 오늘의 안보와 내일의 일류국가에 대비하는 통찰력을 갖추어야 한다고 보네. 즉 통일조선은 외교와 안보 문제의 포괄적 해결에 동참하고, 때로는 문제해결을 선도하는 역할을 자임해야 한다고 보네. 앞으로 테러, WMD 반확산, 난민, 지역 안보문제 등 우리가 기여할 부분은 다양하지. 우선 그동안 다져진 기존 양자관계의 틀을 활용하면서 다자관계 외교를 강화하기 위해 적극 노력할 필요가 있네. 우리는 통일조국의 지정학적 여건을 고려하는 동시에 세계적 차원에서의 적절한 역할 모색을 시도해야 할 것이네.

국가가 외교를 수행함에 있어 예측 가능하도록 행동하고, 그를 통해 다른 나라의 신뢰를 얻는 것은 쉽지 않지. 외교란 국민들의 지지를 얻어야 한다고 보네. 통일조국은 국력에 걸맞도록 세계평화에 기여하는 유엔의 평화유지 활동 등에 적극 참여해야 할 것이네. 국제원자력기구(IAEA), 세계은행, 국제통화기금(IMF) 등에 국력에 맞는 분담금을 지출하면서 각종 국제기구에 우리 한민족이 많이 근무할 수 있도록 해야 할 것이네. 즉 일류국가로서의 위상을 제고할 수 있도록 외교역량을 강화해 나가야 한다고 보네.

통일조국의 외교가 이 모든 것을 올바르게 수행하기 위해 필요한 것이 있지. 한반도와 주변 동아시아를 둘러싼 강대국의 전략의 바닥과 표면흐름, 성층권의 흐름의 방향과 속도 및 각 흐름 간의 상호작용을 꿰뚫어 보는 통찰력이라고 생각하네."

"세 친구의 좋은 제안에 100% 공감하면서, 나는 '정의로운 나라, 법을 지키는 국민'이라는 요소를 강조하고 싶네."

감상웅 회장이 정의와 법을 강조하고 나섰다.

"10여 년 전에 마이클 샌델(Michael J. Sandel) 교수의 『정의란 무엇인가』란 책이 베스트셀러가 되었었지. 우리도 이제 사회 정의에 대해 깊은 관심을 갖게 되었다는 반증의 하나일 것이네. 그는 민주사회에서 시민들이 정의(Justice)와 공익(Common Good)에 대한 활발한 토론을 진행하는 것이 정치에서 도덕을 묻는 것이라고 강조하고 있네.

우리는 통일조국은 어때야 하는지, 즉 어떤 원리들이 공동체의 삶을 지배해야 하는지 고민하고 토론해야 한다고 보네. 통일조국이 추구하는 일류화를 위한 국민의 노력은 사실상 새로운 '국가정체성'과 '국민정체성'을 찾아가는 노력이라고 할 수 있을 것이네. 우리는 산업화와 민주화 그리고 평화통일이라는 국가과제를 성공적으로 끝내고 일류화라는 새로운 국가과제 앞에 서 있네. '과연 우리는 우리나라를 어떠한 문명국가로 만들어서 후손에게 물려주어야 하는가?'라는 질문에 답변을 할 수 있어야 한다고 보네. 그런데 이 문제는 우리 국민이 앞으로 어떠한 삶을 살고자 하는가, 우리에게 보람 있고 가치 있는 문명이란 어떠한 것인가 하는 문제와 깊이 연관되어 있지. 즉 통일조선이 일류시민들이 모여 사는 정의로운 선진문명국가를 창출할 수 있느냐 하는 문제와 직결된다고 보네.

이념과 가치에 뿌리를 내리지 않은 원칙이 없는 정치는 타락하고 붕괴한다고 보네. 미래 국가전략의 틀 속에서 원칙을 지키는 정치로 바뀌어야 한다는 말일세. 성숙하고 밝고 따뜻한 민주주의 사회란 사회정의가 살아 숨 쉬는 사회라고 볼 수 있지. 존 밀(John S. Mill)은 사회정의 혹은 분배정의(分配正義)에 대해 '사회는 동등한 권리를 갖는 사람들을 동등하게 취급해야 하며, 각자가 자기가 받을 자격이 있는 것을 받는 것이 정당한 것이다' 라고 정의하고 있지. 즉 공익과 민주시민의 도덕적인 가치가 제 자리를 잡는 것이 중요하다고 보네.

이러한 사회정의를 구현하기 위해서는 법질서 유지를 위한 강제력도 중요하지. 통일조선의 경찰도 시위를 막는 것을 주 임무로 하는 시국경찰이 아니라 범죄로부터 국민의 생명과 재산을 보호하고 사회정의를 구현하는 치안경찰 위주로 운영되어야 할 것이네. 하지만 그 이전에 사회적 관습과 도덕적 규범의 확립이 더 중요하다고 보네. 오늘날 가치체계가 붕괴된 우리의 문제는 대부분 과거 우리 사회를 지배하던 도덕적 권위가 붕괴된 데에서 연유한다고 할 수 있을 것이네. 특히 미래의 사회에서는 더 이상 강제력만으로 법질서를 확립한다는 것은 불가능한 일이므로 이제 우리도 민주사회에 걸 맞는 새로운 권위를 창출하는 데 각별한 관심을 가질 필요가 있지.

우리가 소중하게 생각하는 민주주의란 근본적으로 인간의 생활양식이며 공동체 운영의 원리이지. 요람에서부터 무덤에 이르기까지 공동체 생활을 해야 한다는 것이 인간의 숙명적인 존재조건(存在條件)이지 않겠나. 따라서 공동체 생활의 전제조건이 되는 준법정신을 갖추어야 한다고 보네. 준법정신은 민주주의 체제 유지를 위한 희생과 봉사정신이지. '모로 가도 서울만 가면된다'는 사고에서 벗어나서 준법정신을 강화해나갈 때 우리는 일류시민이 될 수 있을 것이네. 우리는 일류사회와 시민을 향한 세계시민으로서의 윤리적이고 도덕적인 능력을 구비해야 할 것이네. 물질적인 성장이 윤리적, 정신적, 문화적인 성숙으로 연결되어야 하지. 세계시민으로서의 자질과 윤리의식이 없이는 나눔과 품격의 일류문화국가를 이루는 것은 불가능한 것이네.

우리는 대부분 바르게 살고자 노력하고 있지. '의인대로야(義人大路也)'라고 맹자가 외쳤듯이 정과 의는 우리가 가야 할 길이지. 우리는 대의(大義)정신을 가지고 인생의 정도와 대도를 정정당당하게 걸어가는 늠름한 통일조선인이 되고자 노력해야 할 것이네. 우리가 정의로운 나라에 살기를 원한다면 스스로 법을 지켜야 한다고 보네."

김상웅 회장이 회사를 운영하면서 느꼈던 사항을 법과 정의라는 측면에서 조리 있게 이야기했다.

"친구들의 훌륭한 제안에 감복했네. 통일조국의 미래를 염려하는 우리 친구들의 혜안이 묻어나는 제안이었다고 생각하네. 우리 박수 한번 치세. 나는 여기에 덧붙여 문화예술 선진국으로 도약하는 문제를 제기하고 싶네."

친구들의 의견을 듣고 있던 강 기자가 문화예술의 중요성을 들고 나왔다.

"세계 석학들은 미래 선진국의 초(超)부가가치는 문화에서 발생할 것이라고 예견하고 있지. 우리가 살고 있는 세계화·지식정보화 시대의 새 병기는 문화와 예술의 파워라고 보네. 문화와 예술은 올바른 국민정신, 국민윤리, 국민성을 유지하고 발전시켜 나가는 데 결정적인 역할을 한다고 보네. 한마디로 문화는 한 나라 국민의 감성, 한 시대의 정서를 형성하는 데 크게 영향을 주지. 예술은 인간이 도달한 최상의 감성을 다른 사람에게 전하는 것을 목적으로 삼는 인간의 창조적인 활동이네. 이러한 문화와 예술의 중요성을 감안하여 통일조선의 헌법은 제10조에서 "국가는 전통문화의 계승·발전과 민족문화의 창달에 노력하여야 한다"고 명시하였네. 또 제25조에서는 "모든 국민은 학문과 예술의 자유를 가진다"고 강조하고 있지.

그런데 세계문명과 통일조국의 문화를 어느 수준에서 어떻게 결합하여 한민족의 토양에 성공적으로 정착시킬 것인가는 결코 쉬운 문제가 아니지. 통일 후 일류국가를 목표로 향해 가는 통일조선의 사회에서 문화·예술은 삶의 질뿐 아니라 경제력과 직결된 문제라는 인식이 확산되어야 한다고 보네. 국민들의 삶을 풍요롭게 하고, 창의력을 기르기 위해서는 문화와 예술을 제쳐놓고 상상할 수 없을 것일세. 통일조국이 일류국가가 되기 위해서는 고품격 즉 양질의 문화사회로 발전되어야 한다고 보네.

세계 속으로 웅비하기 위한 통일조선의 지향목표를 생각할 때, 정치와 경제의 강국으로서 대외적으로 웅비하려는 전략선택도 중요하지만, 문화의 강국으로 웅비하려는 전략선택도 동시에 고려되어야 할 것이라고 보네. 즉 통일조국은 우리의 지정학적인 위치와 주변국의 상대적 위상을 고려하여 민족공동체로서의 행복과 삶의 질의 향상을 통해 세계 속으로 웅비해야 한다고 생각하네. 인류역사에 기여하는 문화대국을 지향하는 것이 현실적이고 바람직한 목표라고 할 것이네.

이를 위해 우리는 세계적인 보편문화를 수용하면서도 우리 민족 고유의 전통문화를 창조적으로 계승하고 발전시켜 나가야 할 것이네. 즉 민족문화와 세계문화가 융합되어 승화·발전하는 창조적 문화국가가 되어야 하네.

통일조국이 문화선진국이 되려면 국가정책과 국민생활 전반에 문화적 요인을 고려하여 교육혁신, 사회적 민주화 그리고 문화민주주의의 발전 등을 위한 적절한 국가전략이 필요하지. 즉 아름다운 나라, 슬기로운 나라, 타 문화에 대한 이해 및 관용이 있는 나라, 문화민주주의 사회가 되어야 한다고 보네.

우리 민족은 가슴 속 밑바닥에 흐르는 창조적 기량과 상상력, 불가능을 가능하게 만드는 힘을 갖고 있지. 한민족의 투철한 도전정신은 우리가 하고자 한다면 못할 것이 없다는 조국의 미래상을 보여 주는 힘이 될 것일세. 우리 것을 사랑하고 더욱 발전시키는 가운데 세계적인 문명표준을 준비한다면 김구 선생이 원하는 '아름다운 문화강국 코리아'를 건설하게 될 것이네.

조국통일 후 우리는 과거로 회귀하는 이념과 세대논쟁을 넘어 미래를 보면서 실사구시(實事求是)의 실리를 추구하는 데 힘을 모아야 하지. 곧 통일 10주년을 맞는 우리들의 자화상에서 반목과 갈등을 훌훌 털어버리고 통합과 전진의 장을 열어가야 할 것이네. 전통문화를 소중히 하면서 그 바탕위에서 한류를 창출해야 할 것이네. 그동안 받아들인 외래문화를 수용하고 잊혀가는 좋은 전통을 되살려 아름답고도 자존심 있는 국민사상과 정신의 새로운 전통을 세울 때가 바로 지금이라고 보네. 통일조국이 일류국가로 비약하려면, 반드시 통일시대에 걸맞은 문화국가로 발전해야 한다고 생각하네."

"우리 오빠들 나도 한마디 해도 되요?"

그동안 묵묵히 오빠들의 이야기를 듣고 있던 신 대표가 조심스럽게 나섰다.

"나는 오빠들이 너무 자랑스럽고 존경스러워요. 우리 통일조국의 미래를 위해 이렇게 좋은 제안을 하시는 것을 보고 탄복했어요. 저는 우리 서민들과 북쪽주민들의 삶의 질 향상의 문제를 추가하고 싶어요.

통일조국이 일류국가가 되려면 대다수 국민들이 행복하고 희망에 차 있어야 한다고 생각해요. 통일 후 우리 사회는 소득불평등의 심화와 중산층의 위축 등 사회통합이 악화되는 현상을 보이고 있어요. 이를 치유하지 않고서는 조화를 통한 건강한 사회를 이룰 수 없다고 생각해요.

통일조선의 사회보장제도가 안고 있는 가장 핵심적인 문제는 사회적 위험으로부터 국민을 보호한다는 본연의 역할을 제대로 수행하지 못한다는 것이라고 생각해요. 통일조국이 복지국가(福

祉國家, Welfare State)로 성공하려면 음지의 국민까지 성공하는 국민으로 만들어 내야 한다고 생각해요. 즉 소외되는 사람 없이 행복하게 사는 국가가 진정한 일류국가라고 생각해요.

눈물과 더불어 빵을 먹어보지 않는 자는 인생의 참다운 맛을 모른다는 말이 있어요. 고생이 인생을 풍부하게 한다는 의미지요. 이제 통일조국의 고생한 국민들이 최소한의 행복을 느낄 수 있는 사회를 만들어야 한다고 봐요. 그래야만 희망찬 일류국가, 행복한 일류시민이 될 수 있다고 생각해요."

신 대표가 그동안 장사를 하면서 서민으로서 느낀 감정을 정리하여 대안을 제시했다.

"우리 신 대표가 우리가 간과한 문제를 잘 짚었어요. 신 대표에게 이제 박사학위를 수여해도 될 것으로 생각해요. 너무 훌륭한 제안이에요. 우리 모두 신 대표를 위해 뜨거운 박수를 칩시다!"

이날 모임은 서로 토론의 열기를 더해가며, 통일조국이 일류국가로 나아가기 위한 건설적인 제안을 제시한 후 끝났다. 모두가 만족하는 우정의 만남이었다.

국제도시 평양

통일 후 평양은 나날이 크게 발전하고 있었다. 우선 정부의 행정기관이 대부분 옮겨와 기능을 발휘하고 있었다. 평양을 눈앞에서 바라보며 살고 있는 공무원들은 평양의 발전을 위해 다양한 방안을 제시하고 실천했다.

유엔과 국제기구들은 서둘러 평양에 지부를 설치했다. 또한 환경과 보건 기구 등은 평양으로 본부를 옮겨왔다. 미국과 일본뿐만 아니라 중국과 러시아 등 한반도에 이해관계를 가지고 있는 대부분의 국가들은 평양에 대표부나 총영사관을 설치했다.

그동안 고립되었던 도시는 활기가 넘치기 시작했다. 만 명에 가까운 외교관들이 평양에 둥지를 틀었고, 수만 명의 외국 사업가들이 평양을 본거지로 하여 사업을 확장했다. 평양은 돈이 넘쳐나고 있었다.

통일 8주년을 맞아 임시정부청사 홀에서 리셉션이 열렸다. 리셉션에는 정부의 주요 인사들과 평양주재 외교관들이 모여 한반도 통일을 축하했다.

"평양이 짧은 기간에 이렇게 발전할 줄이야 누가 알았겠습니까?"

죠셉 푸틴 러시아 총영사는 감회가 새로운 듯 눈을 지그시 감았다.

"그래서 통일이란 참 좋은 것 같습니다. 독일의 베를린이 통일 후 세계의 도시로 발전했듯이, 조용한 아침의 도시가 이렇게 짧은 시간에 붐비는 번영의 도시가 되었으니 말입니다. 이것을 천지개벽이라고 표현할까요?"

중국의 총영사도 8년 전에 비해 엄청나게 발전하고 있는 평양의 모습에 탄복했다.

"나는 무척 두려운 생각이 듭니다. 평양이 이런 속도로 발전한다면 조만간 통일조선에서 가장 번영하는 도시가 되어 모든 초국가적인 기업과 자본이 밀려드는 현상이 발생하지 않을까 우려가 됩니다."

독도 패전에 몹시 격분하고 있는 일본의 이또 히라시 총영사가 도쿄보다도 더 빠른 속도로 발전하고 있는 평양의 위세가 부러운 듯 씁쓸하게 말했다. 그는 서울에서 국방무관을 마치고 일본에 돌아가 장군으로 전역한 다음 한반도 전문가로 발탁되어 평양의 총영사로 와서 근무하고 있었다.

"서울은 이미 세계적인 도시가 되었고, 평양이 부산을 앞질러 국제적인 도시가 될 것 같은 예감이 듭니다."

미국의 총영사도 부러움에 그득 찬 표정을 지으며 주변을 둘러보았다.

"말도 마십시오. 지금 새로 평양에 들어오는 초국가기업들은 사무실을 구하지 못해 야단이라고 합니다. 중심가에 건물을 짓기가 무섭게 팔리거나 임대가 되고 있다고 하네요."

러시아 총영사가 다시 입맛을 다시며 말했다.

"여러분들 다들 안녕하시지요? 모두 건강해보이십니다."

주요 국가들의 총영사들이 함께 모여 이야기를 나누는 모습을 본 김정철 부통령이 다가서며 말했다. 대통령은 서울에서 행사를 주관하고, 부통령은 평양에서 리셉션을 실시하는 것으로 임무분담이 되어 있었다.

"아! 부통령님 안녕하세요. 모처럼 뵈니 더욱 건강해지신 것 같습니다."

과거부터 친분이 있는 중국의 총영사가 정중하게 인사를 드렸다.

"부통령님 평양이 국제도시로 이렇게 눈부시게 발전하는 모습을 보시고 어떤 생각을 하시는지요?"

"저는 우리 조국이 통일이 참 잘 되었다라고 고맙게 생각하고 있습니다. 사실은 통일 전 평양은 깨끗한 계획도시이기는 했으나, 모든 것이 침체되어 있었지요. 여러분도 잘 아시다시피 평양시민과 다른 도민들은 차별화되었지요. 거주이전의 자유가 없어 평양시민이 되기가 어려웠고, 평양은 비교적 다른 도시에 비해 풍족한 생활을 하고 있었지요. 그러나 지금과 비교가 안 되는 삶이었지요. 여러분은 어떻게 느끼세요?"

이제 임기를 곧 마무리해야 할 김정철 부통령은 감회가 새로운 듯 조용하지만 기쁨이 넘치는 미소를 지었다.

"저희도 지금까지 평양의 발전에 대해 이야기 하고 있었습니다. 짧은 시간에 이렇게 발전하는 모습이 너무 놀라울 따름입니다."

김정철 부통령과 오랜 기간 친분을 유지하고 있는 러시아의 총영사가 나서서 놀라움을 표했다.

"저도 처음에는 평양이 이렇게 급속도로 발전할 줄은 예측하지 못했어요. 그러나 국제기구들이 몰려오고, 세계적인 기업들이 앞 다투어 투자를 하다 보니 이렇게 번성하는 도시가 된 것 같습니다. 다 여러분들의 덕분이지요."

김정철 부통령도 친근감을 표시하며, 주변 4국의 총영사에게 고마움을 표했다.

"부통령님! 너무 열성적으로 근무하시면서 남과 북의 진정한 통합을 위해 헌신하셨는데 지금까지 수행한 직책에 만족을 하십니까?"

일본의 총영사가 뭐가 불만인지 조금은 예상 밖의 질문을 던졌다.

"그럼요! 저는 부족하지만 이 직책을 천직으로 여기며 통일된 조국의 발전을 위해 최선의 노력을 다했습니다. 부족한 저에게 이러한 중요한 직책을 맡겨주신 우리 조국의 국민들에게 그저 감사할 따름이지요."

김정철은 재선된 부통령으로서 부끄럽지 않게 열심히 일했던 자신의 모습을 되돌아보았다.

"평양시를 돌아다니다 보면, 곳곳에 공사 현장 때문에 너무 혼잡한 기분이 듭니다. 통일이전의 조용한 모습이 더욱 좋았지 않습니까?"

일본의 총영사는 지금의 평양이 너무 혼잡하다며 불만을 토로했다.

"그 당시는 조용했던 것만은 사실이지요. 그러나 숨이 막히도록 조용했지요. 많은 사람들이 굶주리며 억압된 생활을 하고 있었어요. 마지막 시점에서는 자유를 쟁취하기 위한 시위도 있었지요. 그 모든 것에 대한 책임을 저도 져야하기 때문에 지금도 속죄하는 마음으로 살고 있습니다. 지금의 이 자유롭고 번성하는 모습에 저는 한없는 긍지와 자부심을 느끼고 있습니다. 질문에 답변이 되었는지 모르겠습니다."

김정철 부통령은 조용하나 단호한 태도로 일본의 총영사를 바라보았다.

멀쑥해진 일본 총영사는 고개를 숙이고 일본의 총영사관 관계자들이 있는 곳으로 갔다. 독도분쟁에서 패전 후 일본의 총영사관 소속의 외교관들은 외교무대에서 기를 펴지 못하고 자기들끼리 모여 쑥덕공론을 하기 일쑤였다.

평양은 국제도시로 탈바꿈하며 통일의 혜택을 누리고 있었다. 평양이 이렇게 번성하고 있는 것처럼, 북쪽지역의 주요 도시와 지방 도시들을 포함한 북한의 모든 지역이 통일자금과 국제투자자본의 덕분으로 빠른 시간 내 기능을 회복하고 발전하고 있었다. 김정철 부통령의 말처럼 북쪽이 번성하고 발전을 할수록, 북쪽주민들의 자유로운 삶도 더욱 윤택해졌으며, 긍지와 자부심도 더욱 고양되었다.

행복과 희망을 그득 안고

"얘야! 이곳 황금평과 신의주 일대가 몰라보게 달라졌구나. 어떻게 이렇게 짧은 기간에 천지개벽이 될 수 있냐?"

황선영은 5년 전 방문 시와 비교할 때 너무 급속하게 발전한 황금평의 모습이 신기한 듯 연신 탄성을 질렀다.

"어머니, 이곳을 자주 방문하는 저희도 깜짝깜짝 놀라곤 해요. 과거 상하이의 푸동 지구보다도 발전 속도가 더 빠른 것 같아요."

강 기자도 1년 전에 비해 더욱 발전한 모습에 놀라며 대답했다.

"정말 대단하구나. 짧은 기간에 놀랍게도 국제적인 산업도시가 되었구나."

"할머니, 저곳에 보이는 건물이 저희가 최근에 준공한 공장이
예요."

김지혜가 황선영에게 얼마 전에 준공한 공장을 가리키며 말
했다.

"저 근사한 건물이 너희 공장이란 말이냐?"

"예! 잠깐 들리셔서 둘러보시고, 연해주 쪽으로 이동하시도록
해요."

"그러자구나! 어서 가자구나!"

강민국과 김지혜 부부는 평양의 사업이 지속적으로 확장되어
새로운 공장이 필요한 시점에서 이곳 황금평 지역에 섬유공장을
지었다. 근로자가 1000명이 넘는 공장은 활발하게 운영되고 있었
다. 공장을 지으며 평양에서 이곳으로 옮기게 된 김순애 공장장이
나와서 사장 일행을 정중하게 안내했다.

"모든 설비가 최신식이고 깨끗해서 평양공장과는 비교가 안
되는구나. 그래 모두가 너희가 번 돈으로 지은 거냐?"

"은행융자가 조금 있지만, 대부분 저희가 지난 7년 동안 번 돈
을 투자해서 지은 거예요."

"훌륭하구나! 참 훌륭해!"

황선영은 손자 부부가 대견한 듯 김지혜의 어깨를 두드렸다.

그들은 황금평 일대를 돌아보고 연해주 지역으로 향했다. 처음 여행을 건의한 것은 강 기자였다. 오랜 기자생활에서 퇴직도 했고, 구순에 가까운 어머님을 모시고 여행할 수 있는 마지막 기회라고 생각하여 강 기자 부부와 황선영 이렇게 셋이서 여행을 하기로 했다. 그러나 강민국과 김지혜 부부가 효도여행을 함께 해야 한다며 합류를 했고, 강선화와 김정식 부부도 참여하게 되어 일곱 명이 되었다. 막내 강한석도 휴가를 내어 합류하려 했으나, 중국과의 국경에서 일이 생겨 못 오게 된 것이 황선영의 마음을 아프게 했다.

　　그들은 처음에는 차량을 이용하여, 신의주와 황금평 지역을 돌아보고 압록강과 두만강의 연안을 따라 변경지역을 경유하여 연해주 지역의 발전상을 살펴보도록 했다. 3박4일의 여유가 있는 일정이었다. 라진에서부터는 시베리아 횡단철도를 이용하여 모스크바를 거쳐 유럽의 베를린까지 여행한 후 비행기로 복귀하도록 했다. 약 20일 간의 여행이었다.

　　"아니 이곳이 통일 직후에 보았던 바로 그 허허벌판이란 말이냐?"

　　연해주 지역에 도착한 황선영은 믿기지 않은 듯 연신 감탄사를 연발하고 있었다. 통일조선과 중국 그리고 러시아가 접경을 이룬 이곳은 중국과 러시아 등 세계 각국이 투자하여 황금평 지역에

버금가도록 급속한 발전을 이루고 있었다.

"어머니! 많이 놀라셨죠. 바로 이곳이 10여년 전만해도 허허벌판이었지요. 지금은 국제산업지구로 이렇게 발전하다니 저도 무척 놀랐어요. 바로 우리나라의 통일의 덕분인 것 같아요."

조영숙은 어머니의 어깨를 주무르며 통일의 진정한 가치를 내세웠다.

"어머니 말씀대로 통일이 안 되었으면 지금도 허허벌판으로 남아 있을 거예요."

강선화가 조영숙의 말을 거들었다.

"그렇구나! 통일이 이런 외진 곳에도 좋은 영향을 주고 있구나."

조영숙은 딸의 이야기에 연신 고개를 끄덕였다.

"그래요. 우리가 돌아본 변경마을들도 통일 전에는 중국 쪽 마을보다 훨씬 뒤떨어져 있었어요. 그런데 통일이 된 후 짧은 기간에 급속도로 발전해왔지요. 과거에는 북쪽주민들이 중국 쪽을 바라보며 우리는 언제 저렇게 살 수 있나하고 몹시 부러워했는데, 지금은 중국 쪽에서 이쪽을 바라보며 무척 부러워한다고 해요."

통일 전의 상황을 누구보다 잘 아는 김정식이 나서서 설명했다.

"이번에 한석이가 함께 못 온 것도 동북 삼성에 거주하는 교포들이 두만강을 넘어 귀화를 많이 하는 바람에 중국과 분쟁이 생겨 그렇다고 하더구나."

황선영이 막내 손자가 걱정이 되는 듯 강한석이 근무하는 두만강 쪽을 바라보았다.

블라디보스토크에 도착하니 만나는 사람들마다 3대가 함께 여행하는 강 기자 가족을 부러워하며 고마움을 표했다. 바로 한반도 통일로 연해주가 크게 발전하는 바람에 블라디보스토크의 경기가 최고로 활성화되었다는 것이었다. 블라디보스토크의 항구와 역에는 통일조선에서 온 물건들로 가득 차 있었다. 바로 철도를 이용해 유럽으로 수출하는 물건들이었다. 어떤 열차에는 현대자동차가 만든 차량들이 가득 실려 있었고, 어떤 열차에는 삼성TV와 LG냉장고가 실려 있었다. 과거에 선박으로 수출할 때에 비해 기간은 반으로 단축되고, 물류비는 40%가 절감된다고 설명했다. 그만큼 통일조선의 상품경쟁력이 강해져서 유럽에서 불티나게 팔린다는 것이었다.

모스크바로 가는 길은 멀지만 즐거운 여행이었다. 식구들은 모처럼 함께 모여 이야기꽃을 피웠다. 통일 이후 각자가 다른 길을 가느라, 서로 바빠서 식구가 함께 모여 즐길 시간이 없었는데, 오밀조밀한 열차 칸에서 이런 저런 이야기를 하는 맛은 독특했다. 김지혜는 강 기자를 처음 뵌 날을 상기하며, 그때 남쪽 기자인 강 기자의 기를 꺾기 위해 내심 노력했었노라고 말해 모두가 함께 웃었다. 김정식은 처음에는 자유민주주의적인 사고방식에 상당한 부담을 느꼈고 시장경제체제를 부정했으나, 이제는 여행사 사장으로서 이를 즐기며 긍지와 자부심을 가지고 일하고 있다고 솔직하게 말했다. 통일조선을 찾는 관광객들에게 처음에는 통일 후의 좋은 점을 자신 있게 말하지 못했으나, 지금은 물어오지 않아도 먼저 장점을 이야기하고 싶어 안달이라고 말해 폭소가 터졌다. 이번 여행도 김정식이 하나에서 열까지 계획하고 추진하였다.

그들은 중간에서 휴식을 하며 그 지방의 특산물을 먹고, 지역문화도 즐겼다. 모든 정차역마다 통일조선의 여행객들을 우대한다는 간판들이 걸려 있었다. 여행객의 대다수가 통일조선에서 출발한 여행객이었다. 특히 각 정차역마다 통일조선의 화폐인 '원'이 국제화폐로서 역할을 하고 있고, 어디서나 환전이 가능하다는 점은 한없는 자부심을 느끼게 했다. 여행 전에 별도로 달러나 현지화로 환전할 필요가 없어 무척 편했다.

모스크바에 도착해서 크렘린궁전과 붉은 광장을 돌아보며 모스크바의 아름다움을 만끽했다. 곳곳에는 통일조선을 홍보하는 선전판이 걸려있었고, 길거리에는 현대자동차와 기아자동차가 주류를 이루어 달리고 있었다. 이곳은 러시아의 역사와 문화를 집약적으로 보여주는 상징적인 장소로서 지난 수백 년 동안 러시아 권력의 중심지였다. 그리고 역사적 사건들의 무대로서 러시아 건축예술의 진수를 보여주고 있었다. 크렘린 궁전의 건축물들은 서구적이면서도 러시아적인 독특한 아름다움을 지니고 있었다. 크렘린 궁전은 오랫동안 러시아 황제의 거처이자 러시아 정교회의 중심지였으며, 최근에는 구소련 정부의 청사로 활용되었다. 광장 주위에는 성 바실리성당, 레닌 묘, 국립역사박물관 등의 건축물들이 들어서 있었다. 바실리성당은 양파 모양의 지붕에 색상과 모양이 다른 여덟 개의 탑으로 구성되어 있었다. 레닌 묘는 피라미드 공법의 화강암 건축물로, 지하 유리관에는 생전 모습 그대로 레닌의 시신이 안치되어 있었다. 그동안 금수산 박물관으로 이름이 바뀐 과거 태양궁전의 김일성과 김정일 시신의 안치문제로 국회에서 갑론을박하고 있던 시점이라 레닌 묘를 보며 이런저런 생각을 하게 되었다. 레닌 묘를 보고 나서 식구들 간에 '역사적인 가치와 북쪽주민들의 민심, 그리고 관광객을 고려하여 태양궁전의 시신들을 존치해야 하느냐? 혹은 역사적인 허물을 물어 다른 곳으로 이전해야 하느냐? 를 놓고 토론을 벌렸으나, 반반으로 갈라져 결론을 내지 못했다.

베를린으로 가는 길에 라이프치히와 드레스덴을 들렀다. 만나는 시민들은 멋진 통일을 이루고 일류국가를 향해 달려가고 있는 통일조선의 여행객들을 진심으로 환영했다.

라이프치히는 중부 유럽의 교통의 요지로 중세부터 상업도시로 발전하였다. 15세기부터 제2차 세계대전 전까지는 독일의 최대 무역박람회를 개최하였다. 음악의 도시로 음악가인 바흐, 멘델스존, 슈만 등이 살았다. 바로 1989년 4월부터 이곳에서 독일 통일을 촉진했던 시민의 시위가 일어났다. 니콜라이교회에서는 평화통일기도가 열렸다. 그들은 예배가 끝난 후 자유를 요구하며 시위를 시작했고, 바로 베를린장벽 붕괴의 촉매제로 작용했다. 가족들은 니콜라이 교회 안에서 자유의 소중함을 위해 기도를 했다. 크진 안지만 곳곳에 역사적인 현장이 숨 쉬고 있는 조용하고 아름다운 도시였다. 통일 후 라이프치히는 세계적인 관광지가 되어 붐비고 있었다. 또한 도심이 재정비되고 주변에 산업화 시설이 들어서 과거 프러시아시절의 영광을 재현하고 있었다. 곳곳에는 한국기업의 선전간판들이 빛을 발하고 있었다. 강 기자 가족은 통일조선의 교향악단이 바로 음악의 고향인 라이프치히에서 초청공연을 한다는 선전간판을 보며 한없는 긍지와 자부심을 느꼈다. 대기업의 상품뿐만 아니라 남북의 융합된 문화도 수출되고 있었다.

드레스덴은 '독일의 피렌체' 라고 불릴 만큼 아름다운 도시였다. 18세기 초반에 건립된 바로크 양식의 츠빙거 궁전 등 유명한 건축물과 회화를 포함한 많은 문화재는 오랫동안 머물며 보고 싶었다. 궁전 내부에는 라파엘로의 '시스티나의 마돈나'를 비롯하여, 이탈리아의 르네상스기의 명화와 루벤스, 렘브란트 등의 작품을 수집한 드레스덴국립미술관이 있어, 예술의 도시와 음악의 도시로서 알려져 있었다. 통일 직전에 강 기자가 방문 시는 궁전의 외부를 포함한 모든 조각품들이 보수가 안 되어 볼 수 없을 정도로 더러웠으나, 통일 후 대대적인 보수 작업으로 아름다운 모습을 되찾고 있었다. 특히 노이마르크트(Neumarkt) 광장에 있는 프라우엔교회(Frauenkirche)는 바로크 양식으로 18세기 초반에 건축되었다가, 제2차 세계대전 당시 폭격으로 완전히 무너져 내렸다. 전쟁이 끝난 후 드레스덴 시민들은 언젠가 재건축 할 것을 생각하며 무너진 교회의 돌들을 모아 번호를 매겨 보관했으나, 통일 이전에는 재원의 부족으로 엄두를 내지 못하다가 2005년 재건이 끝나 옛 모습을 되찾았다. 통일의 필요성을 절감하는 현장이었다. 박근혜 전 대통령이 바로 이곳에서 '드레스덴 선언'을 통해 남북 관계의 개선을 시도하고 통일의 길을 모색했었다. 한동안 전략적인 접근방법의 실패로 성공을 거두지 못하다가, 결과적으로 평화 통일의 길을 활짝 연 인연이 깊은 도시였다.

"와! 이곳이 바로 TV에서 많이 보던 독일 통일의 역사적인 현장이구나!"

"할머니 말씀대로 저 웅장한 건물이 바로 브란덴부르크 문이에요."

"생각보다 크구나. 바로 저쪽이 동독지역이었고, 베를린장벽이 이 문을 경계로 서로를 막고 있었단 말이지?"

"예! 어머님! 제2차 세계대전이 끝난 후 브란덴부르크 문은 동베를린과 서베를린 사이의 핵심적인 관문으로서 역할을 했는데, 1971년에 동독 측에 의해 폐쇄되었어요. 1989년에 동독이 무너지자, 브란덴부르크 문은 다시 열려 통일의 상징이 되었지요. 당시 서독의 헬무트 콜 총리는 이 문을 통해 걸어가 동독의 한스 모드로우의 총리의 환영을 받았던 것이지요. 지금도 통일기념일인 10월 3일이 되면 이곳에서 성대한 기념식을 진행하지요."

독일 통일 당시 베를린 현장에서 그 과정을 지켜본 강 기자가 감회가 새로운 듯 역사적인 현장을 설명했다.

"그 당시 우리는 우리 조국도 바로 통일이 될 줄 알고 몹시 들떠 있었단다. 내 친구들과 밤새워 교훈을 도출하고 통일의 주역이 되자고 다짐을 했었지. 그런데 그 후 30년이 넘게 걸릴 줄이야…. 아무도 예측하지 못했던 일이었단다."

강 기자가 옛날을 회상하며 자녀들에게 몹시 미안한 표정을 지었다.

"아버지! 통일이 그렇게 늦어진 것은 참 안된 일이었으나, 아버지와 친구들이 결정적인 역할을 해내셨잖아요. 저는 아버님의 아들인 게 너무나 자랑스러워요. 그리고 아버님과 친구 분들의 그 끈끈한 우정도 몹시 부러워요."

강민국이 눈물을 글썽이는 아버지의 등을 주무르며 말했다.

"아버님! 저도 평생을 평기자로서 근무하시며, 통일 하나에 모든 열정을 바치시고 이를 이루신 아버님이 세상에서 그 누구보다도 존경스러워요. 사실은 사랑하는 민국씨와의 결혼도 존경하는 아버님이 계셨기 때문에 가능했던 것 같아요. 고맙습니다."

김지혜가 강 기자의 손을 꼭 쥐었다.

"여보! 당신과 친구들의 열정이 있었기 때문에 우리 조국의 통일이 조금은 앞당겨졌다고 저는 생각해요. 평생을 평기자로서 소신을 굽히지 않고 멋진 글을 쓰며 통일의 길을 매진한 당신이 너무 자랑스러워요. 당신은 진솔한 우정을 나눌 수 있는 멋진 친구들을 가졌다는 것 하나만으로도 훌륭한 삶을 사신 거라고 생각해요. 친구 분들 한 분 한 분이 통일의 길에서 자기 역할을 다하셨잖아요. 여보! 긍지를 가지세요."

조영숙도 남편의 등을 어루만지며 그 동안의 노고를 치하했다.

"애야! 나는 애비를 키우고 뒷바라지를 하면서 언젠가는 우리 조국을 위해 큰일을 할 거라고 생각했다. 조국의 통일을 위해 헌신 노력한 삶이 얼마나 자랑스러운지 모르겠다. 온 가족이 함께 이렇게 열차여행을 할 수 있었던 것도 바로 통일이 주는 한없는 혜택이 아니겠느냐! 나는 이제 죽어도 한이 없겠구나."

황선영도 눈물을 글썽이며 가족들을 껴안았다. 그들은 강 기자가 친구들과 함께 토론을 즐겼다는 맥주홀에 들려 독일산 맥주로 축배를 들었다. 당시 종업원으로 일하던 꼬마가 이제는 예순이 넘은 어엿한 주인이 되어 강 기자를 반겼다. 초가을 베를린의 하늘은 티 없이 맑고 푸르렀다.

강 기자는 온 가족과 함께 통일의 기쁨을 만끽하며, 통일조국의 발전을 염원하고, 자신의 남은 삶을 올바르게 살기 위한 다짐을 담은 시를 한 수 지었다.

기도

해 돋는 아침부터 여명의 밝음 끝까지
흙처럼 진실한 삶을 살게 해 주소서

조국의 달빛보다 더 고요하고 평화롭게
온 몸을 물들여
나라의 부름을 고이 받아 섬기고
신의 눈으로 진리를 보게 하소서

살아 황홀한 이 목숨,
조국을 위해 버리고도 남은 생이
얼마나 넉넉하며 아름다운가를
느끼며 살게 하소서,
신이 주신 것으로 족하게 하소서

인고의 세월 이겨 활짝 핀 통일의 영광 속에서
어여삐 피어나는 인동초가 되게 하소서

우리나라에 존재하는 모든 것을
진정으로 사랑할 줄 아는
참다운 사람 되게 하소서

칠흑 같은 절망 속에서도
거센 물살 한가운데 우뚝 서서
조국통일의 기쁨을 안고 사는
사명으로 불타는 용자가 되게 하소서

불꽃처럼 남김없이 자신을 연소하고 남은 생을
민족과 조국의 광영을 구현하는

조그만 심부름꾼이 되게 하소서

한 알의 씨앗이 대지의 품에 안겨
나무가 되고 열매를 맺듯이
오직 조국통일 하나로 불 밝혀온 정성
찔레꽃 향내 그득한 여생이 되게 하소서!